公元787年，唐封疆大吏马总集诸子精华，编著成《意林》一书6卷，流传至今
意林： 始于公元787年，距今1200余年

 意林幻青春
开 启 你 的 传 奇

符神传说

FUSHEN CHUANSHUO

⑤ 名动京城

习风 著

吉林摄影出版社
·长春·

图书在版编目（CIP）数据

符神传说.⑤，名动炎京城 / 习风著 . -- 长春：吉林摄影出版社，2018.8
（意林幻青春）
ISBN 978-7-5498-3736-6

Ⅰ．①符… Ⅱ．①习… Ⅲ．①长篇小说 - 中国 - 当代 Ⅳ．①I247.5

中国版本图书馆 CIP 数据核字 (2018) 第 194396 号

符神传说 ⑤ 名动炎京城
FUSHEN CHUANSHUO ⑤ MINGDONG YANJINGCHENG

著　　者	习　风
出 版 人	孙洪军
主　　编	顾　平　杜普洲
责任编辑	施　岚　孙　瑜
总策划	蔡　燕　李　岚　黄　磊
统筹策划	黄　磊
设计总监	资　源
执行编辑	王　雪　肖依然
封面设计	资　源　李雪菲
美术编辑	张　迪　李雪菲
发行总监	王俊杰
开　　本	700mm × 1000mm 1/16
字　　数	300千字
印　　张	16
版　　次	2018年8月第1版
印　　次	2018年8月第1次印刷

出　　版	吉林摄影出版社
发　　行	吉林摄影出版社
地　　址	长春市泰来街1825号
	邮　编：130062
电　　话	总编办　0431-86012616
	发行科　0431-86012602
网　　址	www.jlsycbs.net
经　　销	全国各地新华书店
印　　刷	天津中印联印务有限公司

书　　号	ISBN 978-7-5498-3736-6	定　价：	32.80 元

版权所有　翻印必究

（如发现印装质量问题，请与承印厂联系退换）

目录 CONTENTS

第一章　银月之森　001
第二章　金牌杀手云集　009
第三章　真正的杀局　016
第四章　柳灵灵的决心　024
第五章　宝体，神威　032
第六章　一路横行　040
第七章　秘密曝光　048
第八章　瞒天过海　056
第九章　名动八方　064
第十章　大家都在演戏　072
第十一章　离开东洲　080
第十二章　初至炎京城　088
第十三章　这个疯子　096
第十四章　火凤一族　104
第十五章　莫惹柳家郎　112
第十六章　梧桐木的消息　120

目录 CONTENTS

第十七章 雷熊一族，黑山	128
第十八章 赌斗场，危机	136
第十九章 柳然的反击	144
第二十章 强势碾压	152
第二十一章 柳然对战银牙	160
第二十二章 战而胜之	168
第二十三章 液态星金	176
第二十四章 震慑众人	184
第二十五章 登门求医	192
第二十六章 银月被擒	200
第二十七章 风波骤起	208
第二十八章 燕凌菲出关	216
第二十九章 柳然现身	224
第三十章 上古功法	232
第三十一章 名扬天下	240

第一章
银月之森

利刃是天符浩土上杀手组织中的一个标杆，其内部具有清晰的等级制度。

利刃组织的杀手被分为银牌杀手、金牌杀手和王牌杀手三大等级。

一般而言，刚加入的人都是银牌杀手，也叫外围杀手。柳然之前让分身紫阳加入的，就是类似于此的存在。

银牌杀手晋级到金牌杀手非常艰难，除了要有极强的实力之外，还要拥有极其出色的表现，要通过层层的考验。

金牌杀手的稀有、难得，也衬托出他们的珍贵，他们在利刃组织中的地位非同凡响，同时也享有众多不同的福利。

比如，金牌杀手哪怕不执行任务，每月也可以领取到十万金币的薪酬。

又比如，为了保证组织的安全，利刃组织的分部据点飘忽不定，银牌杀手根本不可能接触到，只能通过元灵符界进行接单，而金牌杀手不仅可以随意出入，还可以在其中享受各种福利，两者完全不可同日而语。

柳然不知道柳冲霄当初花了多少工夫，才获得了金牌杀手的资格。不过，他却可以凭借这个身份，获取一些有用的消息。

比如，方才利刃组织给他手中这块杀手玄刃的身份令符传来的消息之中，有一条是召唤他前去某个地方会合，准备完成一次大型的刺杀任务。

这任务上虽然没有说明目标是谁，却提出了丰厚的奖励：击杀天劫境灵台期入门级强者一名可获得一百万金币奖励，击杀小成级别强者可获二百万金币奖励，击杀大成级别强者可获三百万金币奖励，击杀巅峰级别强者可获五百万金币奖励！击杀天劫境天元期入门级强者一名可获得一千万金币奖励，小成级别强者可获两千万金币……以此类推。

看到这里，柳然岂能不明白，利刃组织这一次的行动就是针对东洲的强者！

柳然通过身份令符，回复了一条信息，确认自己会参加这一次的行动。

结果，对方立刻给他传来了一条信息，显示了本次行动的集合地点。

"银月之森？"

柳然看到这个地点不由得微微眯起了眼睛。

他迅速调动暗符界通行符，通过元灵符界查看了东洲的地图，发现那所谓的银月之森位于东洲西南方向，也是南洲与东洲的交界处。

而且，此时柳然的本体和凌岩二人就在那个地方附近。

"看来，我猜得没错！"柳然脑海中迅速掠过一个念头。

他的本体再次睁开了眼睛，发现凌岩还没有结束调息，意识便再次进入分身紫阳之中。

下一刻，分身紫阳通过云海秘境，出现在他的面前。

此刻他的分身已经完全换上了父亲留给他的那一身杀手装扮，对他点了点头，便朝附近一个城池飞去。

分身迅速赶往利刃组织的会合地点，同时柳然的本体对识海中的柳灵灵传音道："灵灵，帮我购买几种符技。"

"哥哥，你想要什么样的符技？"柳灵灵立即传音询问道。

柳然回答道："你通过暗符界调查一下利刃组织的金牌杀手玄刃的资料，应该可以找到一些信息。"

他现在伪装成"玄刃"，自然得想办法避免被利刃组织的人认出来。所以，之前的符技便不能再用了，他必须尽快学习一些新的符技，而且最好是杀手玄刃精通的符技。

好在不久前他刚从龙家的人手上弄到了一千万金币，倒是够他买些装备了。

片刻之后，柳灵灵就找到了柳然想要的信息。

当初他父亲柳冲霄伪装成杀手玄刃时，所使用的兵刃乃是短剑，且精通五级攻击符技"暗影剑"。此外，还掌握了一门五级飞刀符技，名叫"黯然销魂"。

至于玄刃所掌握的身法，一直都没有人知道具体是什么，不过大概推测是"惊鸿步法"和"飘凌仙步"这两种五级身法中的一种。

至于防御方面，暗符界中几乎没有准确的信息，传闻玄刃进行刺杀时，几乎不会与任务目标进行长时间的正面打斗，一般都是刹那间分出胜负，而且至今从未失手。

看到这里，柳然既为父亲当初的神勇感到敬佩不已，同时又感受到了巨大的压力。

显然，他要扮演好玄刃也不是一件容易的事情。

好在这资料之中提到的几种符技，柳灵灵很快就在暗符界中帮柳然找到了，并且传输到了柳然的识海中。

而在购买这些符技的时候，柳然他们才发现这几种符技都是五级符技中的精品，每一种都价值百万金币以上，那门叫作"黯然销魂"的飞刀符技，竟然要三百万金币！

买下这些符技之后，柳然发现自己刚弄到的一千万金币又花掉了八百万，手头上剩余的资金只有三百多万金币了。

不过，他现在没时间心痛，他必须抓紧时间感悟、学习这四种符技。

若是一般人，根本不敢想象自己能在如此短暂的时间内，学会四种五级符技，可是柳然却对自己信心十足。用他独创的分解重建法，不说将这些符技完全感悟，至少初步掌握是没有问题的。

就在柳然的本体不断感悟刚刚买下来的几种符技时，他的分身紫阳伪装的杀手玄刃，此时已经来到了利刃组织的据点附近。

站在银月之森附近的一处悬崖峭壁前，周围入目所见的是银月之森所特有的一种叶子——都是银色月牙一样的奇特树木。

分身紫阳一抬手，手中出现一块金牌杀手身份令符。

下一刻——

"嗡！"

他面前浮现出一道道符光，似乎是感应到了他手中的身份令符，原本看上去没什么特别的一处石壁上，一层层符阵运转起来。

眨眼间，一道门就出现在了分身紫阳的面前。

分身紫阳大步迈入其中。

"恭迎玄刃大人！"两名漂亮的侍女出现在柳然的面前，恭敬地对他行礼。

显然，她们已经通过紫阳手中的令符，了解到了这位杀手的身份。

"嗯，带我先找个地方休息吧！"

分身紫阳只是淡然应了一声，声音通过他的面具，变声成为另一个沙哑低沉的声音。

"是。"两名侍女回应道。

然而，就在她们即将带着柳然进入据点内部时，忽然——

"且慢！"

一个声音从柳然身后传来，拦住了两名侍女的脚步。

"嗯？"

分身紫阳的眉头一皱，转身扭头看向身后，目光变得冷漠起来。

他看到身后一男一女两个人，刚从外面走进来。

这一男一女一直在盯着他，脸上还带着戏谑之意，让柳然不由得怀疑：难不成我的身份暴露了？

再仔细一看，他忽然发现自己竟然认识这个女子。

这个女子分明是之前在他即将击杀杀手赤刃时，救走赤刃的那名女杀手。

对方见过他，要认出他倒也有一定的可能。

可是，柳然这分身此时脸上戴着面具，全身气息都改变了，而且就是通过身上这身劲装转变的气息，应该也和杀手玄刃一模一样。

柳然左思右想，都想不到自己到底是什么地方露出了马脚。

他并未慌乱，冷漠地扫视着一男一女两个人，冷声问道："有事？"

说话的同时，他已经暗自开始调动符力，一旦发现事情不妙，准备立刻全力出手。

可是他面前的那名女杀手并未如同他所预想的那样，拆穿他的身份，而是沉声问道："你是什么人？"

柳然听这语气，似乎并不是发现了他的身份。

柳然暗自松了口气，同时，他又冷笑一声，道："你又是什么人？"

"我是什么人你都不知道？"女杀手怒极而笑。

她身后那名男子忍不住喊起来："我就说你一定有问题！利刃的所有金牌杀手我都认识，却从未见过你。哈哈，连我们的赤刃大人都不认识，还敢冒充金牌杀手？"

听到前面两句话的时候，柳然终于知道对方为什么叫住自己了。

原来竟然是因为不认识自己这位"金牌杀手"。

一时间，柳然心中大定。

而听到那男子称呼女杀手为赤刃大人时，柳然又是一阵惊愕：赤刃？这女子怎么可能是赤刃？

再次审视起这名女杀手时，他忽然发觉这个女杀手的语气、举止都很奇怪，不像是女人，反而更像是男人。

恍然间，柳然想到了某种可能，心中也是一阵惊愕。

他忽然哈哈大笑起来，说道："想不到我才闭关几年，竟然就有人来质疑我的身份了？真是两个无知小辈！"

他又看向他身旁的那两名侍女，说道："你们来告诉他们，我是谁。"

"是！"

那两名侍女之中的一个人恭敬地微微躬身，而后郑重地对那一男一女两名杀手介绍道："两位大人，这位乃是利刃组织的一位前辈，代号玄刃，确实是一位金牌杀手！"

"玄刃？"

不管是那名自称赤刃的女杀手，还是他身后的那名男子，听到这个名字的时候脸色都不由得一变。

看到这一幕，柳然知道这两个人显然也是听过这个名字的。

"赤刃？我倒是听说过你，也算是利刃组织一个不错的后起之秀。"

柳然盯着那个自称赤刃的女子，戏谑一笑，说道："不过，我疑惑的是，我听说的赤刃应该是一位男杀手才对，你怎么也叫赤刃？这利刃组织什么时候能有两个代号相同的杀手了？"

说到最后，他还一副很疑惑的模样，看向身旁那两名侍女，似乎是想从她们口中得到解释。

赤刃听到这话，一张俏脸却一下子阴沉下来，眼中怒意肆虐。

那两名侍女原本还想解释什么，可是感觉到了赤刃的杀气，一下子都吓得不敢开口了。

赤刃的目光落在柳然的身上，冷笑一声，说道："玄刃？我为何现在会是女儿身就用不着你管了，不过，我倒是听说你在五年之前夺得了'杀手之王'的称号之后，就莫名其妙消失了，本以为是隐退了，没想到你竟然又跑了出来。"

在他们产生冲突的时候，周围不少人都被惊动了，纷纷来到附近，饶有兴致地看着现场的状况。

而当大家听赤刃说到"玄刃"竟然有着杀手之王的称号时，一个个都惊诧不已，紧接着又纷纷议论起来。

"他就是玄刃？"

"这就是上一代的杀手之王啊？"

"我听说过他，据说他还击杀过天元期级别的天劫境强者。"

"真的假的？咱们东洲分部竟然还有这么强的人物？"

杀手之王？

柳然真不知道父亲还有这样的辉煌称号，在暗符界中他能找到的信息貌似并没有提到这一点。

他只是对赤刃说道："没办法，隐退之后我发现利刃的实力大不如从前，所以忍不住出来想提携提携你们这些后辈。"

这话说出来，现场议论的声音忽然平息了不少。

不过，柳然却明显感觉到周围投来了好几道冰冷的目光，仿佛让空气的温度都下降了不少。

无疑，现场很多人对于他这位杀手"前辈"的话很不满意。

"好大的口气！"赤刃身后的男子忍不住大骂道。

而赤刃自己则是怒极而笑，道："很好，既然玄刃前辈有心提携我们，不如就请玄刃前辈好好指点晚辈一番？"

声音未落，忽然——

"嗡！"一股萧瑟的杀意瞬间爆发，席卷四方。

所有人忽然发现赤刃的身影消失了，随后化作一道赤色光芒，闪电般射向了柳然。

这一招，正是赤刃的成名绝技——"血杀一剑"。

"好快！"

"好惊人的气势！"

"如果是我，这完全躲不开啊！"

附近其他杀手都被赤刃这突然的爆发吓了一跳，不禁收起了轻视之意。

原本，他们以为赤刃如今莫名被困在一个女子身上，实力必然大降。

现在看到他出手，他们发现赤刃的实力竟然与之前相差无几，一个个不得不收起了轻视的心思。

听到周围的议论声，赤刃眼中不由得掠过几分得意之色。

他此刻故意找这个"玄刃"前辈的麻烦，就是为了让大家重新知道自己的实力，从而不敢再拿他变成女人这件事情说笑。

现在看来，他的目标似乎是达到了。

不过，仅仅只是一瞬间，赤刃便瞪大了眼睛，满脸的难以置信。

"扑哧！"赤刃这一剑穿透了"玄刃"的身躯。

只是，此时此刻他却高兴不起来。

因为，在穿透那位"玄刃"前辈的身躯时，"玄刃"的身影缓缓消失了。

他这一剑落到了空处，轰碎了几块巨石，化作无数符光消散开来。

同一时间，赤刃的身后却冒出一道黑影。

待众人看清楚时，一把冰冷的短剑已经架在了赤刃的脖子上。

"好快的速度！好惊人的身法！"

"这是五级身法符技——'惊鸿步法'。"

"没错！而且，这步法已经达到了入微的层次。"

一时间，周围传来不少人的惊呼。

听着这些声音，赤刃心中发沉，身体更是一动都不敢动。

因为他感觉到，自己若是稍微动弹一下，脖子上这把短剑绝对会第一时间伤害到自己。恐惧在一刹那便笼罩了他的全身。

就在赤刃紧张得全身紧绷，脑海中转过无数自救的念头，又被一一否决的时候，忽然——

"放开赤刃前辈！"从他身后传来一道愤怒的声音。

是那名跟随赤刃一起来的男杀手，此刻看到赤刃竟然被人一招制伏，一时惊怒交加，竟然猛地朝柳然伪装的"玄刃"冲杀而来。

"不好！"赤刃此时脸色剧变。

那名男子此刻冲过来虽然是要救他，但他一点儿都不领情。

因为，他很怕在这男子的刺激之下，身后的"玄刃"会做出什么冲动的事情来。

虽说在这利刃据点禁止杀戮，但赤刃还是怕"玄刃"一怒之下，会将他斩杀！

他现在还不想死，更不想死得这么窝囊！

所以，他想开口阻止那名男子，可是，没等他开口，突然——

"咻！"一道轻微的破空声响起。

赤刃用眼角的余光瞥见"玄刃"轻轻一挥手，身上符光微微一变，手中便是一缕光芒一闪而出。

下一刻，那朝"玄刃"冲杀而来的男子身上爆发的符光率先破碎，紧接是手中的长剑跌落，仿佛遭受了巨大的攻击。

他抓着长剑的那只手，竟然被一股强大的力量撞飞，连带整个人都撞到了一块石壁上。

"扑哧！"所有人都听到了一声闷响，似乎是利器穿透石壁的声音。

大家定神一看，发现那名男杀手整个人悬在了石壁之上，手掌上钉着一个黑色的东西，像是某种兵器的柄部。

看到这一幕，所有人都不由得屏住呼吸，包括那些金牌杀手也不例外。

毕竟，他们都知道，能够来到这个地方的杀手，不是金牌杀手，也是顶尖的银牌杀手，即被称为准金牌杀手。

这样层次的强者，实力自然不弱。

可是，这名男子此刻却在"玄刃"的手下，连一道暗器都挡不住。

"咕噜咕噜！"

良久之后，不少人才纷纷咽了口唾沫，接连回过神来。

"这是五级飞刀符技'黯然销魂'……果然是你！"一道女子的声音，忽然从人群中传出。

柳然朝声音传来的方向望去，看到人群分开，一名女子走了出来。

这名女子身穿月白色长袍，秀发如瀑，看上去二十七八岁的模样，正是风韵成熟的美好年纪，一出现就吸引了众人目光。

不过，她那双明亮的眼睛此时却紧紧地盯着柳然。

这眼神看得柳然心头不由得"咯噔"一下。

方才他还在为自己的本体在这关键时刻因初步掌握了"惊鸿步法"和"黯然销魂"这两种符技，掩饰住了自己的身份而暗自欣喜，现在看到这名女子，他却有些不安起来。

因为,他感觉到这个女子很可能认识自己的父亲,也就是真正的杀手"玄刃"。

如此一来,对方很可能会察觉到他并不是"玄刃"。

更要命的是,柳然根本不知道对方是谁,现在对方和他打招呼,他都不知道做出什么回应。

不过,赤刃却在此刻开口了,恰好解除了柳然的危机。

只听赤刃喊道:"月刃前辈,求你救救我!"

月刃?

听到这个名字,不用柳然说什么,识海中的柳灵灵就开始通过暗符界搜索关于月刃的信息。

也是在这个时候,月刃已经走到柳然的面前。

她看都不看焦急的赤刃,一双眼睛只是一直紧盯着柳然,看得柳然浑身不自在。

恰逢此时,柳灵灵找到了月刃的信息,并且迅速传输给了柳然。

柳然看过了这些信息之后,神色变得古怪起来。

因为,他发现这个女杀手"月刃",似乎和他父亲"玄刃"关系不错。

好在此时他戴着面具,没有人能看到他的表情变化。

"这些年,你过得好吗?"月刃语气中带着淡淡的幽怨对柳然说道。

听到这语气,柳然便确定了柳灵灵搜索到的那些信息并不是无中生有。

他在心里嘀咕道:我本来就是想来刺探一下利刃组织的情况,顺便准备和本体里应外合救出凌薇而已,没想到还无意间碰到了父亲的熟人,这还真是……

不过,他表面上却依旧平静如初,只是淡淡地应了一声:"还好吧,你呢?"

月刃幽幽地说道:"你不在,我怎么可能过得好?"

一句话,就让柳然尴尬不已。

不过,想到自己的父亲和母亲之间的故事,他判定这个女子肯定是一厢情愿。

所以,他轻叹一声,说道:"你这又是何必?我已经是有妻室的人了。"

月刃却坚决地说道:"我不在乎。"

柳然不禁无语,也不知道该说这个女人痴情,还是说这个女人傻。

就在他不知道怎么接话的时候,忽然——

"你不在乎,可是我在乎!"一道低沉的声音,传入他们二人耳中。

柳然一看,一个高大的青年男子大步从人群中走出,还愤怒地瞪着他。

柳然心里想道:这怎么又出来一个添乱的?

第2章
金牌杀手云集

看着这个来者不善的男子,柳然就觉得一阵头痛。

柳然没想到,自己才刚刚进入利刃组织的据点,就又是出现熟人,又是出现对手什么的,事情完全进入了失控状态。

现在这种情况,他都不知道该怎么办好了。面前这个高大的青年男子,从他的气势,柳然就可以看出对方绝对是一个比赤刃更难缠的存在。

而且,从对方似乎是一副和他父亲柳冲霄认识的样子,柳然也可以推测出,这家伙是一位老牌的金牌杀手。

柳然虽然有信心用他这分身紫阳击败赤刃,但却没什么信心能够在这个高大青年身上占到好处。

特别是他还必须注意不露出马脚,只能施展半生不熟的几种符技的情况下,他就更无法与这名老牌金牌杀手争斗了。

当然,眼下最大的一个问题就是,柳然根本不知道对方是谁,也不知道对方和他父亲柳冲霄之间究竟有什么恩怨,所以不知道此时应该做出什么反应。

原本,他还期望周围的人群,有人会帮他点明这名男子的身份,那么他就可以让柳灵灵像方才一样,赶紧查一查这个人的相关信息。

结果,这高大青年男子一出现,周围居然陷入了寂静,让柳然十分无语。

他的目光扫过四周,发现在场许多人看着这高大青年男子的目光中都有着忌惮与敬畏之色。就连被他擒获,方才还在喊月刃快救他的杀手赤刃,此时都安静下来。

最后,柳然也只能将希望寄托在面前的女杀手月刃的身上。

他心想:这女人在这种情况下,应该会开口说点儿什么吧?

可是,他失算了。月刃的确是准备开口,一副要呵斥那高大青年男子的模样。

但在她说话之前,那高大青年却抢先一步,说道:"月刃你什么也别说,这是我们男人之间的事情。玄刃,如果你还是男人,就给我站出来!"

柳然心中暗暗说道:谁要跟你站出来解决事情啊?

不过,他脸上戴着面具,别人也看不出他此刻的心情。

眼看众人的目光都聚集到了他的身上,他知道自己必须说点儿什么了。

于是，他硬着头皮，对那高大青年男子说道："我最近记性不太好，不知道你是哪位？"

话音一落，周围所有人都瞪大了眼睛，仿佛空气都静止了。

柳然面前的那名高大青年男子也是双目瞪得溜圆，难以置信地盯着柳然。紧接着，他的脸色迅速变得通红，眼中仿佛要喷出火来一样。

无疑，柳然这一句原本只是装傻充愣的话，给他带来了极大的刺激。

"哈哈！好……好一个玄刃！"高大青年男子怒极而笑，几乎是怒吼着说，"真是越来越狂妄了，竟然连我刺刃都不放在眼里了！"

柳然暗自无语。他倒是没想到，自己这一句话竟然会被对方误解为是一种轻蔑、侮辱！无奈的是他现在根本无法解释。

这下麻烦了，对方怕是更不会放过他了。

果然，就在他心头浮现出这个念头的时候，那高大青年男子一跃便向后退了数米的距离，而后双手中"唰"的一声，冒出两件黑色兵器。

那是两件短兵器，通体漆黑，看上去像是短剑，但是这剑刃之上却有不少闪烁着寒芒的尖刺。

刺刃怒视柳然，喊道："玄刃，有本事你就出来跟我决一死战！"

一听到这话，现场的气氛顿时更加紧张起来。

众多利刃组织的杀手们纷纷紧盯着柳然和刺刃两个人，很期待这两位金牌杀手之间的较量。

当然，最期待的还是赤刃，他巴不得越乱越好，正好可以趁乱脱身。

柳然心中则是暗叹：到最后还是要打？

他倒不是真的怕战斗，而是担心一旦打起来，对他这一次来这里救凌薇的行动会有所影响。

不过，柳然还没表示什么，月刃先喊道："刺刃，你疯了吗？"

"没错，我就是疯了！"刺刃怒声说道，"我已经受够了，凭什么这些年他明明都消失得无影无踪了，你还是一直对他念念不忘，看都不看我一眼？"

月刃沉着脸说道："我早就和你说过，感情的事情是不能勉强的，哪怕你今日能够击败玄刃，我的想法也不会因此而改变。"

听到这话，刺刃的脸上先是面色苍白，旋即又浮现出愤怒之色，怒吼道："那我就杀了他！"

话毕，他的身形竟然化作无数道虚幻的影子，直奔柳然袭杀而来！凌厉的杀机，瞬间笼罩了周围，让附近不少人都心惊肉跳。

所有人都感觉得到，这刺刃是真的想对"玄刃"下杀手。

柳然脸色剧变。看到月刃竟然想冲上前去为自己抵挡刺刃，他毫不犹豫地将她拉开。不管怎么样，他不想欠这个人情。

所以，他也顾不得让剑下的赤刃逃走，举起短剑直面刺刃。

一股凌厉的气息笼罩了他的全身，让他瞬间觉得自己的气息都被封锁了，全身的肌肉都紧绷起来。

不能坐以待毙。柳然一咬牙，便准备不顾一切地出手，先保住自己这分身紫阳的性命，然后再考虑其他事情。

不过，就在这一刹那——

"轰！"一声巨响突然传来。

所有人只看到山洞中华光冲天，无数道符纹凭空出现。这是山洞中的符阵被激活了，数道符光化作一个枷锁，眨眼间便锁住了刺刃的全身。

刺刃幻化出来的那一道道影子一下子消失，只剩下他的本体，站在距离柳然不过两步之遥的地方。他全身都被一道道锁链锁住，虽然还在努力挣扎，但是根本无法挣脱这符阵的困锁。

也是在这一瞬间，一道威严的声音从山洞深处传来："刺刃，你在干什么？"

听到这个声音，饶是气焰嚣张的刺刃也不由得打了一个哆嗦，全身的气息一下子收敛起来。

柳然心中一动，目光扫向那声音传来的方向，心里想道：难道是这利刃组织东洲分部的负责人要出来了吗？

山洞中，所有人的注意力都被那突如其来的声音吸引了过去。

柳然也看向那边，感知范围内突然出现了几股非常隐晦，但是又让他觉得很危险的气息。

他暗自吃惊：这利刃的高手居然这么多，如果不是灵魂修为突破凝结了灵魂精魄，恐怕在场大多数人的气息我都无法感知到。

就在这么一个山洞中，他竟然感知到了数十位天劫境强者，而且有三十多位是天劫境灵台期大成乃至巅峰级别的存在。

这无疑让他感觉到了压力。

毕竟，这些人基本上都是冲着他来的。

"哥哥，这里的杀手，恐怕不止利刃组织东洲分部的人。而且，这里的符阵我无法用暗符界探察，小心一点儿！"柳灵灵忽然传音给柳然，语气中带着一丝担忧。

方才她发现这里的情况不太妙，就开始寻找逃脱的方法，做好了随时让柳然逃走的准备。

可是，当她试图用暗符界去探察周围符阵的时候，却发现根本无法做到，因为这些符阵完全不关联元灵符界，而且运转方式也和寻常看到的符阵截然不同。

柳然听到她汇报的状况，也不由得担忧起来。

不过想想也正常，这利刃组织如果真的将自己据点的符阵与元灵符界相连，一旦东洲之主凌岩，或者某些在元灵符界中具有极高权限的人来到这里，就能轻易接管符阵的控制权，他们可不会犯这样的错误。

就在柳然思考之时，方才开口说话的人已经出现在了他的视野之内。

这是一名中年模样的男子，身穿灰黑色的长袍，整个人不论是长相还是衣着都让人感觉很普通，是在街道上根本不会注意到的普通人。

可是，越是感觉如此，柳然就越觉得对方危险。

因为，越是不引人注目的杀手，爆发起来就越可怕。

"见过傲天大人。"在场的杀手们一个个恭敬行礼，柳然自然也跟大家一样。

"免礼吧！"楚傲天平淡地应了一声。

随即，他扫视四周，目光最终落在了柳然和被束缚的刺刃身上。

他冷漠地问道："我需要你们给我一个解释。"

刺刃张了张嘴，却不知道该怎么解释，毕竟这件事情说到底他不占什么理。

柳然发现楚傲天的目光落在了自己身上，顿时感觉到一股巨大的压力。

他只能硬着头皮开口说道："傲天大人，事情很简单，大概是我玄刃隐退了一段时间，很多人都忘记了我的手段吧！赤刃他们先挑衅我，被我击败，结果刺刃似乎是想为他们出头，也要对我动手。若不是你出现，恐怕他们已经准备拼命击杀我了吧！"

他已经看出，眼下这里的杀手不只有东洲分部的人，必然还有其他洲府分部的人，只要自己占着一个理字，楚傲天为了自己的面子，就必然要处罚主动挑事的赤刃、刺刃，以及方才那被他一飞刀钉在石壁上的那位准金牌杀手。

果然，在柳然声音刚落下的时候，楚傲天的脸色就沉了下来。

他冷然扫向刺刃和赤刃他们三个人，说道："你们有什么话说？"

刺刃他们三个人有心辩解，可是，看到楚傲天此刻的脸色，再想到周围还有其他分部的杀手看热闹，他们三个人也无法再说些什么。

于是，他们都只是闷声说了一句："无话可说。"

"哼，既然如此，就罚你们一个人扣除一百点积分，交给玄刃作为补偿！你们有没有异议？"楚傲天沉声说道。

闻言，那名准金牌杀手脸色一阵惨白，刺刃和赤刃的脸色也都变得煞白。

柳然在听到这样的惩罚时候，眼睛不由得一亮。

他已经知道，在利刃组织内部完成任务之后，不但有奖励，还会有积分累积，可以用于考量个人等级，同时也可以用于在利刃组织内部购买一些珍贵的资源。

这种积分非常难得，哪怕是金牌杀手，一年的任务奖励也未必有一百点积分。

也正因如此，刺刃三个人才会如此失态。

特别是那名准金牌杀手，因为对他而言，积分还是他冲击金牌杀手的重要数据。

若失去了这一百积分，他就连准金牌杀手都算不上了。

他很想提出异议，可是，看到赤刃和刺刃都没有反对，他也不得不忍下来。

毕竟如果他此刻自己顶撞了首领，接下来在这利刃组织就没有好日子过了。

"没有异议！"三名杀手哪怕心中在滴血，还是异口同声地应道。

"首领英明。"柳然心中暗喜，对楚傲天拱手说道。

旋即，他取出了自己的杀手身份令符，递到了刺刃三个人的面前。

赤刃、刺刃他们此时眼中寒芒闪烁，恨不得吃了柳然。

可是，他们又不得不取出自己的身份令符，将积分转给了柳然。

不同的是，刺刃和赤刃只是郁闷不已，而那名准金牌杀手男子却是暗自后悔：早知道就不出这个风头了。

他原本只是想巴结一下赤刃，没想到到头来好处没弄到，反而赔了一百点积分，简直是偷鸡不成蚀把米。

处理完这件事请之后，楚傲天也就转移了话题。

他对众人说道："既然大家都差不多都到齐了，那么，我就先给大家介绍一下这几位来自南洲和云洲的兄弟姐妹，他们都是金牌杀手。"

他一挥手，身边那几个在场许多人都感觉到陌生的人就纷纷走上前来。

场中东洲的几名金牌杀手都不由得慎重起来，开始打量着这几位同行。

柳然的目光扫过他们，发现是三男三女。

其中三个男子分别是一个矮瘦中年，一个魁梧壮汉，还有一个驼背的老者。

至于那三名女子，其中一名全身裹着黑布看不出年龄，另外两名女子却是一对双胞胎，长相十分甜美，一点儿都不像是杀手。

当然，柳然很怀疑这些人都是伪装过的，毕竟可没几个杀手愿意以真面目示人。

而从对方身上的气息看，这六个人的修为没有一个比他这个分身弱，都是天劫境灵台期巅峰。

片刻之后，经过楚傲天的介绍，东洲分部的杀手们也都认识了这些来自南洲和云洲的金牌杀手。

在利刃组织中，所有金牌杀手的代号，基本都被冠以"灵"字，比如柳冲霄的玄刃，还有刺刃、月刃、赤刃等，这六位来自其他洲府的杀手，代号同样有着这样的特点。

他们之中三名男子均来自南洲，驼背老者叫弑灵，矮瘦中年名叫影灵，魁梧汉子叫斩灵。至于那三名女杀手则是来自云洲，黑衣蒙面女子名叫毒灵，而双胞胎姐妹则被称为魅灵姐妹。

得知了他们的名字之后，月刃、刺刃等东洲分部的杀手们神色都纷纷一变，似乎多了几分郑重。

柳然也通过柳灵灵在暗符界中的一阵搜索，得到了一些简单的信息，看完之后心中也是一阵发沉。

他深刻体会到，能成为利刃组织金牌杀手的人，必然都非同凡响，个个都是杀手界的翘楚。介绍完客人之后，楚傲天也将手下的几个金牌杀手分别介绍了一下。

不过，等他介绍完之后，那名叫影灵的矮瘦中年问道："楚首领手下不是应该有五名金牌杀手吗？这里怎么只有四个人？"

其他几名金牌杀手外援也纷纷露出了疑惑的目光。

事实上，柳然这次也十分疑惑。毕竟他此行最主要的是来刺探利刃组织的虚实，顺便看看能否找到机会救人的，一名金牌杀手不知所终，总让他感觉到有什么变数。

楚傲天却微微一笑，道："我派他先去完成一项任务，也快回来了。"

刚说到这里，他忽然取出了传信符，似乎是收到了一条信息。

看完之后，他嘴角勾起了灿烂的笑容，道："刚好，他已经完成任务回来了。"

随后，他一挥手，对众人说道："走吧，咱们也该行动了。"

话毕，他就转身走向山洞深处，其他人也都纷纷跟了上去。

柳然还不知道他们具体要去什么地方、要做什么，心里多少有些不安，但还是一咬牙跟了上去。毕竟，说不定他们要去的地方就是凌薇所在的位置。

而且他如果此刻突然离开，估计也会引起别人的怀疑。

一行人跟着楚傲天一同走进山洞深处。越往前走，这山洞就越宽敞。

途中，有几名金牌杀手开始简单交流起来。月刃一直紧跟在柳然的身侧，似乎是怕一不小心"玄刃"就会消失一样，让柳然感觉浑身不自在。

刺刃看到这种情况，心里十分不舒服，眼中怒意汹涌地紧盯着柳然。

从南洲来的魁梧汉子斩灵看到这种情况，不由得笑了，凑近柳然，说道："兄弟，如果我是你就找个机会把他好好揍一顿，让他彻底不敢出现在你面前！"

听到这话，刺刃的脸都青了，怒视着对方。其他人也都听到了这句话，不少人都笑了。不过，和斩灵一起来的那名驼背老者弑灵却说道："斩灵，别乱说话！"

他可不想让楚傲天误会，以为他们南洲的人是有意要挑拨东洲的杀手内讧。

毕竟，同在利刃组织之中，两大分部之间也还是有竞争的，也有一些矛盾存在。

斩灵闻言只是笑了笑，一副无所谓的样子，但也没有继续说什么。

柳然反倒是若有所思地看了刺刃一眼，一副自己对这样的提议正在认真考虑的模样。月刃见此眼中掠过一丝担忧，对柳然传音道："玄刃，刺刃这几年实力进步很大，已经快要踏入天元期了。而且，我隐约感觉到，首领有培养他成为下一任首领的意思，你最好还是别招惹他。"

闻言，柳然眼中不由得精芒一闪。他应了一声，道："我自有分寸。"

不过，他脑海中却在飞速想着其他念头：下一任利刃组织东洲分部的首领？看来要想办法提前除掉。

现在他和利刃组织基本上已经是死敌，利刃既然敢打他的注意，那么自然要有承受他报复的觉悟。

他自然非常乐意给利刃组织多找点儿麻烦。不过如何对付刺刃，他还得好好想想，毕竟他现在还没有把握可以击杀刺刃。

不多时，柳然他们终于来到了山洞中最深处的一个十分宽敞的地方。

来到这里的时候，柳然没有看到楚傲天所说的另一位金牌杀手，反而发现这地方中央是一个传送符阵。他心中不由得一动：这是要去什么地方？

那位南洲来的魁梧汉子斩灵也在此刻说出了他心中的疑问，对楚傲天说道："楚首领，我们这是要去什么地方？"

楚傲天站在传送符阵边上，转过身来，对众人说道："今天我们的行动，大家可能还有很多疑惑，我现在就为大家解答一下。"

在场许多人都纷纷竖起了耳朵。

"大家都知道，最近我们利刃与东洲几大家族产生了矛盾，今天可以说就是一场决战。这一次可能会面对数十位天劫境强者，大家要先做好心理准备。"

楚傲天的目光扫过众人，缓缓说道："至于决战的地点，等会儿就会通过这传送符阵，将大家送过去。"

"我们会被送去一个什么样的地方？"斩灵问道。

"一个方便大家发挥的地方。"楚傲天解释道，"那里我们已经布置了一番，你们传送过去之后就会各自分散开来，然后你们要做的，就是出手斩杀任何出现在你们面前的敌人。"

斩灵眉头一皱，虽然对这个答案并不满意，但也没有继续追问。

楚傲天又看向其他人，说道："其他人还有没有别的问题？"

话音一落，黑衣蒙面女子毒灵问道："军队的人会不会参与？"

她话音刚落，不少人的呼吸都慢了一拍，纷纷紧张地看向楚傲天。

毕竟这一次他们的对手，可是东洲的统治者，若是对方出动王朝军队那等利器，那么，他们根本毫无胜算。

第②章 真正的杀局

军队!一听到这两个字的时候,柳然都感觉到了压力。

这是人族真正的神兵利器。不夸张地说,如果东洲驻军出动,整个东洲的所有家族、实力联合起来,也无法与之抗衡。

若是军队出动了,利刃组织这一次就真的栽了。

楚傲天看出了众人眼中的忌惮,轻笑一声,道:"这一点你们放心,军队岂是那么容易调动的?哪怕是东洲之主凌岩,如果不是发生极其严重的事故,也不可能调动得了军队。"

众人一想的确如此,东洲之主掌控的不过是整个东洲地区的行政、财政两项权利,军队还真不是他能轻易调动的。

当然,一旦发生了重大事件,比如叛变战争之类的,军队自然就会出动。

所以,这也注定了,利刃组织和东洲各大势力的碰撞,只能是高手之间的碰撞,不可能是大范围的战争。

当然,对于利刃这样的杀手组织而言,他们本身就更加擅长单体作战、暗杀和刺杀,如果是群体作战,他们一开始就会处于弱势。

听到楚傲天说军队不会出手,大家都不由得松了口气,一个个神色也都恢复了平静。

楚傲天又问道:"那么,其他人还有疑问吗?"

杀手们一个个都十分安静。

见此,楚傲天又说道:"那么,现在就开始进行传送吧,你们会被传送到各自负责的位置上,如果没有我的命令,你们就不得离开那个位置,明白了吗?"

"明白!"众杀手纷纷回应道。

"按照念到名字的顺序,分批进行传送。"楚傲天一挥手,旋即就从传送符阵边上退开。

他声音一落,一名老者从暗处走了出来,来到了传送符阵的边上,同时,有几名侍者也开始迅速调试传送符阵。

"鬼舞沙、短刃、游方,你们先过来。"那老者先念出了三个人的名字。

杀手中走出了三个人,来到了传送符阵之中。

下一刻,他们三个人就被传送了出去。

而后,那调试传送符阵的侍者迅速调整符阵,然后老者又念出了另外三个名字,再次让他们进行传送。

看到这里,柳然心中不由得一动,暗道:看这情况,似乎每次传送的位置都不太一样?

恰在这时——

"玄刃、月刃、烈风!你们三个人一组,快过来传送!"老者的声音传入柳然耳中。

柳然回过神来,发现身边的月刃眼睛发亮,似乎是在为自己可以和柳然分为同一组而感到高兴。

同时,柳然也发现刺刃一脸的怨毒之色,似乎对这种情况非常不满。

但是,他却又不敢反驳这样的分组决定。

柳然没有理会刺刃,也没有多想,到了此刻他也无法退避了。

所以,他和月刃一起走上前去,和那名叫烈风的准金牌杀手一同走进了传送符阵之中。

下一刻,传送符阵启动了。

这是柳然进行的第三次传送,那种不适的感觉他总算是适应了一些。

他只感觉眼前光影变幻,重新稳定下来的时候,便发现自己已经出现在了一个陌生的地方。

放眼扫视四周,他发现这里似乎是一处岩石山脉,到处都是灰蒙蒙的雾气。

更古怪的是,这雾气竟然有阻隔灵识探察的作用,他这分身催动灵识只能覆盖周围千米的范围,根本探察不出什么有用的信息。

除此之外,他隐约还发现了附近有符阵的存在,阻隔了他的探察。

"灵灵,快看一下暗符界能不能确定这里是什么地方?"柳然对自己的识海传音道。

柳灵灵迅速行动起来,但很快就无奈回复道:"哥哥,这里暗符界无法覆盖,所以也无法探察到这里是什么地方。"

柳然皱起了眉头。

他忽然明白为什么楚傲天不将大家带到那个地方去,反而利用传送阵了。

这是为了将大家分散开来,恐怕也是防范奸细的手段。

就算杀手组织各方面审核十分严格,但是,柳然自己轻易来到了这里,让他相信,这其中必然有奸细,或者有被买通了的人存在。

第三章 ✤ 真正的杀局

但是如今大家被分配到不同地方，到时候只需要负责击杀出现在自己面前的敌人，哪怕里面有叛徒存在，也不会造成特别大的影响。

另外，楚傲天还可以有效监视情况，趁机灭杀一些图谋不轨的奸细。

"真是好计策啊！"柳然心中感叹。

无疑，他之前想让这分身紫阳和凌岩里应外合的想法，基本上已经没用了。

他现在甚至无法感知到凌薇的气息，除非他强行打开云海秘境。但是，如此一来，他又有可能会惊动别人，暴露自己的身份。

一时间，柳然陷入了进退两难的状态。

就在这时，那位名叫烈风的杀手，忽然对柳然他们行了一礼，然后说道："两位大人，我先去找个地方潜伏起来了。"

"你随意吧！"月刃对他挥了挥手，巴不得他赶紧离开，别来打扰她和"玄刃"。

等那烈风走开之后，月刃来到了柳然的面前。

月刃虽然看不到柳然的表情，但是，她却感受到了柳然的情绪不太对劲儿。

所以，她不由得询问道："你怎么了？"

柳然回过神来，应了一声："没什么。"

月刃沉默一下，忽然问道："那你之前答应过我的事情，现在可以履行了吗？"

柳然闻言有些蒙了，问道："我答应过你什么事？"

月刃闻言有些生气，说道："你是真的忘记了？还是只是不想履行承诺？"

柳然没有回话，用手挠了挠头，一副很尴尬的样子。

同时，他在心里嘟囔：父亲从未和我提过这件事情啊……

他有种感觉，自己似乎是掉进了父亲柳冲霄挖的一个大坑里来了。

就在月刃张嘴还想说什么的时候，忽然，一声巨响传入他们耳中，一下子引起了他们的注意。

"这是战斗的声音。"月刃的目光立即扫向声响传来的方向。

柳然的眼睛却微微眯了起来：战斗？哪来的战斗？凌前辈和本体那边现在还没行动啊。

"轰隆！轰隆！"一声接着一声的碰撞声传来，刺激着柳然的神经。

"会是谁先遭遇了敌人？"月刃在旁边也是一脸的好奇。

无奈的是，那战斗的位置正好在他们感知的范围之外，按照楚傲天的命令，他们现在又不能离开这个地方。

原本柳然心中还有些焦虑，很想去看看那战斗究竟是怎么一回事。

不过，很快他就知道是怎么回事了。

因为，片刻之后战斗就停止了，并且，柳然他们听到了一个声音朗声大笑道：

"哈哈，终于抓住这个奸细了，快把他押送到首领那边。"

"奸细？"柳然瞳孔微微一缩。

难不成他们是抓住了东川城藏在这利刃之中的卧底？

刹那间，柳然感觉到了一种强烈的危机感。

他不知道现在被抓住的那个奸细，到底是做了什么才暴露了自己，或者说那个声音根本是故意那么说，想吓唬真正的奸细。

但是，他知道自己现在不能轻举妄动了。

万一他不小心做错什么，暴露了自己，那他面临的恐怕是比方才更险峻的形势！他暗自无奈：真是一山还比一山高，原本想找机会救出凌薇，没想到现在自己反倒是被困住了。

唯一庆幸的是，至少现在他还没有暴露。

现在他这分身紫阳所能做的，就是继续耐心地等待机会了。

哪怕现在他暂时陷入了困境，无法采取什么行动，但是，至少将分身安插在这个地方，总有行动的机会。

另外，敌人很大一部分目标就是他这修罗魔体，对方恐怕根本想不到修罗魔体就在他们的阵营当中。

恰在这时，柳然发现本体那边的凌岩已经结束了调息。

索性，他的分身紫阳对月刃说道："接下来的战斗不简单，我想调整一下状态，你也抓紧时间调整吧。"

然后，他就不管月刃是什么反应，便盘坐下来，进入了调息状态。

月刃见状不由得一阵不满，柳眉微蹙。

原本，她还打算和玄刃好好聊聊，谁知道对方用这样的招数逃避与自己的对话。

不过，她最终也只是轻叹一声，没有打扰玄刃。

"你似乎和以前不太一样，不过，个性倒是一点儿都没变。这样也好，至少现在你还愿意让我待在你的身边……"月刃轻声呢喃道。

她在柳然身旁坐下，然后同样开始运转符力调息。

只是，她不知道的是，柳然此时根本没有真正进入调息状态。

毕竟，一个刚刚才认识的人，哪怕对方表现出一副很亲近的样子，他也不可能那么快放下心来。

而方才月刃那一声呢喃，倒是吓了他一跳，害他以为自己已经暴露了。

一直到发现月刃真的已经入定，没有要伤害自己的样子，柳然才暗自松了口气，旋即在分身体内留下一道真灵意识，主意识则是沉入识海，返回自己的本体中。

本体"唰"地睁开了双眼，发现凌岩已经结束调息，站在他不远处。

"我们继续赶路吧！"凌岩对柳然说道。

"等等，我刚刚得到了一些消息，要和你说一下。"柳然严肃地说道。

"哦？什么消息？"凌岩疑惑地问道。

分身的事情，柳然目前还是想要尽量保密，所以，他只是对凌岩说自己在利刃组织之中有一个朋友，参与到了这一次的行动之中，刚才给他传来了一些信息。

而后，他们两个人一边继续朝目标逼近，柳然一边将利刃组织的行动计划告诉了凌岩。

说到杀手们被传送到了一个灰雾缭绕的地方之后，彼此分散开来的时候，他发现凌岩的脸色多了一些凝重。

柳然又说道："凌前辈，目前我那朋友也是受到监视的状态，已经无法再为我们提供任何信息。"

凌岩点了点头表示理解。

不过，他脸上却浮现出了一抹笑容，说道："楚傲天倒是很会算计，可惜的是，他还是低估了我的手段。"

柳然不由得眼前一亮，满怀期待地看着凌岩。

凌岩带着柳然先是飞入一片茂密的丛林之中，下一刻，凌岩忽然身形一闪，整个人竟是一分为二。

柳然眼睛瞪得老大，愕然看着眼前的两个凌岩。

他发现，这两个凌岩竟然都是真实的存在。

凌岩竟然和他一样，掌握了某种分身的能力。

恍然间，柳然也明白为什么方才凌岩要调息那么久了，恐怕就是在凝聚力量，因为哪怕一分为二，凌岩的气息竟然并未减弱多少。

此刻在这两个分身的身上，柳然都感觉到了深不可测的实力。

凌岩也不多做解释，一个分身自行朝着柳然已经确定出来的方向飞去，而另一个分身则继续拉着柳然，不往前飞，反倒是降了下来。

柳然原本以为他是打算从地面走，不飞行，以此让自己变得更加隐秘。

谁知道，凌岩在落向地面的时候，竟没有减速，带着他飞速撞向了大地！

"这……"柳然不由得暗自惊呼。

他很怀疑凌岩是不是疯了，哪怕是天劫境中的强者，也不能这么任性地用自己的身体撞击地面吧……

结果，让柳然震惊的是，他们两个人在撞击地面之前，全身忽然被一层土黄色的符光包裹住，然后他们两个人的身影竟没入了地面。

原本预想之中的碰撞并没有发生，柳然发现他们仿佛不是落入地面，而更像是跳进了一片湖泊之中一样。

他们身处于地底，竟然宛如游鱼身在水中，自由自在地穿梭、游动起来。

而且，他们游动的速度，竟然不比在地面施展身法时候差多少。

"这……这是什么符技，能让人在地底穿梭？"柳然万分惊奇地问道。

凌岩一边带着他在地底前行，一边对他说道："七级秘术符技——'地行术'。"

"七级秘术？"柳然惊诧地张大了嘴巴。

他完全没想到，在自己还在努力学习五级符技的时候，城主大人竟然随意地就施展出了一种神奇的七级秘术。

不愧是东洲之主啊！

恍然间，柳然意识到身边这位东洲第一强者的身上，绝对还隐藏着自己难以想象的强横实力。

震惊过后，柳然打量着环绕在他们周围的一道道符纹，对这种叫"地行术"的符技充满好奇。

符技由低级到高级，不但越来越玄妙，也越来越珍贵、难学。

而在东洲这一地界，天劫境强者能掌握几门五级符技，就可以算是一方强者，十分难得了。

当然，在各大家族中，或许藏着一些六级符技，但基本上很少在世间出现，也只有各大家族的族长能够掌握。

至于七级符技，东洲的大多数人别说见过，就是听过的都不多。

此刻，凌岩却当着柳然的面，不但施展出一种七级符技，而且是秘术符技，就更为珍贵、罕见。

看着这符技神奇地带着柳然两个人在地底穿梭，柳然知道，这"地行术"的确也配得上七级秘术符技的名头。

而且，这种秘术绝对是准备逃命和偷袭时的绝技。

当初他在青羽镇被利刃组织的人追杀时，如果他掌握了这种符技，哪里还需要等待对方破开地面，然后趁机利用影遁符逃走？一个地行术便可以悄无声息地离开了！可惜的是，越高级的符技，运转越神秘繁复，光是观摩这些符纹，柳然根本无法洞悉这符技中的奥秘，更别说偷学了。

所以，柳然也只能寄希望于暗符界了，暗自嘀咕道："也不知道暗符界里能不能买到？"

柳灵灵忍不住打击他，说道："哥哥，就算有人卖，恐怕也是天价，咱们暂时是买不起的。"

闻言，柳然才想起自己现在是个穷光蛋，顿时有些颓然。

凌岩不知道柳然心中已经转过了这么多念头,他专注地带着柳然在地底穿行着,转眼间已经跨过了数十里的距离。

同一时间,他的另一道分身正以更快的速度飞行着。

途中,他发出几道传信,一道道人影开始迅速在他周围集结,是他从东洲调来的强者。

原本在榕城的云家、风家和灵翠谷三方的强者,也纷纷通过传送,赶到了这里。

一行人足有数十人,实力最差的也是天劫境灵台期小成,大多数都是灵台期大成以上的层次。

片刻之后,他们来到了一处云雾迷蒙的山脉上空。

凌岩确定了这个位置之后,也不多说什么,当空拔出腰间的长剑,一道剑芒横空斩落。

"轰隆!"山脉都震动起来,一层层符阵刚刚释放出光芒,就被轰然斩碎。

一道足有上千米长的巨大沟壑,出现在了众人的面前。在这山脉中,原本负责镇守在这个区域的几名杀手,非常不幸地,就这么被斩杀了。

迷雾山脉的平静被打破,万鸟惊飞,百兽奔逃,一片混乱。

这一剑的威力,让所有跟着他一起来的人都不由得震惊。

虽然都知道凌岩乃是东洲之主,是东洲实力最强者,却没有几个人看到过凌岩出手,此刻都纷纷为他的实力感到惊讶。

不过,紧接着他们又都兴奋起来。

有这样一位绝世强者坐镇,此战他们想不胜出都不行。

但他们不知道的是,此刻带着他们杀到这里的人,只不过是凌岩的一道分身而已。

"杀!"随着一声怒喊,凌岩率先冲了下去。

那数十名凌空而立的天劫境强者也纷纷杀进了这迷雾山脉之中。

一场激烈的混战,正式爆发!

同一时间,柳然跟着另一个凌岩,借助地行术在地底穿梭,也来到了这迷雾山脉。

如今在山脉中到处都是符阵,但是,在这地底却没有符阵存在,让他们随意地在地底探察起来。

柳然可以感知到,地面上的激烈战斗,爆发出一阵阵巨大的能量波动,但这一切并未影响到他们的行动。

片刻之后,他们二人终于找到了凌薇的位置。

石洞之中,凌薇蜷缩在角落里,气息十分微弱。

此外,在这石洞内还有四个人,似乎是负责在这里看守的。

凌岩察觉到凌薇虚弱的状态，心中十分愤怒，在地底迅速动手。

"哧哧哧……"

柳然只看到他右手弹了几下，身上的符光闪烁之间，有四道剑气在他指尖浮现，瞬间穿透土层，没入看守的四名杀手体内。

下一刻，柳然就察觉到那四个人的气息迅速消散，没了生机。

凌岩竟然隔着厚厚的泥土，斩杀了四位准金牌杀手。

"唰"的一声，凌岩带着柳然从地底冲了出来，出现在地面上的一处密室石洞之内。凌岩松开柳然，刚要走向凌薇，查看她现在的状况。

不过，就在这时，异变突生——

"嗡！"被他斩杀的四个人身上，忽然浮现出璀璨的符光，仿佛激活了石洞中的什么符阵。

"不好，中计了！"

一股危险的气息涌上柳然和凌岩的心头。

他们此刻都猜到了，四个杀手恐怕只是诱饵，击杀他们才会激活这里的符阵，符阵可以毁灭石洞中的一切。

眨眼间，一道道带着劲风的利刃凭空出现，朝他们碾压而来。

"轰！"凌岩的反应极快，迅速施展出某种强大的防御符技，生生将这些利刃挡了下来。同时，他对柳然喊道："快，带她进入云海秘境！"

柳然迅速冲向凌薇，一把将她抱起来，便要打开云海秘境。

可是，他忽然感觉到一股强大的阻力，虽然可以打开云海秘境，但是非常艰难。

"这里有禁空符阵！"柳然第一时间想到了这一点。

旋即，他又意识到，对方这个陷阱恐怕没那么简单，必定还有后手。

就在他想到这一点的瞬间，他和凌薇二人被刺眼的符光笼罩住。

"传送符阵！"凌岩在旁边认出这符光的来历，瞳孔不由得一缩。

他立刻冲过来试图将柳然和凌薇救出来，可是，动作还是慢了一步。

"嗡！"随着一声轻响，柳然和凌薇二人的身影都消失不见了。

第三章 真正的杀局

第四章 柳灵灵的决心

眼睁睁看着柳然和凌薇两个人的身影消失,凌岩的脸色一下子变得铁青。

"该死的楚傲天!"

他口中发出一声咆哮,全身的气息随着他的声音冲向四方。

"轰隆!"

石洞生生被他的气息震碎,凌岩的身形也从其中快速飞出。

就在他飞出石洞的时候,迷雾山脉中响起了一阵爽朗的笑声。

"哈哈,凌岩,实力再强又有何用?最后赢的人还是我。"楚傲天笑着说道。

声音传入众人耳中,顿时引起了无数人的惊愕。

"这是什么情况?他这话是什么意思?"

"听这语气,似乎是凌大人和利刃组织的首领分出胜负了?"

"竟然这么快!不过,凌大人可是东洲第一强者,怎么可能会输?"

不管是东川城一方的强者,还是利刃组织的杀手,此刻都是满头雾水。

不同的是,东川城的人十分不安,而利刃组织的人在惊愕的同时,心中都无比兴奋。

柳然的分身紫阳所在的地方,月刃霍然睁开了双眼。

她看向了楚傲天声音传来的方向,俏脸之上也浮现出了惊疑不定之色。

也不知道是不是他们比较幸运,从刚才混战开始到现在,他们这里居然没有出现过一个敌人,一直很平静。

不过,这种情况让月刃十分不安。

就在楚傲天的声音响起不久,一阵强烈的碰撞声震动了整个山脉。

月刃不用过去也可以猜到,那是东洲之主凌岩找到了楚傲天的位置,与其正面碰撞爆发出来的动静。

无疑,随着柳然和凌薇被暗算传送出去,凌岩彻底被激怒了,而双方的激战也在此时进入了白热化状态。

不过,楚傲天也不是好对付的,与凌岩激战起来竟然斗得山崩地裂,两个人的实力不分上下。

"但愿他们不要打到这边来。"

月刃不由得担忧地看了不远处的"玄刃"一眼，却发现"玄刃"好像是陷入了深层次的入定修炼，根本没有察觉到外界的变化一样。

月刃定下神来，目光坚定地说道："无论如何，都不能让任何人打扰他。"

只是，她不知道的是，此刻她身边这个人根本不是真正的玄刃，而是玄刃儿子的分身。她更不知道的是，柳然此刻也并不是在入定，而是因为如今他的灵魂意识已经暂时顾不上这边了。

方才他和凌薇一同被传送出去的瞬间，他就毫不犹豫地强行打开了云海秘境，将昏迷不醒的凌薇送了进去。

在传送过程中的空间压迫下，他光是将凌薇送进去就消耗了七成的灵魂之力。

而当他自己再想进入云海秘境时，却发现自己已经被送到了一个昏暗的地方，层层符阵疯狂地朝他包围而来。

"竟然是封印符阵！"柳然的脸色骤然大变。

可是，那封印符阵来得太快，而且力量极为可怕，他甚至没来得及认出那是什么封印，自己全身的力量就已经被死死地封锁住。

他感觉自己像是突然被关进了一间狭窄的黑屋之中，周围尽是黑暗与冰冷，身体被无数枷锁缠绕着，根本难以动弹。

这下麻烦大了！

柳然的心一下子沉入了谷底，他完全没有想到，自己竟然会被封印。

显然，这一切都是对方算计好的，从对方抓住凌薇开始，就已经算好凌岩会带着柳然来救凌薇。

这山脉中的种种布置，并不是想伏击东川城的人，而是一种迷惑的手段，为的就是逼凌岩独自带着柳然来到石洞内。

"看来对方早就知道了凌薇的身世，更知道凌薇与云海秘境之间的联系！"柳然心中震惊不已，"而且，他们也知道凌前辈掌握了地行术，算到他会利用地行术来到这里。"

想清楚这其中一环扣一环的设计，柳然心中一阵翻腾。

最让他搞不明白的就是，对方为什么会知道这么多的信息？

不过，很快他就解开了这个疑惑。

因为，在他刚刚被封印起来不久，就听到外界传来一道苍老的声音。

那声音说道："哼，总算把你抓住了！若不是我那外孙苦苦哀求我一定要将你留给他，我早就解决你了！"

柳然听得心惊肉跳。

他的灵魂并没有被封印，这是柳然现在最值得庆幸的事情。

此时，他可以通过灵识感觉到这个人的气息非常强大，至少是一位金牌杀手。

"难不成，他就是利刃组织东洲分部的第五位金牌杀手？"柳然暗自猜测道。

只是，对方的气息给他的感觉非常陌生，所以他完全想不到，对方口中的"外孙"究竟是什么人。

因为，不知不觉中自己已经和很多人结过怨，现在对他恨之入骨的人并不少！

但是，想到对方很可能就是那个负责去把凌薇从东川城内抓过来的人，柳然瞬间就排除了很多人。

"这个家伙要么是和东川城中有什么联系，要么本身就是东川城内的人。"柳然心中已经做出了推测。

忽然，他想到了东川城的江家。

他也想起了，之前似乎听到江无殇的妻子与利刃组织有什么关联。

那么，这个老者的身份就呼之欲出了——江无殇的岳父，江辰峰的外公。

"难怪利刃的人知道那么多事情。原来，这一切都是江家在背后谋划的。"柳然一时间怒意冲天。

柳然强迫自己平静下来，暗道：现在不是愤怒的时候，我必须尽快想办法脱困才行。

可是，眼下他只有灵魂还能自如运转，或许还能发动一下灵魂攻击，可是他却拿捏不准外面这个老者的灵魂修为如何，不敢轻易尝试。

万一无法击杀对方，反而激怒对方，他可就麻烦了！

另外，哪怕他成功击杀了对方，现在也无法脱离这封印符阵，问题还是没有解决。

换言之，柳然此刻完全陷入了困境。

"到底该怎么办？"柳然暗自焦急。

他脑海中一片空白，完全想不到什么主意。

到了现在，他才发现自己灵魂方面的手段太少了，肉身、符力一旦被封印，就什么都做不了。

碰上利刃组织设下的这种陷阱，恐怕绝大多数人都是束手无策的。

柳然如今还能够调动灵识，其实已经是利刃组织意料之外的事情了，毕竟利刃组织可没想到，柳然会在近期凝聚灵魂精魄。

"可恶，如果我还能调动分身，或者附近再来一个人就好了。"柳然暗自无奈。

若是他的分身紫阳还能调动，赶到这里来，或者附近有别人在，他也可以利用对方破开符阵。

但偏偏此刻他被封印，已经完全感知不到分身的位置了。

而且，此时守在这里的这个老家伙实力很强，他动用灵魂攻击，或许可以将他重伤，却没有办法控制他。

就在这时，识海中忽然响起了柳灵灵的声音："哥哥，你的身体暂时交给我，可以吗？"

柳然一愣："身体交给你？你有什么办法吗？"

柳灵灵没有回答他的问题，反而说道："哥哥，你之前不是问我，伯伯到底和我说了什么吗？现在我可以告诉你了。"

柳然心中更加迷惑，说道："你怎么在这个时候说起这件事？难道这件事和现在的情况有什么关系吗？"

柳灵灵说道："如果我推测得没错，只要天符彻底融入哥哥的肉身，炼成天符宝体，哥哥一定可以打破这个封印！"

"天符宝体？那是什么？"柳然疑惑地问道。

柳灵灵解释道："伯伯告诉我，我的本体天符，如今只是与哥哥初步结合在一起，并没有与哥哥真正融合，所以，哥哥只能发挥出天符极少部分的力量。如果更进一步融合的话，哥哥就可以完全掌控天符之力，同时，体质也会得到质的蜕变，炼成强横的天符宝体。"

"完全掌控天符之力？那么，这所谓的天符宝体，究竟有多强大？"柳然不由得满心期待。

柳灵灵答道："保守估计，至少可以将哥哥本体肉身的力量提升十倍。"

闻言，柳然的心情一下子激动起来。

他的肉身因为融合了龙气的关系，本就比一般人强大许多，如果他的肉身真的可以更进一步提升，不说十倍，就算是五倍，都够强行破开身上的封印了。

当即，柳然就迫不及待地就想让柳灵灵行动。

可是，话要说出口之前，忽然想起了当初父亲犹豫的模样，又想到了之前柳灵灵不愿意说出这个秘密的样子。

他猜到，彻底融合天符，炼就天符宝体，恐怕还有什么是他所不知道的。

所以，他按捺住了心中的情绪，冷静地询问道："灵灵，如果天符与我彻底融合了，你会怎么样？"

柳灵灵一下子沉默了。

这样的状况，让柳然心中不由得"咯噔"一声：果然有问题。

他毫不犹豫地说道："灵灵，你把话说清楚，如果这件事情对你有危险，那么我宁愿不练什么天符宝体！"

"哥哥……"柳灵灵心中十分感动，同时又十分着急，还想要劝说。

不过，柳然却语气坚决地传音说道："灵灵，你不用劝了，如果这件事会危及你，我绝对不会同意的。"

柳灵灵稍微平复了一下情绪，缓缓解释道："哥哥，其实你不用担心，天符与你完全融合之后，我只不过是从此失去了对天符的控制而已，并不会有什么危险的。"

柳然听到这话却十分怀疑。

思索了一下之后，他恍然大悟地说道："失去对天符的控制？就是你与天符之间的联系就彻底分开了？"

"是啊！"柳灵灵回应道。

"那么，如此一来，万一以后我死了，那你岂不是也只能与我一起消亡？"柳然激动地问道。

这个道理很简单，柳灵灵与天符之间的关系，就是灵魂与本体的关系，若是灵魂与肉身分开了，岂能继续存活？

或许，目前柳灵灵可以寄宿在柳然的识海之中，一旦柳然遇到了生命危险，那么，柳灵灵会跟他有相同的命运。

柳灵灵听出了柳然的担忧，笑着说道："哥哥，你担心的也太多了！炼成了天符宝体，你的肉身资质就超过了神体，就可以与那些圣体相比拟了，怎么可能会消亡呢？"

柳然沉默了。

他知道，柳灵灵这句话，就是承认了他方才的猜测。

柳灵灵接着又说道："更何况，灵灵脱离脱离天符之后，我的灵体也就独立了，说不定也可以炼成自己的肉身，独立存在呢！"

"这是真的吗？"柳然听到这话，一时间又惊奇起来。

"嗯，只要炼成合适的肉身，肯定可以。"柳灵灵说道。

但柳然明显听出这只是柳灵灵的猜测，具体可行性如何，她根本不知道。

所以，柳然再次摇头，说道："不行，我还是不同意，这件事风险太大了。"

他现在与天符之间的关系，可以说只是一种合作，他如果死了，天符重归天地，可以找到另一个主人。

如果他彻底融合天符，一旦他死亡了，或许天符不会毁灭，但已经脱离天符的柳灵灵肯定会有生命之危。

或许多年之后，天符会重新孕育出新的符灵，但肯定不会是柳灵灵了。

这绝对不是柳然希望看到的。

不过，柳灵灵却异常坚决地说道："哥哥，没时间犹豫了。我们只有趁山脉中的混战没有结束之前，从这里脱困，才有希望逃出去。否则，一旦利刃组织的人忙完，我们哪怕是炼成天符宝体，也无法逃走了！"

说到这里，她像是下了很大的决心，开始调动起了柳然体内的天符。

"轰！"一股磅礴的能量在柳然体内飞速流转。

"不！灵灵，你别乱来，快停下来！"

柳然感觉到了肉身的变化，焦急不已，在识海中连连大喊。

可是，柳灵灵却丝毫没有停下来的意思，他体内的天符之力反而运转得越来越快。

她身形一闪，在柳然的识海中消失，与他的肉身融合在了一起。

刹那间，一股暖洋洋的感觉，席卷柳然全身。

他感觉全身的细胞都像是从沉睡中被唤醒了一样，无比活跃地吸收着天符的能量。

柳然体内开始发生翻天覆地的变化，转眼间就被强化了一倍。

而且，这种强化还在继续。

此时的柳然却一点儿都高兴不起来，还在对柳灵灵喊道："灵灵，你快停下来，够了，我们还可以再想别的办法！"

柳灵灵并没有如同柳然所期望的一样停止自己的动作，反而加快催动天符之力的运转。

同时，她对柳然说道："哥哥，灵灵这一辈子最开心的事情，就是能够成为你的妹妹。"

闻言，一股强烈不安的感觉涌上柳然的心头。

他大喊道："灵灵，你是不是有什么事情瞒着我？"

"被看出来了呢，其实也没什么，就是我的意识彻底脱离天符之后，灵魂会进入虚弱状态，可能会有一段时间要陷入沉睡，无法陪着哥哥了。"柳灵灵有些遗憾地说道。

"什么？"

柳然顿时大惊失色，喊道："你快停下，住手！"

可是，就在他的声音落下的瞬间，体内忽然传来一声巨响！

"轰！"

磅礴的天符之力突然爆发，席卷他全身各处，让他的肉身仿佛化成一片岩浆火海。

突如其来的滚烫的感觉让柳然险些昏厥，这股力量实在是太过可怕。

柳然也是这时才知道，原来天符中竟然蕴含着如此磅礴的能量。

为什么天符融合必须要在化劲期巅峰级别才正式开始？恐怕就是因为低于这个

境界的人，根本无法承受这样的力量冲击。

若是当初柳冲霄没有处理过这天符，柳然也不可能那么早就与其初步融合。

而随着这一拨能量爆发，柳然的肉身之力再次翻了一倍，达到了原来的四倍。

也是在这一刹那，他身上的封印符阵轰然崩溃。

"咔嚓咔嚓……"一连串破碎的声响，在这黑暗的空间中响起，顿时惊动了守在这里的老杀手。

那是一名银发老者，身披黑袍，目如鹰隼。

"怎么回事？"他站起身来，瞪大眼睛盯着柳然。

封印莫名其妙地破碎已经让他十分震惊，更让他难以置信的是，此刻柳然身上竟爆发出了让他都感到恐惧的危险气息。

"这怎么可能？他的修为明明还是化劲期巅峰。为什么会爆发出这么强大的气息？"银发老者一脸的难以置信。

此刻柳然身上散发出来的这股气息，在东洲就只有东洲之主凌岩，还有他们利刃东洲分部首领楚傲天的身上感受到过。

那两位可都是天元期级别的强者，给人这种感觉是很正常的。可是，他面前的这个柳然连天劫境灵台期都没达到，为什么也会给他这种感觉？

"不能再等下去了！"银发老者毫不犹豫地下了决定，眼中杀意肆虐，手中浮现出一把赤色短刃。

他身形一闪，便冲向了躺在他面前的柳然，一道赤芒直奔柳然的脑袋刺了过去！

就在这一刹那——

"哥哥，灵灵好困，要好好睡一觉去了，你要加油哦！"柳灵灵慵懒的声音再次从柳然识海中响起，"我相信，等我醒过来的时候，哥哥肯定已经是一个超级强者了。"

"灵灵！"柳然近乎哽咽，因为他听出了柳灵灵的声音越来越虚弱，而且感受到了她的灵魂气息在迅速衰弱。

不过，天符爆发的力量却没有减弱，反而再次加剧了。

"轰！"第二拨冲击能量爆发，这一次不是火山喷发，而是火山群集体爆发。

眨眼间，柳然的肉身力量又翻了一倍，达到了他原来肉身的八倍。

柳然睁开双眼，正好看到一把短刃急促地朝他刺来。

澎湃的怒意在柳然眼中浮现，他此刻脑海中只有一个声音："如果不是这个家伙，灵灵也不需要冒这么大的风险！这个老家伙，该死。"

"嗡！"

电光石火间，他的身形竟在那银发老者的面前消失了。

"什么？"

银发老者脸色剧变，手中短刃上的力量轰击在了柳然方才躺着的地方，在岩石上轰开了一个巨大的坑洞。

不过，仅仅刹那间，他又再次感知到了柳然的位置。

"在后面。"

银发老者一个闪身，再次爆发出凌厉的杀招。

"符技——'流星炎斩'。"

"咻！"

一刀化作火焰破空而出，发出无比刺耳的咆哮，宛如流星一般撞向了柳然。

面对他这样的一击，柳然的身形竟然一动也不动，而后做出了一个让银发老者十分意外的举动。

他伸手抓向了迎面袭来的赤色短刃。

"自不量力！"银发老者眼中露出狂喜之意。

他这一道攻击乃是五级攻击符技，而且，这一次他完全是拼尽全力，将威力催动到了最强状态，自认为哪怕是顶尖的金牌杀手，在他这一击面前也要退避。

现在，柳然居然用手抓向他的利刃，这不是自不量力又是什么？

刹那间，银发老者仿佛已经看到了柳然被他这一刀击败的情景。

然而，仅仅是瞬息之后，银发老者瞪大了双眼，脸上也浮现出了无比震撼之色。

因为，他手中的短刃与柳然的手掌触碰的瞬间，并未出现他想象中势如破竹的景象，反而发出了刺耳的金属碰撞声响。

紧接着，他的短刃竟然迅速减速，无法再前进分毫。

柳然竟硬生生地用手接住了他这一刀。

第四章 柳灵灵的决心

第五章
宝体，神威

看着面前神色冰冷的少年手中抓着的短刃，银发老者的大脑一片空白。

好不容易回过神来，他浮现出了这样的念头："不可能！这一定是幻觉……"

银发老者自出道以来，至今已经做了八十年的杀手，在利刃组织中更是闯下了大名鼎鼎的金牌杀手——银刃的称号。

这八十多年来，他也不是没有遇到过强大的对手，甚至也有几次差点儿被人斩杀。但是，他从没有遇到过可以徒手接下他全力一击的强者。

要知道，他手中这短刃可是一件玄金级中品兵器，具有强大的攻击增幅效果，加上他施展出来的符技本身威力极其强大，他自信哪怕是凌岩或者是楚傲天都不敢小觑他的攻击。

可是，现在却让一个化劲期的少年，硬生生地用手抓住了，这让他如何能够接受？这岂不是说明这少年的双手，达到了近乎玄金级符器的强度？

柳然无暇理会对方到底是什么感受，此时柳然脑海中浮现的，只有柳灵灵方才奋不顾身催动天符与他的肉身融合的一幕。

他甚至暂时没有去理会银刃，而是将意识沉入了自己的识海之中，看到了沉睡着的柳灵灵。

感动、愤怒、痛苦、悔恨……种种不同的情绪交织在一起，一下子涌上了柳然的心头。

最终，柳然将柳灵灵送入了自己识海中的白玉京之内，同时调动识海的力量环绕在她的周围，让她在此处休养。

待他将柳灵灵安置好，意识重新回到自己的体内时，正好看到了银刃再次疯狂地对他展开了攻击。

"轰！"

刹那间，柳然只感觉心头一股滔天怒火冲了上来，一下子掩盖了其他所有情绪。他双目发赤，全身的气息疯狂暴动，整个人宛如化作疯魔一般。

"杀！"一声爆吼在他口中传出，他纵身迎向了银刃的惊天攻击，疯狂地一拳砸向了银刃手中的短刃。

与此同时，他体内的天符之力在他这股怒意的引动之下，再一次爆发，与他的肉身彻底融合。

"噼里啪啦！"

他的肉身在这一刹那再次升华，达到了他原来肉身强度的十倍。

就在柳然的天符宝体彻底炼成之时，柳然的拳头也与银刃的短刃正面碰撞在了一起。刹那间——

"轰隆！"一声刺耳的巨响，震动四面八方。

碰撞声中，银刃带着满脸的难以置信，整个人倒飞出去，手中的符器兵刃也被抛飞。至于柳然，他顿住身形，稳稳地站立在原地。

还在飞速向后抛飞的银发老者银刃，此刻看到柳然就仿佛是看到一尊顶天立地的战神一样，心中浮现出了强烈的惧怕之意。

"逃，必须赶紧逃！"银刃身形一闪，用最快的速度远离柳然。

可是，柳然岂能容他就这么逃走？

"受死吧！"柳然口中传出一道愤怒的喊声，宛如怒龙长吟，震动四方。

声音传出的瞬间，柳然的身形仿佛化作一道白色闪电一般，急速追向银刃。

银刃骇然发现，这个他原本毫不在意的少年，在速度方面竟然也强大得惊人。

两个人一前一后离开了这间黑暗的石室，进入一条狭长的山洞之中，不断追逐穿梭。

"该死的江无殇，你究竟让我招惹上了什么样的妖孽？"银刃不由得暗自怒骂。

他感觉自己被江无殇害惨了。

不是说这柳然只是一个运气比较好的少年，挥挥手就可以击败？现在他怎么感觉情况正好相反，柳然挥挥手就可以把他斩杀。

好在柳然的速度虽然快，但银刃自己的速度也不慢。

原因是，柳然如今掌握的只是一种四级身法符技，而这银刃所使用的却是五级身法符技。

不过，银刃却一点儿都不放心。

因为，哪怕柳然的身法比他低了一级，但身法境界却已经炼到入微，几乎可以弥补这种符技等级差距。

再加上柳然此刻身上爆发出的力量，对于速度也有加成，让柳然的速度隐约比银刃快了一些。

所以，两个人之间的距离正在不停地缩小。

而在一点点逼近银刃的同时，柳然也取出了他的战刀烈焱龙雀。

"哧哧……"

他一挥手,那战刀上原本的封印瞬间全部解除,战刀也恢复了本来应有的重量——三百余斤。

不过,这点重量现在在柳然手里却毫无负担,他甚至觉得这重量太轻了。

于是,他一边继续追杀银刃,一边在这烈焱龙雀上篆刻起了符阵。

他所篆刻的符阵,乃是"重力符阵",用于增加物品的重量。

接连叠加了三层重力符阵之后,他手中战刀的重量已经达到了两千四百斤,可是柳然依旧觉得太轻。

无奈的是,仓促之间,也无法继续往上面叠加重力符阵了,只能将就使用了。也是在这时,柳然与银刃的距离缩短到了百米左右,已经到了他攻击的范围之内。

"烈焰惊魂斩!"

柳然毫不犹豫地一刀对着银刃斩出,开始施展攻击。

顿时,一抹耀眼的火光骤然浮现,宛如一条突然惊醒的火龙,直奔银刃杀去。以他如今这天符宝体的状态,这一刀的威势,比他之前足足提升了十倍。

"这怎么可能?"银刃一下子吓得面色惨白。

他无论如何都无法相信,这样的攻击是一名化劲期级别的小子释放出来的。

面对这样强大的攻击,他试图闪避,却发现这一刀来得实在太快,他根本没有任何时间闪避。

"不!啊!"一声不甘的怒吼从他口中传出,紧接着又是一声惨叫。

"轰!"

银刃整个人被龙形火焰刀芒吞没,然后以更加惊人的速度朝前方飞去,全身在这火焰刀芒下变得焦黑。

"砰!"

银刃的身体轰然撞在了一处石壁上,随后便一动不动了,身上还有火焰在燃烧。

距离数百米外的柳然却一眼看出,对方根本没死,只不过在装死而已。

他再次施展身法符技,身形又一次扑向了对方。

不过,就在他刚刚冲出两三百米,准备再次发动攻击的时候,他忽然感觉到左右两边各有两道凌厉的气息,朝他扑杀而来。

柳然的眼中闪过一丝寒芒。

因为,他发觉偷袭他的两个人的气息,他都很熟悉,正是榕城城主杨修,和江家的二老爷江无恨。

他实在没有想到,这一次的杀局连这两个人都参与进来了。

想到这里,他心中的怒意更胜。

电光石火间,他手中的战刀方向一变,立刻改为向左侧攻击。

"砰！"一道火焰刀芒斩出，将从他右侧袭杀而来的杨修斩飞。

那从左侧袭击柳然的江无恨见状不由得大喜过望，认为这是自己偷袭的好机会。

他疯狂催动全身的力量，原本施展到一半的招式产生了变化，层层符光飞速在他手上叠加变幻。

"玄冥鹰爪！"

江无恨倾尽全力的一爪，从柳然左后方抓来，目标是柳然的心脏。

他这一爪施展开来，周围的空气都震动起来，发出了裂帛之声。

这一招乃是他的底牌绝技，融合了江家的"血鹰爪"与他从暗符界中所获的一种五级攻击符技"玄冥爪"而成，威力达到了五级攻击符技的顶峰。

江无恨很有把握，他这一击可以击杀柳然。

虽然他只是天劫境灵台期小成级别的修为，但这一爪的攻击，哪怕是利刃组织的金牌杀手也不敢硬接，更何况如今他还是在偷袭柳然？

"流云，爹终于可以为你报仇了！"江无恨仿佛已经看到柳然死于他手中的情景，心情激动到了极点。

同一时间，被柳然击飞出去的杨修此时已经重伤倒地。

他看到这一幕也认为柳然必死无疑了，眼中甚至还浮现出了无比的快意，还有一丝遗憾，似乎无奈自己无法亲自击杀柳然。

不过，可惜的是，现实注定要让他们两个人失望了。

"扑哧！"江无恨这一爪如他所愿地落在了柳然的身上，可是，并没有如愿地伤害到柳然的背部，更无法触及柳然的心脏。

一股强大的阻力袭来，江无恨只感觉自己攻击的不是一个人的肉身，而是抓在了一件玄金级符器上。

爪芒瞬间破碎了。

最终，他的利爪仅仅伤到了柳然的皮肤表层。

"这……这怎么可能？"江无恨满脸的难以置信。

旁边看着这一幕的杨修，脸上也满是震惊之色。

柳然霍然转身，目露寒芒地盯着江无恨，口中发出了低沉的声音："你不要命了吗？"

江无恨瞬间只感觉全身的汗毛根根倒竖，强烈的恐惧从心头浮现，吓得他面色惨白。

"逃，快逃！"他心中惊叫一声，身形向后飞速逃走。

柳然怎么可能轻易放过他？对方三番四次地挑衅他，若是不除掉，定会是一个隐患。

想到这里，柳然脚下迈出一步，身形瞬间化作幻影，出现在江无恨逃走的方向前方。

"烈焰惊魂斩！"

华丽的龙形火焰刀芒，再次在他手中的烈焱龙雀上爆发。

"轰！"

一声巨响传来，江无恨整个人被火焰刀芒斩飞出去，凌空就彻底失去了气息。

另一边，杨修见状不妙，同样立刻掉头就跑。

他朝着一个和江无恨完全相反的方向逃走，以为如此一来可以多一丝生机。

可是，他还是低估了柳然的速度。

在柳然一刀解决江无恨之后，身形一闪，两个起落就追上了杨修。

"我们之间的恩怨，也该算一算了。"柳然低沉的声音传入杨修耳中。

"不，别杀我，别杀我！"杨修惊恐地喊起来，同时疯狂地催动防御符技。

在死亡面前，他已经没有丝毫天劫境强者的威严可言。

此刻，他有的只是无边的悔恨。

他后悔自己为什么还要来找柳然的麻烦？更后悔自己为什么要听江无恨的话，一起跑到这个地方来受死。

可惜的是，他这样的恐惧与悔恨，根本无法改变眼下的情况。

柳然不可能再给他继续给自己制造麻烦的机会。

所以，迎接杨修的依旧是一道璀璨的龙形火焰刀芒。

"轰隆！"一声巨响震动这一处黑暗的山洞。

杨修身上的防御符光宛如纸糊的一样，瞬间破碎。他整个人倒飞出去，全身包裹在火焰之中，生机迅速消失。

前后不过几个呼吸之间，柳然连斩两位天劫境强者。他转身看向方才被他斩飞的银刃，却发现银刃的身影已经消失了。

显然，他趁着柳然追杀杨修和江无恨两个人的时候，已经逃走了。不过，柳然并未在意，因为他的灵识依旧能清晰地感知到银刃所在的位置。

"嗖！"

柳然一挥手，先收了杨修和江无恨两个人的空间符戒，旋即身形一动，再次向银刃追过去。

这个银刃，几乎可以说就是导致柳灵灵沉睡的罪魁祸首，他绝对不可能放过。

一路急速在这山洞之中穿梭，追赶银刃的过程中，柳然惊讶地发现，自己此刻所在的位置，就是在当初他的分身紫阳伪装成"玄刃"与利刃组织的人集合的那一处山洞。

"难怪楚傲天当初说的是他回来了！"柳然顿时恍然大悟，"恐怕，当时他带着其他人传送的时候，这银刃就已经将凌薇放置在那边，布置好了一切，回到这里等着我们中招被传送过来了吧。"

一想到这里，柳然冷哼一声，眼中的杀意更甚。

他脚下再次加速，银刃的身影终于出现在了他的视野之中。

银刃此刻已经站在了当初传送柳然他们离开的传送符阵中，并且已经开启了传送，即将离开这里。

银刃看到柳然出现，在传送符阵中狂笑起来："哈哈，你终究还是杀不了我！"

"嗡！"

传送符阵华光一闪，银刃整个人就被传送了出去。

不过，在他传送离开之前，从他手中发出两道攻击符光，将这传送符阵外面的几名侍者都击杀了。

显然，他是不想给柳然利用传送符阵追上他的机会。

"还真是狠毒啊！"柳然眼眸中露出了几分戏谑，"可惜，你忘了，我本身就是一个炼符师，区区一个传送符阵岂能难倒我？"

柳然走上前去，开始研究这个传送符阵。

片刻之后，他就完全掌握了这个传送符阵的使用方法，并且立刻启动传送符阵，将自己传送出去。

山脉之中某处。

银刃的身影出现在这里，衣衫褴褛，头发也烧焦了大半，看上去十分狼狈。

他出现在这里的时候，也惊动了原本负责守在这一片区域的杀手。

"咦？银刃前辈，你怎么会弄成这副模样？"一个声音传入了银刃的耳中。

银刃扭头一看，才发现自己恰巧传送到了赤刃所在的位置上，此刻，赤刃和另外两名准金牌杀手正满脸惊奇地看着他。

银刃回应道："方才遇到了三名灵台期巅峰的强者，我拼了命才将他们斩杀，不过自己也受了点儿伤。"

他可不好意思说自己是被一个化劲期的少年搞成这狼狈的样子，那样他以后在利刃之中岂不是成了一个天大的笑柄？

一听到银刃的话，那两名准金牌杀手都纷纷面露敬佩之色。

赤刃倒是有些怀疑。

毕竟，他和银刃也是同个级别的强者，他岂是那么容易糊弄的？

不过，他知道这银刃深得楚傲天信任，也没有多问什么，还露出一副很关心的样子，说道："银刃前辈快点儿开始疗伤吧！"

"嗯。"银刃冷傲地点了点头，旋即转身就在附近找个地方盘坐下来，打算开始疗伤。

只是，他没想到自己才刚刚坐下来，一股让他惊悚的气息闯入了他的感知范围之内。

霎时间，银刃的脸色剧变，整个人更是从地上蹦了起来，急速朝远处逃去。

赤刃三个人看到这一幕愕然不已。

在他们眼中，银刃方才的动作简直像是坐下的时候，被地上的钉子钉了一下一样，模样有趣极了。

"银刃前辈这是怎么了？"一名准金牌杀手满脸疑惑之色地说道。

另一名准金牌杀手也是十分茫然。

在他们印象之中，这位金牌杀手银刃一直都是十分冷傲的，怎么会突然做出如此有趣的举动？

他们几乎怀疑是不是遇到了一个假的银刃前辈了。

而就在这时，赤刃的脸色却骤然一变，一张娇嫩的脸上露出了兴奋之色。

"是那个家伙，他终于出现了。哈哈……"赤刃狂笑一声，随即身形一闪，就在原地消失了。

那两名准金牌杀手虽然还不知道是怎么回事，但也连忙跟了上去。

赤刃为何突然如此兴奋？

原因是他突然感觉到了柳然的气息。

今天这个杀局原本就是为了柳然而准备的，这一点赤刃十分确信，但悲哀的是，他完全不知道楚傲天的计划究竟是什么。

而在这时，他居然感知到了柳然的气息出现在附近，这让他如何能不兴奋？

他不管楚傲天究竟有什么计划，此刻他只想亲自出手击杀柳然。

"嗖！"

赤刃的身形急速在云雾中穿梭，几个呼吸之间，他就来到了柳然出现的位置，也看到了柳然的身影。

柳然刚被传送到这里来，目光还在周围巡视，寻找那银发老者银刃的下落。

不过，这个地方他也只能探查到千米范围之内，银刃方才察觉到不妙就逃走了，他一时间也捕捉不到银刃的气息。

恰在这时候，另一股熟悉的气息闯入了他的感知之中。

"赤刃？"柳然眸光一闪。

他清楚地感知到赤刃正从他的侧后方逼近，借助一些隐匿手段，准备对他进行偷袭。

可惜的是，赤刃完全不知道，以如今柳然的灵魂修为，他的隐匿手段根本毫无作用，简直像是小丑表演一样。

柳然也无暇与对方玩什么游戏，正好想抓住对方来好好问问究竟银刃跑去什么地方了。于是，他身形一闪，宛如鬼魅一般，出现在了赤刃的面前。

还以为自己可以出其不意地出手的赤刃，一下子瞪大了眼睛，满脸惊讶地盯着柳然。他难以置信，柳然竟然可以感知到他，而且速度快得如此可怕。

更让他不解的是，他明明感觉柳然身上的气息还是化劲期级别，可是，柳然站在他面前的时候，他却感觉到了巨大的压力。

"哗啦！"

就在赤刃震惊之时，柳然已经伸出手，对着他的脖子抓了过去。

赤刃顿时脸色剧变，回过神后急速向后退避，同时运转全身的力量进行防御。

可是，他引以为傲的速度，此时在柳然的面前根本不值一提。

柳然身形一闪便追上了他，并且轻易地用手抓碎了他的防御。

"扑哧！"

紧跟着赤刃而来的那两名准金牌杀手，在冲到这里的时候，正好就看到柳然徒手轰碎赤刃身上的防御符光，还抓住了赤刃的脖子，将他整个人提了起来的情景。

顿时，他们两个人吓得瘫坐在地。

"这不可能！"这样的声音，同时在赤刃还有那两名准金牌杀手口中传出。

赤刃震骇万分，还在极力挣扎，可是，柳然抓着他脖子的手就仿佛铁钳一样，让他无法动弹丝毫。

"杀！"

他一挥手，手中的长剑破空斩向了柳然的胸口。

"锵！"这一剑斩在柳然的身上，竟发出了金属碰撞的声音。

看到这一幕，赤刃终于彻底吓傻了。

一个在数月之前还被他玩弄于股掌中的少年，现在竟然成长到了他根本没有反手之力的程度，这让他根本无法接受。

就在他脑袋一片空白的时候，柳然口中传出了冷漠的声音："银刃去哪里了？"

瞬间，赤刃和地上瘫坐着的那两名准金牌杀手都瞪大了眼睛。

他们忽然明白，为什么银刃方才走得那么匆忙，恐怕就是在躲避眼前这个可怕的妖孽。

第②章
一路横行

赤刃全身颤抖起来。

他终于明确了一个事实，那就是他现在绝对不可能是柳然的对手。

仔细比较起来，银刃的实力比他全盛时期还强，可是，就连银刃都被柳然追着跑，他赤刃现在连肉身还是别人的，实力不足原来的七成，如何能是柳然的对手？

想通了这一点之后，赤刃脸上忽然露出了软弱、哀求之色。

他紧张地对柳然说道："柳……柳公子，请手下留情，我所做的一切，都是银刃和楚傲天指使的，并不是我的本意。我可以立刻带你去找他们，求你放过我吧。"

"你还想和我谈条件？"柳然眼中寒芒一闪。

他全身的气息躁动起来，那炙热的感觉，让赤刃他们三个人感觉全身都要融化了一样，一个个心中更是惊骇。

他们不知道柳然究竟是怎么做到的，但是他们却知道柳然绝对可以轻易夺走他们的生命。

那两名准金牌杀手方才还打算趁机逃走，可是现在他们根本没有勇气这么做了。

赤刃更是连忙惊慌地喊起来："不……不是，请听我解释。"

柳然加重了手中的力量，赤刃只感觉一阵窒息，脸色迅速涨得通红，紧接着又变成了紫色。

赤刃终于彻底怕了，将银刃逃走的方向告诉了柳然。

得到自己想要的信息之后，柳然毫不犹豫地解决了赤刃。

像这种杀了不知道多少人了的杀手，而且能对救了自己的人下手夺舍的人，他绝不会手软。

解决了赤刃之后，他收了对方的空间符戒，目光又扫向不远处跪着的两名准金牌杀手。

那两名准金牌杀手亲眼看到赤刃被杀，心中恐惧万分，正在暗自大骂银刃害人不浅。

随后，两个人居然做出了同样的动作——取出自己的空间符戒。

他们解除空间符戒上自己的气息锁定，然后举在面前，对柳然说道："这位大人，求您高抬贵手，我们两个人愿意奉上所有身家，求大人饶我们一命！"

柳然神色冷漠，一挥手，便将他们的空间符戒摄取到手中，收了起来。

那两名准金牌杀手不由得大喜过望，还以为柳然同意要饶他们一命了。

就在这时候，柳然却开口说道："我可以饶你们不死，可是，却不能让你们继续害人。"

话音未落，他点出两道指芒——

"哧哧！"

火焰指芒破空，在那两名准金牌杀手没有反应过来之前，没入他们的体内。

这是两道天符之力凝聚成的符火，一进入那两个人体内，迅速将他们的经脉焚毁，让他们全身的符力迅速溃散。

不过眨眼的工夫，他们的一身修为已经消失得一干二净。

做完这些之后，柳然身形一闪，追向银刃逃走的方向。

原地，留下那两名准金牌杀手一脸绝望地坐在那里。

他们二人赖以生存的实力没了，接下来哪怕可以活着离开，等待他们的也绝对不是什么好的命运。

柳然急速追向银刃逃走的方向，就在这时候，忽然——

"咻！"

一道无形的攻击出现，瞬间没入了他的脑袋。

灵魂攻击！

柳然脸色微微一变，不过很快就恢复正常了。

因为，那一道灵魂攻击进入他识海之中，虽然掀起了剧烈的震荡，可是，他的灵魂精魄一挥手，就将其轰碎，根本无法伤及柳然的灵魂。

相反，那名出手攻击他的杀手自己反而遭到了反噬，发出了一声闷哼。

柳然根据他这声音，准确找到了对方的位置，身形一闪就到了对方的面前。

那名杀手眼中不由得露出了惊骇之色。

他方才也遇到了银刃，对方让他在这里狙击柳然，还说什么柳然只是肉身强大，灵魂肯定很脆弱。

现在他才发现银刃欺骗了他，要是柳然的灵魂修为算弱，他们这些人根本就没有什么灵魂修为可言了。

可惜的是，他现在后悔也晚了。

柳然也不和对方多说，一刀将其斩飞，然后夺走对方的空间符戒，便自行离开了。

接下来柳然一路横行，他又遭遇了几名杀手。

基本上胆敢对他出手的人，他都将其斩灭，而那些自己还忙着战斗的人，柳然也不多理会。

但哪怕如此,他依旧耽搁了太多的时间,一直没有找到银刃,让他的心情愈发压抑。

不过,就在这时候,他的脚步忽然一顿。

"咦?想不到你居然自己送上门了。"柳然的神色一动,脸上迅速浮现出了一抹古怪的笑意。

原来,随着他的本体脱离封印,如今来到了这山脉之中,他的分身紫阳同样恢复了自由行动的能力。

此刻,那银刃居然来到了他分身所在的位置,还带着刺刃,似乎是想联合"玄刃"、月刃和刺刃,共同对付柳然。

显然,柳然这次将分身紫阳如今也终于派上用场了。

柳然嘴角一勾,打开云海秘境,身形便冲入其中。

同一时间,柳然的分身紫阳此刻却一脸戏谑地看着银刃。

这样的眼光让银刃十分恼怒,但是,他却又不得不按捺住心中的不痛快,耐心地说道:"玄刃、月刃、刺刃,咱们不管往日里有什么恩怨,现在大敌当前,应该统一战线。那个柳然如果不除掉,对我们利刃组织而言,绝对是一个心腹大患。"

刺刃和月刃两个人都点了点头。

他们看着银刃此刻狼狈的模样,再想到银刃方才所说的,柳然现在虽然只是化劲期,肉身却强大到足以比拟玄金级符器,他们就不得不承认银刃的说法。

柳然的分身紫阳则是饶有兴致地问道:"那么,你想怎么联手?"

银刃大喜过望,将自己方才所想到的计划一一说了出来。

他对自己这个计划十分自信,却不知道"玄刃"在听他说计划的时候,面具之后一张俊脸上的笑意越来越浓。

银刃的计划其实也不复杂,关键在于他去当诱饵,而其他几个人必须帮他配合好,抓紧时机联手击杀柳然而已。

他早就摸清楚,"玄刃"擅长飞刀符技,月刃擅长灵魂攻击,刺刃擅长近身刺杀,而他自己,还有一招强大的五级幻术符技。

所以,他计划让自己先吸引住柳然的注意力,然后在柳然即将对他出手时,他立刻施展幻术符技,月刃立刻施展灵魂攻击,柳然中招后,再由刺刃给予必杀一击。

若是灵魂攻击对柳然无效,那么"玄刃"立刻用飞刀封锁住他的行动,所有人再联手围攻。

这样的计谋,得到了刺刃的大声赞同:"的确是好计谋,若是我遭到了这样的围攻,也是凶多吉少。"

事实上，他们四个人配合起来，就是要暗杀东洲之主凌岩，也有一定胜算。

银刃脸上也浮现出了几分自得之色，旋即又将目光投向了"玄刃"和月刃。

月刃其实对于这场猎杀并没有特别的兴趣，不过，她也没有反对，只是将目光看向了"玄刃"，征询他的意见。

见此，旁边的刺刃又是一阵不痛快，忍不住发出一声冷哼。

伪装成"玄刃"的柳然分身紫阳最终点了点头，说道："我同意这一次行动。"

月刃闻言点了点头，道："既然如此，那我也同意参与。"

"太好了！"银刃兴奋起来。

旋即，他接着说道："那你们赶紧开始准备吧，我现在就去将他引过来。"

说完他便转身离开了。

刺刃冷冷扫了"玄刃"和月刃两个人一眼，也是冷然转身离开。

他不知道的是，等他走开了之后，紫阳却忽然对月刃传音说道："月刃，我想请你帮我一个忙，不知道你愿不愿意？"

"什么忙？如果我能够帮得上的，你尽管说。"月刃毫不犹豫地回答道。

"我想让你帮我解决刺刃。"紫阳答道。

"什么？"月刃瞪大了眼睛。

如此突然的要求，还真让她有些措手不及。

她猜测，"玄刃"估计是因为刺刃屡次三番挑衅，已经忍无可忍了，才会做出这样的决定。

只是，她不明白"玄刃"为什么要先答应了银刃的行动计划，现在却又要做这种破坏行动的事情？这简直是在害银刃啊。

紫阳看出了她的疑惑，思索一番之后，对她传音说道："不瞒你说，我真正的目标是银刃。"

"为什么？难道你……你是东川城的卧底？"月刃想到了这一点，心中骤然起了波澜。

紫阳望着她，最终点了点头，却没有多说什么，只是等待着她的选择。

结果，月刃在思索一番之后，终于点了点头，说道："好，我答应你。"

紫阳不禁有些喜出望外。

他原本都已经想好了，若是月刃选择忠于利刃组织，他会立刻对她出手。

看在她和他父亲是熟人的分上，他不会伤她性命，但不会让她影响到自己的行动。

反正哪怕没有月刃相助，以他的分身和本体联手，解决刺刃完全没问题，再联手解决银刃也是轻而易举的事情。

当然，现在月刃同意帮忙，他的把握会更高。

随后，柳然的分身紫阳与月刃一同朝着刺刃那边飞掠而去。

同一时间，柳然的本体出现在了距离银刃不远处的地方，手持战刀烈焱龙雀，一出现就让银刃不由得胆战心惊。

他露出一副惊慌的模样，朝着他与刺刃他们约定好的地方飞身冲去。

柳然不紧不慢地在后面追着。

不久，他们来到了一处高耸的山壁面前，周围还有众多石柱，银刃的速度也一下子受到了限制。

后方追赶着的柳然看到这一幕不由得冷笑。

他心中暗道："这个老家伙还真是会演戏，如果我不知道他是故意将我引到这里来，恐怕还真以为他是逃得穷途末路了。"

不过，他还是装作不知情，加速追向银刃。

银刃发现柳然中计跟上来了，身形一闪，就冲进了一处山洞之中。

柳然自然也立刻紧跟着冲了进去，如同银刃所期望的一样，将他逼进了一处死角。

银刃做出了一副逃无可逃的绝望模样，旋即，他转身冲向了柳然，怒声吼道："我和你拼了！"

"嗖！"他手中一把短刃飞速朝柳然斩了过来。

但是，柳然却并没有去理会他这一道攻击，因为他知道对方这一击根本毫无威力，真正的攻击是接下来他要施展的幻术符技。

不过，柳然还是做出一副抵挡他攻击的模样。

下一刻——

"五级幻术符技——'炫影幻象'。"

柳然只感觉到眼前的情景迅速变幻，他面前居然出现了千百个人影，每一个实力都是天劫境，一同朝着他攻击而来。

饶是柳然早知道这是对方施展出来的幻象，但是，他依旧被这幻术的威力吓了一跳。

若是他的灵魂修为不够，恐怕就算知道这是幻象，也未必能够看穿。

五级幻术符技，果然名不虚传！

柳然心中暗叹一声，同时，他的精神力却猛地凝聚，瞬间捕捉到了施展开幻术之后试图逃走的银刃。

他听到了对方在高喊："快动手！"

可是，银刃这喊声根本无法得到回应，因为他找的三个帮手，一个都没有按照他计划中的一样在附近埋伏。

"怎么会这样？"银刃不由得大惊失色。

而就在这一瞬间，柳然的身影一闪，出现在了他的面前。

柳然脸上露出了戏谑的笑容，说道："没有人会出来救你，你就安心地长眠于此吧。"

声音未落，他手中的战刀烈焱龙雀悍然横扫开来。

"不，住手！"银刃惊恐万分地大声喊道，却根本阻止不了柳然的动作。

"轰隆！"

耀眼的火光横扫四方，携带着狂暴的冲击，将这一处山洞中的一切纷纷震碎。

在这山峰外面，可以看到这一座上千米高的巨大山峰上，一圈火光扩散开来，竟是被拦腰斩断，然后开始迅速坍塌，引发了剧烈的震动。

"轰隆隆……"

不少人都听到了这边的动静，一个个都震惊不已。

虽然这山脉中现在到处都是战斗，各种混战更是层出不穷，可是，能引起这么大动静的还真不多。

不过，大家各自都有战斗，加上利刃组织一方楚傲天早有吩咐，让大家不要擅自离开自己所负责的区域，所以，最终并没有人跑来附近查看情况。

而在倒塌的山峰中，闪烁间从里面飞出来的那道身影正是柳然。

他手中把玩着银刃的空间符戒，银刃这个老牌金牌杀手，已然在这山洞中被他一刀斩灭，永远长眠于此了。

"灵灵，哥哥也算是帮你出了一口气。"柳然轻声自语说道。

斩杀银刃之后，柳然心中那一股怒意总算是平息了不少，冰冷的目光渐渐也变得平静下来。

扭头看了一眼下方那坍塌的山脉之后，他便径直转身离开。

接下来，他还得再解决一个人，那么，这一场战斗才算是真正彻底结束。

那个人，便是设计了这一切的利刃组织东洲分部首领——楚傲天。

另一边，柳然的分身紫阳与月刃一同对付刺刃，最终也击败了刺刃。

只是，刺刃最终却并不是死在柳然或者月刃的手中，而是死在他自己的手中。

因为看到月刃居然与"玄刃"联手来杀他，而他又实在是斗不过这两个人，绝望之下，他竟然选择自爆了。

"我就是死，也要拉着你们垫背！"刺刃疯狂的叫喊声，传遍四方。

下一刻——

"轰隆！"

巨大的爆炸声再次惊动山脉中的所有人。

咆哮的能量乱流席卷四方，将刺刃身体周围十数里之内的一切全都碾碎，瞬间被夷为平地。

这样的爆炸，若是正面撞上，哪怕是金牌杀手也有生命之忧。

不过，柳然的分身紫阳却在最后关头拉着月刃遁入了云海秘境之中，躲过了这一劫。

而这一次的剧烈爆炸，也让山脉之中其他利刃组织的杀手们的心情开始乱了。

距离这里不远处的一处森林之中，来自南洲的驼背老者弑灵，此刻正在与风家的大胡子还有另一名风家的高手对战。

接连两声剧烈爆炸，让他感觉到心惊肉跳。

他心中不安道："可恶，怎么一个接着一个都开始拼命了？"

大胡子两个人则是趁着他分神之际，打得他一阵狼狈，险些被杀。

另一边，健硕青年斩灵与那矮瘦中年影灵居然在彼此对决，因为那矮瘦中年人，竟然临阵背叛，差点儿就将这斩灵干掉了。

同一时间，灵翠谷的赵老夫人正在与那来自云洲的杀手毒灵交战，而那一对双胞胎姐妹花则是对上了两名云家的强者。

所有人都隐约感觉到，这场战斗似乎也到该结束的时候了，所以彼此都拿出了真正的底牌，一时间战斗再次激化。

整个山脉之中，战斗的轰鸣声此起彼伏，愈演愈烈。

柳然的云海秘境之中，月刃正惊奇地看着周围的一切，像是忽然间明白了什么。

她紧盯着面前的"玄刃"，说道："这是云海秘境，你和柳然是什么关系？"

"我是他的叔叔。"紫阳答道。

月刃一副恍然大悟的模样，说道："难怪刚刚会对刺刃动手。恐怕，银刃现在已经被你那个侄儿解决了吧。"

紫阳默认不语。

月刃却不禁有些神色黯然。

因为，按照她最开始的想法，"玄刃"对付刺刃应该是为了她才对，现在看来，还是她自作多情了。

见状，紫阳忍不住说道："这件事，算我欠你一个人情。"

月刃闻言脸上露出了笑容，道："这可是你说的！"

见状，紫阳不禁无语，暗道：女人怎么都这么会演戏？

月刃却不管他是什么心情，飞身在这周围转了起来，同时，她对紫阳说道："我看你肯定还放心不下外面，你自己去忙吧，我在这里面逛逛就行了。"

紫阳思索一下，就点了点头。

反正他带着月刃来的这里，乃是云海秘境的第一层，而凌薇此刻在云海秘境的第三层，龟玄和红衣两个人在照顾她，应该不会有什么影响。

于是，紫阳就将月刃留在了云海秘境第一层，他自己则是一个闪身，在月刃面前消失了。

不过，紫阳并没有离开云海秘境，而是来到了云海秘境的第三层。

有本体在外面，他这分身无须去外面乱转，如果要出去，本体在外面打开云海秘境即可。

现在，他这分身还不如在这里将力量恢复到巅峰状态，随时准备战斗。

只是，紫阳没想到的是，当他来到云海秘境第三层，先去看了看凌薇的情况，然后再开始调息的时候，他忽然发现被他收入了这云海秘境中来的灵韵葫芦有了变化。

一层层神秘的光晕，在那葫芦上面缭绕着，闪烁不定，似乎有什么东西即将从里面出来。

"咦？这是要孕育成功了吗？"紫阳不由得满脸期待。

这可是本体炼出来的第二个炎将分身，并且与他这个修罗魔体炼就的分身截然不同，他也十分期待这具分身的出世。

"让我来助你一臂之力。"

看着灵韵葫芦还在不断闪烁着符光，紫阳忽然盘坐下来，调动起一个个符阵，加持到了灵韵葫芦上去。

有他的帮助，灵韵葫芦上的符光流转速度顿时变得更快了几分。

同一时间，柳然的本体在这山脉之中飞速穿梭，终于来到了楚傲天和凌岩对决的地方。

来到这里的时候，他第一时间看到了这周围百里之内的一切，此刻都笼罩在一股毁灭的气息之中。

这两位的实力实在是太过惊人，附近根本没有人敢靠近，若是稍微被波及，恐怕就是金牌杀手也不好受。

不过，柳然却毫不畏惧，身形一闪，宛如一道流星一样，冲进了战圈之中！

看到他的出现，不管是凌岩还是楚傲天都大吃一惊。

第七章
秘密曝光

楚傲天和凌岩两个人激战的地方原本是一片山地，但此刻在他们的战斗破坏之下，已经形成了一片方圆足有百里的山谷。

像他们这样的战斗，在东洲根本就难得一见，所以，在这山谷附近自然也躲着不少人，暗中观看他们战斗，试图从中偷学几招。

来自南洲龙家的龙二爷龙天羽就是这样的人之一。

作为一名金牌杀手，龙天羽在在利刃组织的代号叫作羽灵。

不过，这一次他并不是以金牌杀手的身份被派遣出来的，而是伪装成准金牌杀手，带着利刃组织南洲分布机密任务来到了这里。

这一点，就是楚傲天都不知道。

至于龙天羽的机密任务，那就是利用一种特殊的符器，录下楚傲天和凌岩战斗的过程的影响，同时作为秘密底牌伺机而动，以防东洲这边出现状况，他们南洲派遣出来的杀手跟着遭殃。

南洲分部的首领也不想自己被楚傲天白白利用，更不希望赔了夫人又折兵。

所以，龙天羽自始至终都潜伏着，而他在确定了南洲另外三位金牌杀手不会有什么生死之危之后，他就来到了楚傲天和凌岩激战的地方，一边录制影响，一边暗中观看这场大战。只是，龙天羽万万没想到，自己会在这个地方看到柳然。

他更没想到的是，再次遇到柳然的时候，柳然的身上居然发生了翻天覆地的变化，那种强横的感觉，让他都不敢靠近。

此刻，看着柳然扇动着一对紫色羽翼飞向空中，龙天羽毫不犹豫地收敛起全身的气息。

同时，他心中暗道："看来，首领推测得没错，这一次的行动终究还是出现了变数啊！这个柳然究竟是什么妖孽？"

他并没有现身的意思，因为他现在也没有把握拦下柳然。

更何况，他们首领给他的命令并没有让他救东洲首领，要么是因为他以为楚傲天会有生命之危，要么就是他巴不得楚傲天陨落，正好南洲分部可以吞并东洲分部！

不过，他同时也将手中用于录制影像的符器对准了柳然。

此举自然是不安好心，他准备让利刃的人都好好看看，这个少年是何妖孽，对于利刃组织而言是怎样的心腹大患。

　　同一时间——

　　"轰隆！"

　　空中交战的凌岩和楚傲天两个人，一番碰撞之后，就各自急速向后退去。

　　双方都有意暂时停手，然后看看柳然究竟是怎么回事。

　　楚傲天凌空而立，惊异不定地看着柳然。

　　他的计划按理来说已经成功了，那么柳然现在为什么会出现在这里？

　　更让他吃惊的是，他此时居然感觉柳然的身上竟然散发出了一股让他都感觉到压力的气息。

　　"柳然，你怎么来了？薇儿现在怎么样了？"凌岩则是传音询问柳然。

　　他也感受到了柳然身上气息的变化，所以，看着柳然的目光之中，同样有着不可思议之色。

　　柳然应道："凌前辈放心吧，凌薇现在没事了，在云海秘境之内休养，有龟玄和红衣他们两个人照看着。"

　　闻言，凌岩不由得长长地松了口气。

　　虽然柳然并未详细叙述事情的经过，但是，凌岩也可以猜得到，柳然必然是经过了一番惊心动魄的斗争，才能重新脱困。

　　而现在也不是他们叙旧的时候，是他们解决楚傲天的时候了。

　　柳然和凌岩两个人不约而同地将目光转向了对面的楚傲天。

　　楚傲天之前单独面对凌岩的时候，哪怕是打得再激烈，都是一脸的淡定，但此刻他终于无法保持这种淡定了，神色之中满是凝重。

　　见此，凌岩不由得哈哈大笑起来，道："楚傲天，你不是信誓旦旦说这一局是我输了吗？现在你还怎么说？"

　　"哼，我承认我这一次是算漏了，可是，凌岩，你有什么好得意的？不过是一时运气好，恰好碰上了这么一个妖孽少年而已。"楚傲天冷哼一声说道。

　　闻言，凌岩却更是得意起来，哈哈大笑道："我只是一时运气好？你倒是运气好一个给我看看啊！"

　　楚傲天脸色一沉。

　　不过，旋即他嘴角忽然又勾起了一抹邪笑，深深地看了柳然一眼，说道："你以为，你赢了吗？"

　　柳然闻言不由得心头一紧，一下子警惕起来。

　　凌岩微微眯起了眼睛，目光紧盯着凌岩，道："难不成你还有什么后手？"

第七章　秘密曝光

"哈哈哈！"楚傲天忽然大笑起来，"凌岩，恐怕你从头到尾都还不知道，为什么我这一次会付出这么大的代价，与你死战到这种程度吧？"

听到这话，凌岩的脸上浮现出了一丝疑惑。

他也觉得这一次楚傲天似乎不理智得有些不正常。

他已经猜测出，对方是冲着柳然来的，可是，他却猜不到对方冲着柳然身上什么东西而来，居然舍得付出如此巨大的代价。

柳然听到楚傲天这话不由得脸色一变。

他知道，对方自始至终都是冲着他的修罗魔体分身而来的。

现在，听楚傲天的语气，似乎是打算将这个秘密公诸于众？

楚傲天看到柳然的神色变化，脸上的笑容就更灿烂了几分。

他轻笑着说道："柳然，我给你一次机会，只要你现在与我联手击杀了凌岩，我可以为你保密，并且给你一个机会，加入我们利刃。"

听到这话，柳然不由得一愣，凌岩则是大笑起来，道："楚傲天，这就是你的最后倚仗？这种关头居然还想策反我身边的人？"

楚傲天却十分自信地说道："凌岩，你就笑吧，等会儿有你哭的时候！你说是吧，柳然？"

柳然脸色一片阴沉。他已经察觉到，山脉中不少人都停下了战斗，此刻纷纷聚集到了这山谷附近，若是楚傲天将修罗魔体的事情说出来，恐怕真的就天下皆知了！

到时候，就算他在这里击杀了楚傲天，他也会被人族之中无数人视为异类，同时还会被无数人当作猎物。

就在柳然左右危难之时，忽然，他得到了一道从分身那边反馈回来的信息，眸中光芒忽然一亮。

凌岩原本对于柳然十分信任，不认为柳然会背叛自己。可是，此刻察觉到了柳然的迟疑，一时间也有一些狐疑。

他的目光盯着柳然，低声问道："柳然，到底是怎么回事？"

柳然沉默不语。

这样的情形更是让凌岩心中迷惑，同时也让聚集到了这山谷附近，正在观看着这边状况的东洲众多强者们感到不解。

他们心中都不由得浮现出了一个念头：莫非柳然真有什么了不得的把柄被对方抓在手中，甚至可以威胁他在这样的关头临阵倒戈不成？

"哈哈哈……"楚傲天看着柳然沉默的样子，越发得意起来，又是一阵大笑。

这样的笑声让凌岩十分不痛快。

不过，他却只能按捺住心中的怒火，耐心地看着柳然，说道："柳然，不管对方抓着你什么把柄，只要我们两个人联手将他击杀，他就无法再威胁你了。"

柳然面对他这一番话却是依旧保持沉默，低着头，不知道在想什么。

"哈哈，凌岩，你就别白费劲儿了！"楚傲天大笑着说道，"柳然现在已经没有别的选择了，除非他想从此变成无数人追杀的对象，否则他就只能与我联手对付你。"

似乎是为了印证楚傲天的说法，在他话音刚落的瞬间，柳然的身形一闪，扇动背后的破空羽翼，与凌岩拉开了一段距离。

"柳然，难道你真的……"凌岩震惊地看着柳然。

柳然则一脸愧疚地说道："对不起，凌前辈，我已经别无选择了。"

凌岩愣住了。在这山谷周围观战的许多人，不管是东川城一方的城主府、风家、云家、灵翠谷的众多强者，还是侥幸在混战中保住了性命的利刃组织的杀手，此刻也都纷纷愕然。

他们都没想到，在这节骨眼上，竟然出现了如此古怪的逆转。

那依旧隐匿于暗处的金牌杀手龙天羽此时也是一脸的茫然，口中嘀咕着："这到底是怎么回事？"

他都已经做好看着楚傲天被柳然和凌岩两个人联手击杀的心理准备，不承想居然出现了这种变化。

以如今柳然展现出来的实力，哪怕无法与真正的天元期强者比拟，但也相差不多了。若是柳然真的投靠了楚傲天这边，局势绝对立刻陷入了对凌岩所带领的东川城一方不利的局面。

大家实在是想不通，究竟是什么样的把柄，会让柳然做出这样的决定？

柳然没有理会大家的眼光，径直飞到了楚傲天的面前不远处，恭敬地行了一礼。

"哈哈哈！"

楚傲天放声狂笑，无比得意地说道："凌岩，怎么样？最终还是我赢了吧？你现在还有什么话说？"

凌岩面色铁青。

他深深地看了柳然一眼之后，眼中忽然寒芒一闪，旋即朝楚傲天爆射而去。

"话别说得太早。"凌岩笃定地说道。

同一时间，他的身形如电，出现在楚傲天身前不足百米的地方，一抬手就是一拳狠狠地砸向了楚傲天。

"轰隆！"拳出如惊雷，发出刺耳的轰鸣声，让附近观战的人都纷纷心头一惊，立刻下意识地向后退避开来，以免被波及。

正面面对凌岩攻击的楚傲天却是一副神色淡然的模样。

单凭他自身的实力,他和凌岩根本就是半斤八两,更何况如今他还有柳然可以相助?

不过,就在他准备出手的时候,柳然却率先动手了。

"嗖!"只见柳然一个闪身,出现在了凌岩的面前,手中的战刀当空一斩,斩向了凌岩破空砸来的拳芒。

看到这一幕,山谷边缘观战的不少人都不由得紧张起来。

他们一个个都感觉到如今柳然的气势惊人,却并不知道柳然真正的实力,而此刻无疑就是他们验证柳然实力的好机会。

"轰隆!"所有人只听得一声巨响,紧接着又感觉到了一股惊人的能量冲击横扫四方,掀动周围的空气都剧烈翻腾起来,化作阵阵劲风吹向四面八方。

狂暴的能量冲击之下,柳然的身形向后退开了数百米,旋即停了下来。

同一时间,凌岩的身形竟然也向后退开了十数米。

凌岩此刻的脸色简直是难看到了极点,双目紧紧盯着柳然,怒吼道:"柳然,你知不知道你在做什么?"

不仅他此刻很是愤怒,山谷周围众多东川城一方的强者,脸色也都十分难看。

"想不到,这个柳然竟然是墙头草!"灵翠谷的赵老夫人长叹一声。

"临阵倒戈,他根本枉为人!"云家的云龙河不禁怒骂道。

"这不可能啊!我看那小子不像是那样的人,难不成有什么苦衷?"大胡子则一脸狐疑地说道。

不过,他话音刚落,旁边立刻响起了反驳声。

"什么不可能!他这都对凌城主动手了。"

"早知如此,当初在榕城就应该杀了他!"

"枉我之前还以他为榜样,我真是瞎了眼了!"

在这些怒骂声中,大胡子张了张嘴,最终什么也说不出来。

同一时间,利刃组织一方的人却一个个兴奋不已。

原本以为这一战他们要输了,没想到居然出现了这样的转折,如此看来他们应该稳赢了。

空中,柳然在听到了这些怒骂声,脸色有些难看,却保持着沉默。

他只是在心中不断默念着:快点儿,再快点儿……

谁也不知道,云海秘境中此刻正发生着剧烈的变化。

整个秘境之内汹涌的灵气在疯狂地涌向一处,那个地方就是柳然的分身紫阳和那灵韵葫芦所在之处,涌入了灵韵葫芦之中。

某一刻——

"咔嚓！"一声脆响从灵韵葫芦中传出。

紫阳眼睛大亮，紧盯着灵韵葫芦上出现的裂缝。

随后，他就看到一道人影迅速从模糊到清晰，又迅速从孩童状态成长到了成人状态！柳然的第二具炎将分身，终于炼成了。

与此同时，柳然也得到了这样的信息，脸上不由得露出了喜色。

然后，他对不远处的凌岩传音说道："凌前辈，可以了！"

原本满脸怒容的凌岩闻言，眼眸深处竟是掠过了一抹喜色。

下一刻，他们二人一同出手，竟是同时杀向了得意不已的楚傲天。

"烈焰惊魂斩！"

"玄空青莲剑！"

两声大喊几乎同时分别从柳然和凌岩的口中传出。

两个人身上涌现出层层符光，一个人施展五级攻击符技刀法，另一个人施展的是六级攻击符技剑法，在空中演化出一刀一剑两道凌厉攻击，悍然斩向了楚傲天。

"什么？"一声声惊呼，在山谷周围响起。

柳然和凌岩突如其来的动作，让所有人都始料未及。

不管是方才还在大骂柳然的东川城强者，还是方才还在赞赏柳然识时务的利刃组织杀手，此刻一个个都瞪大了眼睛，嘴巴张大，满脸的难以置信。

最无法接受的还是楚傲天本人，他脸色骤然一变，身形立刻想要退避开来。

可是，他此刻再反应，速度还是慢了一些。

仓促之间，他选择避开了他觉得威胁更大一些的凌岩的莲花剑芒，却无法避开柳然的龙形火焰刀芒。

不过，仅仅瞬间，他就后悔做了这个决定。

因为，他感觉到凌岩那一剑从他面前掠过时，没有丝毫的威力可言。

换言之，凌岩早就算到他会选择避开自己的攻击，所以那一剑不过是一个幌子。

而柳然的攻击，才更有杀伤力。

"轰隆！"楚傲天整个人被斩飞。

他极力运转防御符技，同时催动身上几件符器的防御之力，才挡下了柳然这一刀，没有让自己受伤。

他心中骇然不已。柳然这一刀的威力太强大，就是他来施展五级攻击符技，恐怕威力也不过如此。但他自己可是天元期级别的强者，柳然才不过是化劲期啊。

从柳然的攻击之中，他似乎感受到了一股杀伤力强大的火焰符力。

也正是那一股火焰符力配合这刀法符技本身的攻击增幅效果，才让柳然如今爆发出了与他自身不相符的强横攻击力。

第七章 ✦ 秘密曝光

就在楚傲天脑海中闪现出这些念头，还没有整理出个头绪的时候，凌岩真正的攻击也已经到了。

"咻！"只见凌岩身形如电，一闪就来到了楚傲天的面前，抬手一剑便刺向了楚傲天。

楚傲天瞳孔一缩，电光石火间，身形立刻向后一仰，惊险地避开了凌岩这一剑。

"轰！"凌岩剑上激射而出的剑芒飞射出数里之外，将地面轰开一个大洞。

一击不中，凌岩剑势立刻一变，收剑的同时，拳头对着楚傲天胸口砸出。

"山河破碎拳！"

同一时刻，柳然再次展开了进攻，一刀从侧后方斜斜斩向还处于弯腰状态的楚傲天。

"烈焰惊魂斩！"

凌岩和柳然联手的攻击，让楚傲天彻底陷入了被动状态！

他几次闪避不及，身上的防御被打破，他再次被打伤，当空喷出了一口鲜血。

眼看局势对他越来越不利，他眼中掠过一丝狠厉之色。

"破！"楚傲天愤怒地喊道。

同一时间，他身上骤然传出一声轰鸣，紧接着就是一圈狂暴的符光，向四周扩散开来。

他居然引爆了自己身上的几件符器！一股危险的气息急速向四方扩散开来……

"快退开！"凌岩的脸色都微微一变，立刻大喊一声，自己也连忙退避。

不用他喊，柳然也感到有些不对劲儿，整个人急速向后退开，同时扇动背后的破空羽翼，身形向后飞遁数里。

而就在他们两个人退开的瞬间——

"轰隆！"一声巨响传来，伴随着惊天的气浪横扫八方！

"哗啦啦……"

狂暴的气流横冲直撞，柳然和凌岩两个人的身形已经退出了数里之外，却依旧都被吹得东倒西歪。

就是站在山谷边缘观战的众人，此刻居然也有许多人难以站稳，连连向后退开。

藏匿于暗处的龙天羽此时也被逼得不得不现身了。

他连续退开了数百米之后，才重新定下了身形，随后再次将目光投向了山谷中央上空激战的三个人。

蓦然，他脸色一沉，他看到此刻柳然的身上浮现出一件他非常眼熟的符器铠甲，分明是柳然从龙岩的身上夺走的黑龙甲。

原来，柳然方才感觉到了危险，生怕自己的防御挡不住楚傲天引爆符器产生的冲击，所以就将这件黑龙甲穿上了。

结果，这件黑龙甲没让他失望，虽然他并没有炼化认主，但战甲自身也有不小的防御力，正好帮他削弱了一些爆炸的冲击。

爆炸过后，凌岩凌空而立，柳然也扇动着背后的破空羽翼悬浮在空中，两个人距离楚傲天都差不多七八里。

楚傲天此刻看上去十分狼狈，引爆身上的符器虽然暂时帮他解除了危机，但爆炸对他自己的伤害也不小。

他现在已经被炸成了重伤，身上的衣袍早已破烂，长发也凌乱披散，气息更是十分混乱。

"呼……呼……"他口中穿着粗气，一双眼睛通红一片，紧盯着柳然。

"竟然敢耍我，看样子你是认为我不敢将你的秘密公开啊！"楚傲天怒喊道。

他一想到方才居然轻信了柳然，结果非但被柳然和凌岩耍了，而且差点儿被柳然他们两个人联手击杀，他心中就怒不可遏，恨不得冲过去击杀柳然。

柳然却一改之前的紧张，神色十分淡定，说道："我有什么秘密？你不妨说说看？"

"哈哈哈，很好，既然你不想要命了，那我便成全你！"楚傲天狂笑起来。

四周所有人都安静了，紧张地看着楚傲天。

他们也很好奇，楚傲天所掌握的柳然的把柄究竟是什么？

楚傲天一脸癫狂的模样，仿佛一头发疯的狮子，放声怒喊道："所有人都给我听着，柳然拥有一具分身，乃是一具修罗魔体！"

"什么？"

"修罗魔体？"

"不会吧？"

一石激起千重浪，无数惊呼声，一下子淹没了周围呼啸的风声。

紧接着，一道道带着震惊、质询之意的目光纷纷落在了柳然的身上。

第七章　秘密曝光

第八章 瞒天过海

修罗魔体，传说中的四大魔体之一。

只要是稍微有一些见识的人，都知道这种体质的可怕，更何况在场这些人无一不是精英强者。

众人没想到，这一次东洲与利刃组织的战斗，居然会牵扯出这么大的秘密。

现在他们也终于明白为什么楚傲天会如此兴师动众，非要抓住柳然不可了。

在场的几乎人人都知道，人族之中也仅有传说之中的几种圣体，可能与鬼族的四大魔体相比拟，可想而知魔体是何其神秘强大。

除此之外，也有不少人隐约知道一个秘密，那就是鬼族的魔体，人族也可以掌控。

虽然从此之后只能沦为人人眼中的恶魔，但有许多人怦然心动。

因为掌控了一具魔体，几乎等于拥有了堪比圣体的体质，拥有惊人的实力。

"柳然，这事是不是真的？"

人群之中，有人迫不及待地喊了一句，瞬间勾起了其他人心中的欲望。

"快说，你是不是真的拥有修罗魔体？"

"很可能是真的！否则他怎么可能才化劲期，就能与天元期级别的强者较量。"

"原本我以为他是某种强大的圣体，没想到居然是修罗魔体！"

"修罗魔体啊，若是我能够得到，我的实力岂不是也能堪比天元期强者？"

众人质问、猜疑的声音，纷纷传入了柳然的耳中。

楚傲天的一句话，瞬间让方才处于敌对状态的双方人马，一下子都将矛头对准了柳然。

在众人的注视之下，柳然却依旧神色淡然。

他没有理会周围其他人的质问，只是望着楚傲天轻轻摇头，嗤笑道："胡说八道！我还以为你想说什么，没想到居然是这种无稽之谈。你就算想给自己制造机会逃走，也找个好一点儿的借口啊！"

听到了他的话音，在场众人纷纷一愣。

再看到他这么淡定的模样，众人又不免有些怀疑：难不成真的是楚傲天在胡说八道？目的只是想混淆他们的视听，制造机会逃走？

众人不由得又都看向了楚傲天。

楚傲天看柳然这么淡定，眉头也不由得一皱，心中忽然不安起来。

事实上，一切消息都是来自赤刃，加上一些其他线索推测出来的，他自己并没有见过柳然所谓的修罗魔体分身。

他的目光在人群之中到处巡视，试图找到赤刃。

可惜的是，赤刃已经被柳然斩杀，他又怎么可能找得到？

不过，事到如今，楚傲天也只能硬着头皮，盯着柳然说道："你不承认？你敢说你那个所谓的叔叔紫阳，其实不过是你杜撰出来的，真实身份乃是你的分身？"

"这一点，我倒是可以承认。"柳然坦然答道，"你们利刃组织能看出这一点，的确让人佩服，不过，谁告诉你我的分身是一尊修罗魔体？"

凌岩听到了这里也不由得点了点头，说道："不错，柳然区区一个化劲期小辈，怎么可能掌控得了那样强大的存在，还能炼成分身？"

楚傲天却反驳说道："他现在展现出来的实力，哪一点像是化劲期？在场恐怕灵台期级别的强者，也没几个敢说自己是他的对手吧？"

凌岩又沉默下来。

事实上，他对于柳然此刻展现出来的实力也十分震惊。

据他所知，哪怕是多次利用玉龙精髓淬炼，在化劲期级别肉身顶多也只能达到堪比灵台期，再进一步必然要渡灵劫，踏入天劫境灵台期了。

而柳然现在的状态，却勉强能够与他们天元期入门级别的强者相比拟了，这根本不合常理。

此外，方才柳然传音让他与他配合，上演了假装背叛的那一出戏，现在他看来也有些疑点存在，似乎是柳然方才故意在拖延时间。

柳然则是面露怒色，咬牙切齿地对楚傲天说道："我能够拥有如此强横的实力，也是拜你们所赐，若不是你们利刃想方设法要杀我，我岂能成长得这么快？"

楚傲天却没理会他这番话，只是沉声说道："少说废话，你若是真想证明你的清白，就让你那个分身现身让大伙见一见。我们这么多人看着，自见分晓！"

四面八方，数百道目光齐齐投向柳然，都等待着他的回答。

柳然咧了咧嘴，脸上露出了灿烂的笑容，道："让我的分身出来？"

"不错！你敢不敢？"楚傲天冷冷地说道。

"有什么不敢？"柳然毫不犹豫地应了一声。

旋即，他将云海秘境打开了一道裂口，其中，一道人影飘然飞了出来。

这个人一副青年模样，身穿黑色劲装，模样冷峻，不是紫阳又是何人？

在他出现的瞬间，就有数百道灵识齐齐笼罩到了他的身上，对他进行反复探察。

若是平时，如此肆无忌惮地探察一个灵台期巅峰级别的强者，那是十分无礼的行为，甚至可能会引来一场争斗。

不过，此刻柳然这个分身却大大方方地任由大家探察。

楚傲天自然也第一时间开始探察柳然这一具分身，只是，探察结果却让他整个人都愣住了。

"这……这怎么可能？"

他满脸的难以置信之色，瞪大了眼睛盯着柳然，有些失魂落魄道："竟然是一具妖灵傀儡？"

在场其他人也发现了这一点，一时间纷纷大失所望。

妖灵傀儡乃是一种结合妖族的妖器、人族的炼符术，还有傀儡术炼成的特殊秘宝，也是十分强横而且罕见的分身之体，但是论潜力和价值，却不足修罗魔体的万分之一。

毕竟，说到底这种分身之体依旧只是一种死物，成长空间有限。

柳然则是冷哼了一声，道："现在你死心了吧？我这个分身乃是我父亲留下来给我防身的妖灵傀儡，可不是什么修罗魔体。"

"不可能，这绝对不可能！"楚傲天疯狂地叫喊起来，"这根本不是你之前所用的分身，你休想骗我！"

柳然神色淡然，心头却是一惊。

事实上，这的确不是真正的分身紫阳，而是灵韵葫芦之中孕育出来的第二具炎将分身。

方才，柳然之所以想尽办法拖延时间，也正是为了让紫阳彻底将它炼成，并且伪装得和紫阳一模一样。

他之所以这么做，自然是想用这种移花接木的方式，蒙混楚傲天，蒙混天下人。

所以，此时柳然一口咬定说道："这是我唯一的分身，至于你所说的修罗魔体，根本是子虚乌有。你也不想想，谁都知道我从未离开过这东洲，去什么地方得到一句修罗魔体，而且能炼成分身？"

听到这话，在场众人不由得纷纷点头。

想想也是，修罗魔体那是可是四大魔体，传闻要炼就必须进行极其复杂的祭祀，若是在东洲境内进行那样的祭祀，短时间内大量强者伤亡，大家怎么可能毫不知情？

楚傲天也一时间答不上话来。

他也想到了，哪怕他作为利刃组织的东洲分部首领，也不可能在不惊动东洲众多势力的情况下，完成那样的祭祀。

见此，柳然冷笑一声，又道："更何况，哪怕真的有人悄悄炼成了修罗魔体，又怎么可能交给我来掌控？我得到这具分身的时候，可不过是灵漪期的修为而已。"

听到这话，楚傲天更是答不上来了。

是啊！扪心自问，如果是他炼成了修罗魔体，哪怕他没有自己掌控，也绝对不可能将这么强大的分身交给一个灵漪期级别的少年。

山谷周围，那些观战的人一个个也都反应过来了，顿时纷纷叫嚷起来。

"这么说的话，修罗魔体果然是假的？"

"害我白欢喜一场！"

"这个楚傲天果然狡猾，为了逃命竟然能想出这种借口来挑起矛盾。"

"我差点儿就信了！不过仔细想想，柳然的确不可能得到修罗魔体。"

一时间，所有人都怒视着楚傲天，认定了所谓的修罗魔体，不过是他愚弄大家的说辞，为的就是引起混乱，然后方便他趁机逃走。

一时间，不少人甚至开始大骂楚傲天，以至于都没人注意到，柳然眼眸中掠过的一丝笑意。

当然，大家不会想到，这场祭祀其实一直在悄然进行，只不过是持续了上千年的时间，被祭祀的人也不是被抓，而是主动送上门去的，所以才没有引起大家注意。

大家也不会想到，柳然得到紫阳这具分身，本身就是偶然。那炼制这修罗魔体的人，一开始也的确没想过要将它交给柳然，但机缘巧合之下，就那么被柳然得到了，而且借助神奇的天符秘术，将其炼成了分身。

大家更想不到，柳然可以在这么短的时间内，又炼成一具新的分身，用来调包顶替。

于是，这样一次生死危机，就这么被柳然蒙混过关了。

就连楚傲天，此刻都已经相信了柳然的话，咬牙切齿地骂道："该死的赤刃，妖灵傀儡竟然能看成修罗魔体。"

凌岩听到了他的骂声，顿时忍不住哈哈大笑起来，道："真是可笑啊，楚傲天，没想到你最后居然是被自己的手下玩弄于股掌之中。哈哈哈……笑死我了！"

听到他这声音，柳然率先忍不住笑了，而在山谷周围的东川城一方的强者们，同样都哄然大笑。

至于利刃组织的杀手们，得知他们这一次伤亡无数，付出无比惨痛的代价，居然是因为他们首领错信了一个手下，一时间都羞愧得没脸见人，只想赶紧找条缝钻进去。

"哼，我们后会有期。"

来自南洲的金牌杀手斩灵率先待不住了，大喊一声，捏碎了一枚玄金级影遁符，身形在无数符纹的包裹下，消失不见了！

"我也看不下去了，我们走！"来自云洲的双胞胎姐妹杀手也紧随着离去。

有他们带头，其他人也不想继续待在这里了，一个个效仿他的手段，各自离开了这里。

藏于利刃组织之中的龙天羽犹豫了一下之后，也一咬牙离开了。

眼下的事情，哪怕他有心掺和也掺和不了了，不如趁着自己还没被人注意赶紧离开。至于柳然身上的那件黑龙甲，在见识到了柳然的实力之后，他现在根本已经不敢再去索要，只想赶紧回到龙玄和龙岩两个人那边，然后带着他们逃回南洲。

看到利刃的人纷纷逃走，东川城一方的强者们也没有阻拦，因为他们也怕现在太过分，逼得这些亡命之徒恼羞成怒要和他们鱼死网破，那可就不值得了。

而在那些杀手们离开之前，他们无一不对楚傲天投去了不满、鄙视的目光。

楚傲天感受到了这些目光，只感觉眼前一黑，差点儿从空中掉下去。

可以想象，经此一役，他这位东洲首领哪怕能够保住性命逃走，也已经彻底威严扫地，沦为无数人的笑柄了。

一想到这里，楚傲天就怒意冲天，心中的理智也彻底消散了。

他双目通红，蓦地盯上了柳然，大喊一声："都怪你！我要杀了你！"

而后，他便疯狂朝柳然扑杀过来。

他本来最恨的应该是赤刃，但此时找不到赤刃，便想杀了让他出尽洋相的柳然出出气。

"不好！"柳然脸色一变，不管是本体还是分身，身形都是迅速退开。

可是，他终究比天元期的强者还弱了几分，再加上楚傲天还是含怒爆发，速度更是惊人，柳然退避出没多远，就被楚傲天追上了。

柳然的脸色一阵惨白。

他的本体和这个新的炎将分身靠在一起，分身挡在前面全力施展防御符技，本体迅速催动了好几张玄金级防御符卡，化作层层符光笼罩全身。

可是，饶是如此，他还是一点儿安全感都没有。

柳然甚至都想不顾暴露好不容易才隐藏起来的秘密，让云海秘境中藏着的分身紫阳也出来联手对敌了。

不过，就在这时候，凌岩发出的一声冷哼传入了他的耳中。

"楚傲天，你未免太不将我放在眼里了。"

也就在这声音响起的瞬间——

"哧哧哧……"

数不尽青色的剑芒在柳然的面前浮现，为柳然挡住了楚傲天，随即迅速化作一个青色的囚笼，将楚傲天囚禁起来。

"砰！"剧烈的碰撞声中，原本冲杀向柳然的楚傲天，撞上了一道道青色的剑芒。

诡异的是，那些剑芒杀伤力并不强，却十分牢固，楚傲天奋力地冲撞，竟然愣是无法从其中逃出来。

柳然的本体连同分身逃出数百米之后，察觉到了身后的状况，便停下了身形。

他扭头看向楚傲天，就发现他在那青色牢笼之中不断挣扎，但还是无法挣脱。

柳然不由得惊奇，盯着那一道道青色剑芒，他就感觉那仿佛不是气息或者能量，而更像是一根根实质的金石一般，透着一种厚重的感觉。

刹那间，那困住楚傲天的剑气牢狱迅速收缩，无数剑芒没入了楚傲天体内。

只听楚傲天惨叫一声，身上的防御符光瞬间破碎。

紧接着，柳然就发现楚傲天的身体彻底动弹不得了，身上原本澎湃的符力也在此时都消失了。

"这是什么符技？竟然还有封印的效果？"柳然不由得惊奇。

"七级符技——'剑气牢狱'。"平淡的声音，从凌岩的口中传出。

"剑气牢狱？"柳然念叨着这个名字。

他已经下了决定，回头找机会好好看看能不能学会这一招，真是太实用了。

楚傲天听到凌岩这声音的时候，脸色却异常难看。

他喘着粗气，一双眼睛死死盯着柳然和凌岩两个人。

最终，他闭上了双眼，面如死灰道："想不到你连这剑气牢狱也学会了，这一次是我败了，我认栽。"

凌岩淡然一笑，一挥手，下方就飞上来两名灵台期巅峰的城主府强者，负责看押楚傲天。

同时，凌岩对柳然说道："就把他暂时关押在你的云海秘境之中吧。"

柳然点了点头。

随即，他再次打开云海秘境，让那两名灵台期强者押送楚傲天进入第一层的空间之中，而柳然的这一具妖灵傀儡分身，也回到了云海秘境之内。

有云海秘境的存在，又有这两名灵台期巅峰级别的强者看押，几乎不可能有人再将楚傲天劫走。

随着楚傲天被收押进了云海秘境，这一场大混战也总算落幕了。

"呼！"

凌岩口中呼出一口浊气，紧绷的神经渐渐放松下来。

他飞到了柳然的身旁，脸上挂着满意的笑容，用力拍了拍柳然的肩膀，说道："好小子，有柳冲霄当年的风范。"

柳然挠了挠头，谦逊地说道："要多谢凌前辈的照顾才对。"

同一时间，在这山谷周围，不少人也都纷纷松了口气。

随即，他们又纷纷朝着凌岩还有柳然飞了过来。

不少人看着柳然的目光中都充满震惊，随后又转为敬佩。

其他人都想和柳然沟通沟通，特别是风家、云家、灵翠谷这些大家族的人，更想拉拢柳然。

因为他们知道经此一战之后，柳然不再只是东洲一个天才少年，而是一个东洲排得上名号的强者了，他必将威震东洲，名传天下！

不过，凌岩却没有给云龙河等人机会，他拉着柳然说道："走吧，咱们去你的云海秘境中找个地方聊聊。"

柳然经历了这一场大战之后也感觉身心疲惫，也暂时没有心思应付这些，所以一听到凌岩的话，就点头答应了。

旋即，他不等其他人反应过来，就带着凌岩从众人面前消失了。

在场众多强者见状都不由得一愣。

过了一会儿，风家的大胡子才一拍大腿，大骂道："凌城主这个老狐狸，肯定是想趁机让柳然同意和他们结亲的事情，实在是太狡猾了。"

闻言，云龙河和赵老夫人的脸色也都不由得一变。

"不行，绝对不能让他得逞。"云龙河叫喊起来，"我立刻传信给妙伊，让她赶快和柳然联系。"

赵老夫人虽然没有说什么，但是，她同样默默取出了传信符卡，给赵绿薇传信。

旁边，还有不少小家族的人看到这一幕，暗自眼馋，但心中却十分无奈。

因为他们知道，如此优秀的少年，就连东洲的几大巨头都快抢破头了，哪能轮得上他们来争夺？

不过，他们哪怕无法争取柳然成为他们的女婿，也想着是不是赶紧想办法和柳然结交一下？毕竟，以柳然如今这般逆天的气势，未来恐怕又是一个东洲巨头，前途不可限量。

不少人越想越觉得不能继续留在这里，随后，一个个取出各式各样的飞行符器，朝着四面八方离开。

方才，在场有不少人已经将这最后的战斗过程借助符器记录下来，他们也想办法传到元灵符界中去，让更多人看到这场精彩的战斗。

许多人都已经想到，当这里的消息传出去的时候，将会引起怎样的震动了。

同一时间，榕城之中，柳然家的宅院客厅之内。

云妙伊、风素月、赵绿薇、秦伯、秦虎等人，此刻都在这里，与他们在一起的还有云龙河等人留下来的几名护卫，为他们守护着。

此时，客厅之中的众人心中都十分忧虑，虽然秦伯命仆人送来了不少茶水点心，可是大家却都无心品尝，一个个在担忧着山脉的战斗情况。

其实，这一次的战斗其实他们都想参加。

可是，此次参与的人实力最弱也是天劫境级别的强者，他们实力不足，就连参与的资格都没有，所以现在才会如此焦虑。

"怎么还没有消息？"风素月的性子急，也不知道第几次念叨起来。

云妙伊、赵绿薇也没有怪她，因为她们现在也很担心。

就在这时候，忽然——

"嗡！"

一声轻响传来，将众人都吓了一跳。

随即，众人又都纷纷激动起来，因为他们发现这声响是由他们放在桌上的传信符卡一起震动发出的。

如此说来，是有消息了？

这样想着，云妙伊、风素月和赵绿薇三个人一起抓起了传信符卡，开始阅读起来。

秦伯、秦虎等人没有收到传信，只能眼巴巴地看着她们，等待着她们的消息。

结果，他们愕然发现，云妙伊她们三个人在看过传信内容之后，反应都十分奇怪，都先是惊讶，随后又都脸红起来。

秦伯和秦虎两个人相视茫然："这是什么情况？她们到底收到了什么信息？"

第八章　瞒天过海

第九章
名动八方

过了许久之后，云妙伊、风素月、赵绿薇三个人都没有开口。

她们反倒是看了彼此一眼，神色越发古怪。

见此，秦虎先急了，喊道："三位小姐，你们倒是说话啊，我们少爷现在怎么样了？"

秦伯也忍不住说道："是啊！三位小姐，你们到底收到了什么消息？我们少爷现在还安全吗？"

听到这话，云妙伊她们三个人这才纷纷回过神来。

"咳咳……"风素月轻咳两声，掩饰自己脸上莫名的尴尬。

然后，她故作镇定地说道："秦伯，你们放心吧，柳然那家伙现在好着呢。"

可是，听她这么说，秦伯父子两个人却依旧放不下心来。

秦伯连声问道："真的吗？那少爷他们是成功把人救出来了？"

"没错！"云妙伊答道，"秦伯，柳然他们非但成功救出了凌薇，而且他们还灭杀了利刃组织东洲分部不少人，经过这件事情之后，恐怕利刃组织在东洲根本不敢轻易活动了。"

"太好了！"秦伯一时间喜极而泣。

秦虎也忍不住哇哇大叫起来，道："少爷好样的！我就说少爷出马，肯定没问题，哈哈哈……"

两个人都开怀而笑，片刻之后才平静了一些。

不过，随后秦伯却有一副不解的语气，问道："可是，既然这事情是好事，你们刚刚的脸色怎么那么奇怪？难道你们还收到了什么别的消息吗？"

闻言，秦虎也反应过来，一时间脸上再次浮现出了担忧之色，看着面前三名美丽的少女。

风素月闻言脸上一红，旋即一挥手，豪气地说道："没什么，也不是什么重要的事情。"

云妙伊和赵绿薇也都纷纷点头，附和风素月的说法。

但她们越是如此，越是让秦虎父子二人觉得好奇。

可是，不管他们父子两个人怎么询问，云妙伊她们三个人就是不愿意说出来。

就在这时候，大厅之外忽然传来了一阵急促的呼喊。

"秦管家，秦管家！"

一名柳家的仆人飞奔进入了客厅之中，焦急地对秦伯说道："外面忽然来了好多人，而且全部是来拜访少爷的。"

"很多人？"秦伯愕然道，"到底是多少人？"

那名仆人一边擦汗，一边说道："小的没有仔细数，不过应该至少有一百多人，而且人数还在增加！至于他们的身份，管家你还是亲自去看看吧。"

听到居然来了一百多个人，而且人数还在增加的时候，秦伯脸色也不由得一变。

他严肃地说道："快，带我去看看！"

不过，走出客厅之前，他忍不住又看了云妙伊她们三个人一眼。

直觉告诉他，这件事情肯定和方才云妙伊他们三个人收到的古怪信息有关系。

可惜的是，云妙伊她们依旧什么话都没有透露，因为这件事情实在是太羞人，她们根本不好意思提起。

秦伯和秦虎他们迅速走出客厅，还没走到大门口的时候，就听到有人在喊："秦老头，恭喜恭喜啊！"

秦伯他们纷纷一愣，然后他们就忽然发现自己被两百多号人给团团围住了。

旁边两名柳家的侍卫苦笑着道歉："对不起，管家，我们实在是拦不住他们啊！"

秦伯倒是没有怪罪这两名侍卫的意思，只是越发对这些人的来意摸不着头脑。

他放眼扫向四周，看到了不少平日里他也只能仰视的大人物，此刻居然一个个对他露出了讨好的神色，让他不由得心中剧跳。

"咕噜！"连连咽了两口唾沫之后，他的心情才好不容易稍微平复了一下。

而后，他迅速张罗家里的仆人，安排这些人坐下。

由于人数实在是太多，客厅根本坐不下，只能安排在院子里，而且家里的桌椅也不够，把仆人丫鬟们都急坏了。

好在大家也都十分理解，并没有怪罪什么。

忙了好一会儿，终于安静了一些。

秦伯径直看向了方才最先和他说话的人，这个人乃是附近另一座城池一个大家族的管家，与柳家有业务上的往来，现场的人里面也只有他与其最熟悉。

秦伯对那个人传音说道："老崔，你们这是什么情况？我都被你们弄蒙了。"

那被他唤作老崔的老者闻言也是一愣，问道："你们少爷现在已经名扬天下，成为东洲眼下最炙手可热的人了，难道你还不知道？"

刚说完，老崔一拍脑袋，说道："我忘了，貌似你们少爷现在还在忙，你估计也还没收到消息。"

"到底是什么消息啊？"秦伯又是激动又是疑惑地询问。

一旁的秦虎更是紧张地盯着老崔。

老崔笑着说道："你们现在快到元灵符界里看看，那里面可是吵翻天了！"

秦伯父子虽然不知道要去元灵符界里看什么，但是还是依言取出了通行符卡，然后连接元灵符界。

随便进入了一处讨论板块，结果他们父子两个人都看蒙了，因为现在几乎每一条信息，都在议论着和柳然有关的内容。

"我这回是服了，柳然这个府战冠军当之无愧啊！"

"那是，其他人跟他比起来差距太大了，那些什么神体也不过如此。"

"论实力，整个东洲我只佩服柳然。"

"你们说柳然到底是什么体质，他这肉身怎么可能强大到这种地步？"

"利刃组织这一次死了这么多人，连东洲首领都被抓了，这下可是元气大伤了。"

看着这些内容，秦伯和秦虎两个人的心中波澜起伏，一浪比一浪汹涌。

从这些议论之中，他们就可以看出，东洲官方与利刃组织之间的战役，必然是东洲官方取胜了，而且，柳然似乎还在这一场战斗之中发挥了极大的作用。

带着激动的心情，秦伯和秦虎两个人打开了元灵符界之中的一段影像进行观看。

这一看，两个人终于知道柳然到底是干了什么大事，也明白为什么大家如此疯狂了，一时间激动得满脸通红，差点儿把自己憋晕过去。

同一时间，榕城的传送符阵中。

"唰！"

一道人影凭空出现，正是刚从迷雾山脉的战场上逃回来的南洲龙家二爷龙天羽。

他离开迷雾山脉之后，第一时间找到了距离自己最近的城池，并且利用传送符阵传回榕城来。

此刻，他非常不安，马不停蹄地返回身在榕城之中的龙玄、龙岩他们身边，第一时间就带着他们朝着传送阵而去，准备立刻返回南洲。

龙玄一看到他慌张的样子，心中"咯噔"一下："二叔，难道利刃竟然败了？"

龙天羽轻叹一声，无奈地点了点头。

龙岩则是急道："可是，就算利刃败了，咱们也不必就这么急着离开吧？黑龙甲还没要回来呢！"

"黑龙甲怕是要不回来了。"龙天羽沉声说道。

"不会吧？"龙岩却难以置信道，"哪怕是有东洲官方的人护着他，只要四弟借助军队给他施加压力，他怎么也得把黑龙甲还给我吧？"

龙玄还有徐欢他们两位天劫境客卿，此刻脸上也露出了不解之色。

"现在恐怕就是东洲的驻军，也未必会愿意为我们出面与他为敌了。"龙天羽沉声说道。

"这怎么可能？"龙玄、龙岩等人都惊呼起来。

龙天羽看他们不相信，将自己录制的影像交给了他们，道："你们看看这个就知道了。"

结果，看完他给的影像之后，龙家这兄弟两个人还有徐欢、常远两名客卿都傻了，半晌才缓过神来。

他们也明白了，为什么龙天羽会这么说了。

一个近乎天元期级别的强者，前途无量的天才，就算是军队能对付，也不可能轻易得罪，更不可能为了龙玄一个南洲来的少校而得罪。

如果可以，他们不愿意相信这样的事实，可是现实却由不得他们相不相信，都得接受。

而后，龙玄毫不犹豫地喊道："我们赶紧回南洲吧，黑龙甲咱们不要了。"

龙岩这下子不敢反对了。

要是继续在这榕城待下去，万一回头柳然来找他们算账，搞不好他们连生命都有危险。小命都难以保障，还要什么黑龙甲？

同一时间，更多人也都纷纷得到了相关的消息。

当然，众人看到相关的影像之后的反应，也各不相同。

东洲洛城的方家。

原本正在闭关的方延，忽然被人吵醒。

他面色不善地打开了密室的大门，发现门口的人竟然是他的妹妹，一时间也没有了脾气。

他问道："小妹，你什么事情这么急？"

密室门口一个十三四岁的可爱少女疾声说道："哥哥，你不是让我关注那个柳然的动态，一有消息就通知你吗？"

"是啊！"方延点了点头，"怎么？难道他又打败了什么人吗？"

他不久之前看过了柳然与龙玄的对决之后，受了不小的刺激，所以赶紧闭关，还打算一鼓作气也将自己的炼符术冲击到宗师级别。

不过，他没想到自己才没闭关几天，居然就被人打断了，而且打断他的原因又是柳然。

方延的妹妹方瑜说道："三言两语说不清楚，哥哥，你还是快进元灵符界里看看吧。"

方延一愣，旋即如同妹妹所说的，拿出通行符卡。

结果，他一进入了元灵符界，整个人就蒙了。

东洲宁城。

官兰若和燕凌天两个人看完几段元灵符界中的影像，久久无法回过神。

良久之后，燕凌天苦涩一笑，道："看样子，短时间内我是别想跟上这家伙的脚步了。"

官兰若安慰道："凌天，你已经很优秀了，不过这个柳然……唉，咱们就别和他比了。"

燕凌天长叹一声："没错，他比当年的柳冲霄还可怕，我真后悔当初不听姐姐的劝告，执意要来东洲参加府战，光芒全被柳然给盖过去了。"

官兰若不由得一笑，道："你应该换个角度想，他可是和你姐姐是一伙的，和你不也是一伙的吗？他越强大，咱们在国战的时候就越有利啊。"

燕凌天微微一笑，道："没错！还是姐姐厉害，一眼就看出了柳然未来非同凡响，早早地把他拉上了自己的战车了。"

旋即，他又想到了什么，说道："这件事情，我必须赶紧通知一下姐姐，她绝对会很高兴。"

东洲地域上，柳然此番的壮举，让有的人感到震撼，也让有的人为之惊奇，同时，更有一些人为之不安。

比如，与方岩一样同在东洲洛城的唐家，此刻所有的高层就十分惊悚。

之前他们已经做了决定，等待东川与利刃一役的结果，以此来判断该如何去与柳然交涉救回被柳然俘虏的唐云。

他们也设想过了，东川城可能会取得胜利，但柳然哪怕在战斗之中存活下来，也会吃亏，甚至受重伤。可是，他们却万万没想到，这一场战斗中柳然非但没有吃亏，居然还一战扬名，爆发出让他们震骇的实力。

如此一来，他们之前的拖延反倒变成了无比愚蠢的举动，现在他们要找柳然赎人，至少还得再多付出一倍的代价。

若是柳然恼了，他们恐怕连人都无法顺利赎回。

唐峰心中后悔万分，与众多唐家高层商议许久都没有得出结果。

唐家那名天劫境长老最终开口了，说道："我们立刻去榕城，只要柳然出现，我们立刻给他赔礼道歉，不惜任何代价，绝对不能因为此事让一位堪比天元期的强者成为我们唐家的敌人。"

至于因为柳然觉得不安的人，最具代表的就是东川城江家的江无殇夫妇两个人。

原因是，他们方才刚刚得知，江无殇的老丈人，利刃组织的金牌杀手银刃，可能已经死在这一次的战役之中。

又听说楚傲天都被生擒了，他们就更是坐立不安了。

"咱们恐怕得逃离这东川城了。"江无殇颓然说道。

他舍不得这东川城中发展了这么多年的基业，但为了确保活命就不得不做了这个决定。

江夫人没有反对，她也不想死。

只是，他们才想离开的时候，却发现他们江家早已被东川城众多强者监控了，不是他们想走就能走得了了。

同一时间，外界的震动如今却愈演愈烈，柳然的名字也被迅速传播到更多人耳中。

人族的每一个时代，从来都不缺乏天才。

不过，以前的时代，天才成名却远比现在要难得多。

自天帝风剑尘创建起元灵符界之后，任何信息都可以被迅速共享到其中，迅速被更多人知道并再次传播。

近几年来元灵符界的影像传输功能越发完善，也让这种传播更加迅捷，更加形象生动。

正是由于元灵符界的便捷，才使得柳然在短短半天时间内便名传天下了。

现在，炎玄王朝各大洲府，乃至国都炎京城，都是一片哗然。

无数人纷纷知晓，东洲出现了一位天才少年，以强横绝世的肉身，在灵劫境化劲期级别的修为就能与天劫境天元期级别的强者较量。

当听到这个消息的时候，几乎所有人第一个念头就是：不可能。

天劫境与灵劫境之间的距离，原本就是一道天堑。

少数天赋绝伦之辈或许可以借助各种秘术，加上一些秘宝，能在灵劫境化劲期跨越一个大级别与天劫境灵台期的强者较量，但要跨越两个大级别挑战天元期，却几乎不可能。

不过，如今东洲这件事情传出来，非但无数人说得有板有眼，而且还有各种影像佐证，才让这件事情越传越快。

当然，也不少人看过了影像之后还是心有怀疑。

比如，有人觉得柳然能与楚傲天他们较量，是因为楚傲天和凌岩决斗之后已经身受重伤。

比如，还有人怀疑这其中会不会是有什么阴谋，东洲在故意夸大其词。

但毫无疑问的是，不论如何柳然这个名字都已经从东洲传向了炎玄王朝其他洲府，进入了各和大人物的视野之内。

云海秘境之中。

柳然倒是不知道外界因为他已经掀起了怎样的轰动，自己已经引起了无数人的关注。

此时，他刚刚和凌岩去看过了凌薇，确定她安全之后，两个人来到了云晶宫的一处花园中坐了下来，聊起了一件十分严肃的事情。

"经此一役，想必整个炎玄王朝无数人都会知道你，这是好事，也是祸事，你明白吗？"凌岩十分严肃地看着柳然说道。

柳然闻言心中一沉，点了点头："我明白。"

此时，他已经可以想到，自己未来前往炎京城参加国战时候的情景。

想必，从现在开始，炎玄王朝各大洲府的天才精英们，都已经将自己视为目标对手了吧。

虽然他不惧怕挑战，却不得不承认，自己将会遇到不少麻烦。

特别是，这些人之中可能会有不少人知道单打独斗不是他的对手，而选择联手与他作对。

所以，现在凌岩提起此事，柳然也不免头痛。

凌岩见他已经领会，不由得微微一笑，又道："木秀于林，风必摧之，堆出于岸流必湍之，行高于人众必非之！有时候，适当藏拙可以给自己减少很多麻烦。"

柳然问道："不知道凌前辈有什么好建议？"

凌岩脸上的笑意更浓了，目光落在柳然身上，道："比如，你这突然提升起来的体质，你是不是该给大家一个说法，让大家知道为什么突然如此强大？"

柳然一下子就懂了。

旋即，他闭上了双眼，意识沉入识海，随即通过暗符界通行符，进入暗符界中买了一样东西。片刻之后，整个人的气息却忽然一变。

他原本澎湃的气势竟是刹那间迅速衰弱下来，更让人吃惊的是，柳然原本黑亮的长发都变得暗淡，鬓角处甚至还出现了几根白发。

他整个人看上去，就像是忽然老了二十岁一样。

柳然重新睁开眼睛，望向凌岩，微笑问道："凌前辈，现在如何？"

"孺子可教也！"凌岩笑着说道。

柳然则是谦逊一笑，道："多谢凌前辈指点！以后我对外就说，我这体质乃是玄火神体，之所以展现出那么强的力量，其实是借助秘术透支，代价就是生命力损失过半。"

方才他进入暗符界的时间虽然短，但也查出了不少的信息。

比如，他此时施展出来隐匿气息的符技，乃是一种五级秘术，名叫"隐化之术"。

再比如他说到的玄火神体，就是他刚查到的一种人族之中传说中比烈焱神体更加罕见的火属性神体，与他如今融合天符之后，炼就的天符宝体表现出来的特征十分相似。

"不错！如果我不知道实情，你这番说辞我都要信了。"凌岩连连点头，对于如此一点就通的柳然更是欣赏。

旋即，他却忽然又说道："对了，让你那个分身出来一下吧。"

"分身？"柳然心中一动，旋即点了点头。

下一刻，他刚炼成的那个宝葫分身就出现在了他的身旁。

不过，凌岩却笑着对他摇了摇头，道："我说的可不是这个分身。"

闻言柳然脸色也不由得微微一变，旋即无奈苦笑，道："还是什么都瞒不过前辈！"

既然已经被凌岩发现了，柳然也不隐藏，让分身紫阳也来到了他的身边。

看他两个几乎一模一样的分身各自坐在他身旁，如此情景，饶是凌岩看着都觉得十分有趣。

凌岩望着柳然，戏谑一笑，道："你就这么干脆？难道你不怕我只是诈一诈你？或者会对你的分身不利？"

柳然望着凌岩，严肃说道："我相信凌前辈是不会伤害我的。"

凌岩笑而不语。

柳然随即撇了撇嘴，无奈地耸了耸肩，道："好吧，其实还有一个原因，就是既然已经被凌前辈看出来，若是要战斗，我两大分身与本体同时出手，胜算也会更大一些。"

"好你个奸猾的小子！"凌岩笑骂了一声。

柳然只是嘿嘿一笑。

随即，凌岩开始仔细审视柳然的分身紫阳，又道："放心吧，我不会对你这分身动手。在我看来，魔体也好，身体也罢，就是一种强大的体质，看是谁在用而已。这修罗魔体在你手里，未来说不定可以造福人族。至少，比毁掉更有价值！"

柳然一听他这态度，心中也松了口气，拱手说道："多谢前辈！"

第十章 大家都在演戏

"不过，你还需注意，现在虽然大多数人被你糊弄住了，但估计还是有人会打你这分身的注意，这云海秘境也并不安全，因为某些特殊秘术可以隔空探察。"

凌岩望着柳然，又说道："你可想好了如何隐匿？"

"这个我在炼制这宝葫分身的时候，就已经想好了。"柳然咧嘴一笑。

他身旁的两个分身也笑了。

下一刻，修罗魔体紫阳忽然走向了宝葫分身，竟然诡异地与保护分身融为一体。

"咦？你这分身居然还可以容纳另一个分身？有点儿意思。"凌岩眼中不由得掠过一丝惊奇之色。

柳然则是笑着说道："这就叫作灯下黑！这一次我的分身紫阳明明就在利刃组织的眼皮底下，他们也没发现。现在，哪怕有人怀疑我有两个分身，谁能想到我将紫阳藏在宝葫分身身上？"

"不错！"

柳然又说道："除此之外，这分身藏在宝葫分身体内平日里自行修炼，一旦遇到战斗，完全可以和宝葫分身灵活切换，又可以达到出其不意偷袭的效果，也算是一举多得吧。"

"厉害！哪怕是天元期强者，遇到你这分身，恐怕一不小心也要栽了。"凌岩赞赏地点了点头。

再三扫视了柳然的分身紫阳一番之后，凌岩不由得赞叹道："你这分身之法的确了得，竟然可以同时将这修罗魔体和妖灵傀儡都控制得如此完美，真是厉害！"

柳然谦虚地说道："凌前辈的分身之法也很厉害，居然可以分出两个实力相同的分身。"

凌岩却连连摇头，道："其实那种根本算不上是什么分身，只是能量化身而已，你这种人可以自主修炼的才是真正的分身。"

说到这里，他眼中都不由得露出了一丝羡慕之色。

柳然说道："前辈如果喜欢，我也可以将我炼成这第二个分身的方法告诉前辈，想来以前辈的能力，要炼成应该不难。"

凌岩闻言还真心动了。

若是他真能炼成一具真正的分身，配合他的化身秘法，对于他个人的实力提升绝对有着巨大的意义。

见此，柳然也不多说，将自己炼成这第二分身的相关方法记录到了一枚晶符之中，然后交给了凌岩。

凌岩接了过来，说道："好！那么，算我欠你一个人情。"

"前辈客气了！"柳然微微一笑。

谁知道，凌岩接下去居然说道："要不这样吧，我将凌薇许配给你，就算把这个人情还上了，如何？"

柳然不由得无语，也不知道怎么回话，那尴尬的模样看得凌岩不禁哈哈大笑。

"哈哈，我只是开个玩笑而已，感情的事情自然还是看你们自己。"凌岩笑着说道。

事实上，他方才已经收到了云龙山和风啸林两个人的多次传信，内容是各种威胁、警告。

不过，他觉得云龙山他们简直是瞎操心。

因为柳然一看就不是那种会让别人去左右他的情感的人，他们在那里一厢情愿地想结亲家，若是柳然自己不愿意，谁也勉强不了。

当然，自始至终，凌岩也没想过去勉强。

他的确很欣赏柳然，同时也对于自己的女儿很有信心。

在他看来，若是凌薇真的对柳然有感觉，以双方都和云海秘境都有关联这一点关系，凌薇和柳然在一起的可能性就比云龙山他们的女儿更大。

思索了一下之后，凌岩又对柳然说道："算了，我再帮你解决一件麻烦事吧。"

"什么麻烦事？"柳然不解道。

"月刃现在在你这里吧？"凌岩笑道。

"月刃？"柳然不由得瞪大了眼睛，"你怎么知道？难不成……月刃也是你安插在利刃组织之中的人？"

凌岩只是笑道："你让她过来，自然就知道了。"

柳然有些无奈，让宝葫分身退下，重新化作"玄刃"的模样。

分身来到云海秘境第一层，找到了月刃，将她带到了第三层来。

月刃一路上也没有询问什么，这一点让柳然更加确定，她就算不是凌岩派出去的人，也应该和凌岩认识。

果然，在看到月刃的时候，凌岩轻笑着说道："月刃，好久不见。"

月刃则是神色淡然，道："你找我有什么事情吗？"

凌岩说道："我就是想问问，你有没有兴趣成为下一任利刃组织的东洲首领。"

月刃听到了凌岩的话，嘴角却不由得浮现出几分戏谑的笑容，道："成为下一任东洲首领，然后听你发号施令？"

柳然闻言不由得一惊，没想到凌岩找来月刃，竟然是谈这件事情的。

不过，他很快也就想明白了，利刃组织这一次遭受了巨大的打击，但对方肯定不可能就此放弃东洲，估计很快就会想办法扶持另一个东洲首领起来。

凌岩这是明白了这一点，所以觉得与其让对方扶持一个自己不知道的人，不如顺水推舟，暗中扶持一个自己人上位。

凌岩坦然点了点头，旋即便看着月刃，似乎在等着她的回答。

月刃却摇了摇头，道："我对当什么东洲首领毫无兴趣。"

凌岩则是说道："你也别急着拒绝，如果你同意了，我可以帮你想办法找到真正的玄刃。"

"什么？"柳然和月刃两个人闻言都不由得脸色一变。

柳然没想到，凌岩会在这种情况下揭穿自己不是真正的"玄刃"。

更让他意想不到的是，月刃在听到了凌岩的话之后，居然开口就问："你所说的是真的？"

这话让柳然心中又是"咯噔"一下：什么意思？难不成她也早就知道我不是玄刃了？

凌岩却看了看月刃，又看了看柳然，笑着说道："当然是真的。"

月刃毫不犹豫地说道："只要你能做到，我答应你。"

"一言为定！"凌岩点了点头，旋即与月刃击掌为誓。

柳然在旁边则是连连苦笑，道："我还以为我骗过了所有人，没想到原来是我被人骗了。"

从现在的情况看来，无疑月刃早就发现他不是"玄刃"了，只是一直在演戏，没有揭穿他罢了。

月刃似乎看出了柳然的心思，轻叹了一声。

她对柳然说道："你其实已经伪装得很好，我相信其他所有人都被你骗过去了，如果我不是和玄刃太熟悉了，恐怕也认不出来。"

柳然明显可以感受到，她说话之间身上散发出了一股幽怨的气息。

随即，柳然转移话题，将目光看向了凌岩，问道："凌前辈，你怎么也认识玄刃？"

结果，凌岩再次语出惊人，道："其实，我曾经也当过杀手。"

柳然十分惊讶。

而月刃则是若有所思，忽然说道："你果然就是剑灵。"

听到这个名字的时候，柳然也不由得心中一动。

当初他在查玄刃的信息时，也大致扫了一眼利刃组织东洲分部相关的信息，剑灵这个名字他就曾经看到过，并且知道那是在他父亲之前就扬名了的金牌杀手。

不过，后来这剑灵在一次刺杀东川城某个大人物的任务中却意外身亡，结束了自己的传奇。

没想到的是，这剑灵竟然就是凌岩，他非但没有死，而且成了东洲之主。

想来当初那所谓的刺杀任务，怕也只是他掩人耳目的手段吧。

果然，凌岩没有否认，缓缓地点了点头。

月刃则是一副恍然大悟的模样，道："难怪！当初老首领让你去刺杀凌家一个公子，你居然失手了。原来，那个公子就是你自己。"

自己刺杀自己？

柳然听到这种任务也感觉很无语。

不过，想想也很正常，毕竟当杀手基本上都是隐藏身份，哪怕是现在在他面前的月刃，柳然也不敢说这就是她真正的面目。

如果明面上的身份遭到别人的刺杀，那么说不定杀手组织还真有可能派遣自己所伪装的杀手去刺杀自己。

当然，这种概率还是比较小的。

随后，月刃又立刻问凌岩道："那么，你方才所说的，可以帮我找到玄刃，到底是真是假？"

"当然是真的。"凌岩淡然笑道。

月刃面露喜色，但还是问道："究竟是什么办法？他现在应该在鬼蜮吧？"

既然知道了柳然这个假冒"玄刃"的人的真实身份，那么，月刃自然也已经猜到，真正的"玄刃"就是柳冲霄。

所以，方才她其实已经经过了一番调查，隐约知道柳冲霄似乎就是去了鬼蜮。

可是，要进入鬼蜮谈何容易？

人族和鬼族的疆土分割，可是依靠着一道天堑，同时还有天帝布置的强大符阵，根本不是谁想过去就能过去的。

凌岩却依旧神色淡然，道："柳冲霄能过去，我自然也有办法。"

闻言，柳然一时间也不由得激动起来，张口就问道："前辈，这是真的吗？"

显然，他也早就迫不及待地想前往鬼蜮，却一直没有办法。

凌岩歉意地看了柳然一眼，道："抱歉，我所说的办法，其实也只能依靠利刃组织的渠道，对于你而言并不合适。至于你想要过去，你父亲应该早就给你准备好了方法才对，你只能依靠他的方法了。"

柳然沉默下来，有些失望地叹了口气。

不过，仔细想想，如果他没完成父亲交给他的任务，就算是前往鬼蜮也没用，若是完成了，他父亲自然会告诉他方法，他又何必操之过急？

想到这里，他的心情重新平静下来。

月刃却对于凌岩所说的"利刃组织的渠道"这几个字若有所思，道："难怪你要让我夺取东洲首领之位。"

"你明白了就好，至于具体细节，我们再慢慢讨论吧！"凌岩说道。

"嗯。"月刃点了点头，眼眸中流露出期待之色。

看到这一幕，柳然不由得心想：这月刃真要是跑到鬼蜮去的话，不会出什么乱子吧？

他甚至产生了要阻止月刃的方法，但想到这感情是当事人自己的事情，自己这个做儿子的似乎也没有资格掺和，一时间又有些犹豫。

"你放心吧，我就算找到了你父亲，也不会逼他做什么，其实他很久之前就已经和我说清楚了，此生只爱一个人。"

月刃似乎看出了柳然的担忧，忽然说道："我只是想默默守在他身边，静静地看着他而已。他可以不爱我，但是，他却不能阻止我爱他。"

柳然沉默了。

凌岩站起身来，说道："好了，柳然，我们也该离开了。"

原来，他根本没打算过要和柳然一起返回榕城，那样实在是太不安全。

他让柳然在某个偏僻的地方，打开了云海秘境，让他带着楚傲天、月刃与那两名城主府的手下一起离开，就连凌薇也被他接走了。

不过，龟玄和红衣由于担心凌薇的安危，死活都要跟随着护送。

凌岩他们离开之后，柳然也准备出去了。

毕竟，在外界他可都还有不少事情要处理。

比如，方才他已经收到了秦伯的传信，据说唐家的高层纷纷亲自来到了榕城，请求与他见上一面。

柳然在云海秘境中心念一动，便感应到了他在榕城之中留下的那一处烙印节点，旋即在那里打开一道云海秘境的出口。

柳然穿过云海秘境的出口之后，身形就出现在了榕城之中柳家的宅院之内。

这个烙印节点对于他实在是太过方便。

如今他只要不是离得太远，或者身处于特殊的状况，他随时都可以通过这个烙印节点，利用云海秘境重返榕城。

柳家的宅院之中，柳然一出现，顿时就感知到了自己家里现在还有不少强者的气息。

他感觉有些头痛，根本不想应付这些人。

所以，他没有惊动任何人，只是飞向了自己的卧室，并且传音给秦伯。

秦伯正在前面院子里忙着招呼客人，却忽然听到了柳然的传音，对他说道："秦伯，你让唐家的人准备好赎金，就说看到赎金我自然会放人。至于赎金多少，就让他们按照龙家和我赌斗时的价码来吧。"

"是！"秦伯恭敬地应了一句。

知道柳然回来了，他的心也一下子平静下来。

很快，秦伯就将柳然的意思传递给了唐家。

唐家的人此刻就在距离柳家不远处的一处的宅院里面，因为柳然家里实在是坐不下了，而且秦伯明显不想招待他们，所以他们只能在这附近临时买下一处宅院落脚。

在收到秦伯派人传来的消息时，这宅院客厅之中几名唐家长老脸色一下子就变了。

唐家一位长老气愤万分地说道："按照龙家和柳然赌斗时的价码？那可就是一个人五百万金币啊。他怎么不去抢？"

另一名唐家长老也怒声说道："五百万金币，黑市悬赏暗杀一名天劫境灵台期强者，也不过就是百万金币啊！"

作为家主的唐峰，脸色也是十分难看，愤怒地说道："实在是欺人太甚！"

他们想过柳然会狮子大开口，但他们却没想过柳然竟然开口开得这么狠。

原本，他们的心理价位也不过就是二百万金币，就已经让他们十分心痛，现在一下子赎金变成了五百万金币，都已经是他们一半的家底了，一时间让他们如何能够接受？

最终，他们一个个都将目光转向了客厅上位上坐着的那名老者，那也是他们唐家如今的最强者，唐家的大长老唐宏。

唐宏却一直都是十分平静。

此刻众人将目光投向他，他只是淡然地说了一句："给！"

顿时，在场唐家的长老们纷纷急了，一个个劝阻起来。

"大长老，万万不可啊！"

"这五百万金币交出去，咱们唐家至少要变卖掉三分之一的产业。"

"如此伤筋动骨之下，洛城其他家族恐怕也会乘虚而入。"

"是啊！请大长老三思！"

在他们一个个的劝阻声中，唐宏却依旧十分平静。

等他们说完之后，他才反问道："不给，你们是打算放弃唐云吗？或者说，你们是打算带着唐家的人，去和那个少年开战？"

"这……"在场众人一时间纷纷语塞。

是啊！不给他们能做什么？

要么就是放弃唐云，唐家损失了一位天劫境强者。

要么就是和柳然开战，但以那少年的威势，真要是开战的话，恐怕吃亏的也只会是唐家，唐家更会死伤无数。

换言之，现在他们也只有一条路可走了，那就是把赎金交给柳然。

考虑到了最后，这些唐家的高层们一个个颓然地坐了下来，无奈地同意了交付赎金。

大家一想到那五百万金币都是无比心痛。

不过，唐宏却依旧十分镇定，忽然说道："事实上，我们还应该感激那个少年。"

"感激？"一名唐家长老瞪大了眼睛，"要了这么一大笔钱，我们还要感激他？"

其他唐家高层也都怀疑自己是不是耳朵有问题，听错了。

"没错！应该感激，感激他不是穷凶极恶之辈，若是将唐云斩杀了，咱们后悔都来不及。"

唐宏正色地说道："赔偿五百万金币算得了什么？只要没伤及我们的根本，唐家从此多一尊天劫境强者坐镇，对我们唐家而言要比多五百万金币意义强得多。"

唐峰此刻也明白过来，点头说道："没错！钱我们可以再赚，三五年的时间就能赚回来，到时候我们唐家必将比现在强盛！以后就是名正言顺的洛城第一家族。"

唐家的长老们听到这话，心里也都不由得好受了一些。

下定决心之后，他们也立刻行动起来，将家族所能调动的所有资金纷纷调动出来，同时，又将部分产业变卖。

第二天，唐宏亲自上门，送上五百万赔偿金，赎回唐云。

在无数人围观之下，唐宏这位天劫境强者更是郑重地对修为不过化劲期的秦伯行了一礼，表示自己想求见一下柳然。

可是，秦伯却毫不犹豫地回绝了。

他说道："抱歉，我们少爷已经闭关，现在无法见客。"

唐宏不由得失望，旋即带着唐家的人迅速离去。

而周围目睹这一切的人，此刻却一个个议论起来。

不少人在打听唐家和柳然之间的恩怨，但是秦伯没有多言。他们最后居然通过自己的渠道，了解到了不少的信息。

除此之外，还有一些人无意间了解到，之前龙家和柳然之间的恩怨，居然是因为当初这榕城之中一户姓方的人家引起的。

方小蕊已经被柳然亲手抓住，但是，方宇填却一直没有出现。

一些心思灵活的人将主意打到了方宇填的身上，随后便一个个行动起来。

又过了两日，无比狼狈的方宇填出现在了榕城中。

当秦伯再见到这位以前的主人时，简直不敢相信自己眼前所见。

因为，方宇填此刻瘦得如同皮包骨一样，整个人衣衫褴褛，惨白的脸上满是惶恐，哪里还有当初一家之主的气派？

原来，这方宇填也是消息灵通之辈，特别是当初柳然和龙玄的决斗，那可是震动了整个东洲，他自然也得到了消息。

在看到柳然赢了之后，他就知道不妙了，龙家肯定会找他麻烦，所以他赶紧连夜逃走。

结果，他没想到自己好不容易逃生之后，找了个地方潜伏起来没多久，柳然居然又闹出了一件更大的事情，摇身一变成为东洲最炙手可热的天才。

别人为了讨好柳然，居然对他这个和柳然有恩怨的人下手，想要把他抓来讨好柳然。

在进入这柳府的时候，方宇填简直是绝望万分。

一看到秦伯的时候，他更是不由得"扑通"一声跪了下来，连声哀求道："秦伯，秦伯！看在我们方家一向对你们父子不薄的情分上，你帮帮我吧，帮我求求柳然，让他饶我一命，求求你了！"

一边说话，他一边对着秦伯用力磕头，磕得地面"砰砰"直响。

秦伯神色复杂地看着他，虽然还是有些气愤方宇填父女当初舍下他们就逃了，更气愤方小蕊不久之前对他那么咄咄逼人，但说到底还是一个念旧情的人。

他轻叹一声，道："也罢，我就帮你说几句话，至于少爷会不会原谅你，就看你们的造化了。"

方宇填闻言顿时喜极而泣，连声说道："多谢秦伯，多谢秦伯！"

而随着方宇填被抓来柳家，一直不露面的柳然也现身了。

第十一章
离开东洲

"轰隆！"柳家后院，一扇密室的石门开启，柳然从密室中走了出来。

在他这密室前的院子里，此刻聚集了数十人。

这数十个人除了秦伯、秦虎，地上跪着的方宇填之外，还有近期想求见，却一直见不到柳然的东洲各方势力代表。

而在这些各方势力代表之中，有三个人此刻脸上带着得意之色。

因为，方宇填乃是他们三方势力联手抓住的。

换言之，柳然现在愿意现身出来一见，也是托了他们的福，所以他们才如此得意。

当柳然出现的时候，周围所有人的目光都聚到了他的身上。

"咦？怎么会这样？"

人群之中，忽然响起了几声惊呼。

在场其他人也立刻面露惊愕之色，怔怔望着从密室中走出来的这个少年。

在此之前，他们之中大多数人虽然没见过柳然，但也看到过柳然的影像，所以认得这个少年。

然而，此刻出现在他们面前的这个柳然，却与他们想象之中的很不一样。

此刻的柳然看上去虽然依旧是一副少年的模样，但却不复众人从影像之中看到的那个少年那么神采飞扬。

他面色苍白，鬓角微霜，气息微弱，整个人给人感觉不像是一个朝气蓬勃的少年，反倒是一个病弱的中年人一样。

这无疑大大出乎了所有人的意料，包括秦伯和秦虎父子两个人也是满脸的震惊之色。

"少爷！你怎么样了？"秦伯一下子冲上前来，急切地询问柳然。

"少爷，你怎么会变成这样？你是受伤了吗？"秦虎也是一脸的焦急之色。

柳然对他们摆了摆手，说道："我没事，只是修炼的时候出了点儿意外，受了点儿小伤，并无大碍。"

说话间，他眼角的余光却扫过了院子里的人。

院子中，众人都是静悄悄的，谁也没有说话，但彼此却已经开始用眼神交流。

而且，不少人脸上明显露出了狐疑之色。

显然，他们对于柳然这个"修炼时候出了意外，受了点儿小伤"的说法并不相信。

柳然知道自己的目的初步达到了。

他走上前来，望着方宇填，目光渐渐冰冷。

方宇填方才原本很是惶恐，但此刻看到这般模样的柳然居然也没那么恐惧了，一双眼睛闪烁不定。

柳然的嘴角勾起了一抹淡淡的戏谑之色。

他开口说道："方叔叔，真是想不到，咱们会以这种方式再见面。"

方宇填深深地吸了口气，说道："柳然，要杀就杀，不过，你别以为你赢了，就可以羞辱我！"

闻言，在场众人不由得愣住了。

尤其是秦伯，方才他还看到这方宇填口口声声哀求他，一定要让柳然饶他一命，怎么现在方宇填忽然就如此硬气了？

柳然却面无表情，淡然说道："你想求死？那我倒是也可以成全你。在你死之前，你可有什么心愿？"

方宇填眼中精芒一闪，立即说道："蕊儿呢？我想见见蕊儿。"

"好。"柳然十分干脆地同意了。

随即，他打开了云海秘境，将方小蕊从其中抓了出来，扔在了方宇填的面前。

方小蕊倒是没怎么狼狈，因为柳然只是把她关起来，并没有对她做什么。

她只是这些日子一直诚惶诚恐，所以看上去有些精神恍惚而已。

一看到方宇填，她一下子扑到了方宇填的身边，惊呼道："爹，你怎么样了？你没事吧？"

方宇填摇了摇头。

方小蕊却看他如此狼狈，现在还跪在地上，以为他是受了多么巨大的折磨，心中怒意狂烧。

她掉头冲向了柳然，张牙舞爪地说道："柳然，我和你拼了！"

柳然眉头一皱，刚刚一挥手，发出一道符力挡住她，将她击退的时候，异变突生。

"咻！"原本被禁锢住了的方宇填全身一震，身上所有封印符阵纷纷溃散，他全身的气息也一下子暴涨起来。

更让人吃惊的是，他服下了一颗不知名的大符丹，一瞬间全身的力量竟然再次增长了十倍。

"轰！"就在所有人都还没反应过来之前，方宇填的身形宛如暴走的猛兽，飞扑向了柳然。

第十一章 ❀ 离开东洲

"什么？"秦伯脸色一变。

"不好！少爷小心！"秦虎则是立刻喊道。

他们有心帮助柳然，可是，柳然和方宇填父女两个人的距离实在是太近。

秦虎他们还没来得及冲过去，方小蕊已经抱住了柳然的双腿，而方宇填则一拳砸向了柳然的脑袋。

危急时刻，柳然全身的符力迅速运转起来，挥手一拳与方宇填对碰。

"砰！"随着一声低沉的碰撞声响，方宇填整个人倒飞出去。

方小蕊也被他们两个人碰撞产生的冲击扫飞，狠狠地撞上了院子中一处假山。

至于柳然，在与方宇填对碰了一击之后，他脚下不由得连退了三步。

这一幕，落在了院子中众人的眼中，顿时在他们心里掀起了轩然大波。

所有人都察觉到了不对劲儿。

柳然不是肉身非常强横，甚至能凭借肉身与天元期强者交手吗？为什么此刻一个化劲期级别的家伙，一拳居然能将他打得倒退？

哪怕方宇填方才服下了某种秘药，实力强行提升到了堪比天劫境灵台期入门，再加上还是偷袭，但这些因素加起来也不可能有这样的效果。

再想到此刻柳然这副病恹恹的状态，他们心中更是浮想联翩。

就在众人暗自猜测的时候，秦虎和秦伯两个人却都已经爆发，分别扑向了方小蕊和方宇填两个人。

他们两个原本还真有点下不去手，但此刻看到这方家父女竟然还想要杀了柳然，一时间心中怒火冲天，全都是含怒出手。

方宇填和方小蕊两个人遭受了重击，先后都被斩杀了。

随后，秦伯和秦虎又回到柳然的身边，关切地询问柳然有没有受伤。

柳然摆了摆手，故作平静，说道："我没事，你们不必担心。诸位远道而来的客人，实在是抱歉，柳某还有要事，就不招待诸位了。"

话毕，他让秦伯送客，而自己则是打开云海秘境，进入其中。

院子里的人被送走了，同时，在这院子里所发生的事情也在榕城中传开了。

"喂！听说了吗？柳然可能在上次的战斗中受了重伤。"

"不对，我听人说，他那是强行使用秘术提升实力的后遗症。"

"对啊！人家说他头发都白了，这肯定是只有伤及本源才会出现的状况。"

"天哪！怎么会这样？伤及本源不是对以后修炼都有影响吗？"

这些议论声迅速蔓延到了元灵符界中，传遍东洲各处，再次引起了众人的瞩目。

"我就说为什么他才化劲期，居然就展现出那样强大的实力，原来是透支了自己！"有人表示恍然大悟。

"唉，何必呢？这种做法简直是自毁前程啊。"有人为之感到惋惜。

"哼，为了出这样的风头自毁前程，真是目光短浅。"有人表示嘲讽。

"哈哈，我还以为这一次国战东洲要爆发了，没想到是这种结果。"也有人幸灾乐祸。

至于没有开口表示什么的人之中，更有不少人都暗暗松了口气。

不过一夜之间，柳然竟然从一个原本无数人敬仰、巴结的天才少年，沦为一个被众人纷纷嘲讽的对象。

原本一直守在柳家，试图与柳家搭上线的各方家族代表人物，忽然都受到了各自首领的传信，让他们撤离榕城。

于是，原本热闹的柳府一时间重新安静下来，门可罗雀。

"这些人真是岂有此理！"秦虎都不由得勃然大怒。

谁承想，昨日那一个个热情非常的人，今日居然就对他们露出了冷笑与嘲讽？

秦伯则是轻叹一声，说道："这个世界的人情冷暖本就是如此。你以为他们真是想与我们结识？他们不过都只是想来从我们手中得到什么而已，现在发现无法得到了，自然也就纷纷离去了。"

"哼，这些人，我们不屑与之为伍。"秦虎嗤之以鼻地说道。

秦伯则是有些担忧，道："也不知道少爷那边怎么样了？"

柳然自那一日进入了云海秘境之后，就一直都没有再出来过，再听到外界传来的那种种猜测，他心中自然十分担忧。

就在这时——

"我没事，秦伯。"柳然的声音，忽然传入了他们父子二人耳中。

秦伯和秦虎两个人立即回头，就看到柳然已经出现在了客厅之内，此刻正坐在主位之上。

"少爷！"秦伯和秦虎连忙走上前去。

他们愕然发现，此刻的柳然哪里还有半点儿病态？

柳然对他们咧嘴一笑，道："之前我都只是装出来的，你们放心吧。"

秦虎回过神来，不解道："可是，少爷为什么要那么做啊？"

秦伯则是若有所思，大拍手掌，道："少爷做得好！木秀于林，风必摧之，咱们柳家如今的确还暂时承载不了那么凌厉的锋芒。也正好趁着这个机会，看看到底是谁真的对咱们好，谁只是虚情假意。"

柳然淡然一笑，旋即问道："对了，那些人你可都记下了？"

秦伯心领神会，道："全都记下了！"

"那就好。"柳然的笑容中多了几分冷意，"他们今时今日敢对我们使脸色，他日求到我们头上来的时候，可就别怪我们摆架子了。"

听到这里，秦虎总算也明白过来了。

他兴奋地对柳然竖起了大拇指，连声说道："少爷就是厉害！"

柳然只是微微一笑。

就在这时，屋外忽然传来了一个仆人的声音，说道："秦管家，风小姐他们来了，说要找少爷。"

闻言，柳然迅速运转秘法，整个人顿时又变成了之前那一副病怏怏的模样。

他对秦伯挥了挥手，秦伯对外面的下人说道："你带风小姐她们进来吧。"

那仆人立即退下，片刻之后就带着客人来到了客厅之中。

柳然扫了一眼，就发现来的人只有风素月和云妙伊，一个英姿飒爽，一个翩然若仙。至于赵绿薇的身影，并没有出现在这里。

他心中也不免微微一叹：终究是试探出了一些原本我并不想看到的事情。

不过，风素月一进门就立即对柳然说道："柳然，你别误会，绿薇姐是被她奶奶强行带走的。"

柳然淡然一笑，一副并不在意的模样，望着她们说道："你们来找我有什么事情吗？"

云妙伊望着他，说道："我们想问问，你现在到底怎么样了？"

柳然轻叹一声，道："如你们所见，这一次的确是我太冲动了，伤及本源，恐怕没那么容易好了。"

"那你还整天窝在这里干什么？赶紧求医去啊！"

风素月一下子从椅子上站了起来，急匆匆地走到了柳然的面前，拉起他就要往外面走。

云妙伊也皱着眉头站了起来，同样摆出了一副要带着柳然回东川城求医的模样。

柳然无奈地说道："我去东川也没用，我这伤势，恐怕东川城中根本没人能够治好。"

"那么，我们就去炎京城吧。"云妙伊忽然说道。

"炎京城？"柳然不由得一愣。

云妙伊轻点螓首，说道："我们云家认识炎京城中的一位宗师，若是求他出手，或许你这伤势也可以治愈。"

宗师！听到这两个字的时候，柳然也不免心头一震。

那可是炼符师之中，比起大师更强大的存在，真正站立于炼符术巅峰的存在。

柳然没想到云家竟然还认识宗师级别的炼符师，也没想到，云妙伊会为了他而想要请那位宗师出手。

要知道，整个炎玄王朝也不过只有三位宗师而已，他们的地位极其尊贵，哪怕是皇室的人也不是随随便便就能请他们出手的。

云家要想请宗师出手，恐怕也得付出不小的代价，甚至付出某些珍贵的人情。

想到这里，柳然心中不禁流过一阵暖流。

思索一番后，柳然点头说道："好，听你的。"

他想好了，做戏做全套！如今外界流言蜚语无数，但不少人心中还是有疑虑的。若是他现在又摆出一副要去炎京城求医的模样，估计大家就全信了。

东洲再次哗然。

就如同柳然所预料的一样，当他即将提前出发，前往炎玄王朝的都城炎京的消息传出时，外界顿时出现了更加激烈的议论声。

元灵符界之中，关于柳然其实是要去炎京城求医的消息，一下子成为众人议论的最热门话题。

不少人纷纷为柳然感到痛惜、遗憾，也有许多人跳出来大声嘲讽柳然，更有人公然大骂柳然是罪有应得。

除此之外，还有人提议说柳然如今的状态根本不适合继续代表东洲参加精英符修大战的国战了，要求东川城撤下他的名额，让后面的人顶替上去。

不过，对于这样的提议，东川城一方却一直未回应。也有人在元灵符界中质询柳然，想让他出来解释清楚现在究竟是什么情况。

可是，柳然却毫不理会，而是默默地待在自己的家里。

榕城中，林志荣、李月茹和张少川三个人一同来到了柳府，希望和柳然见一面。由于有过并肩作战的经历，他们和柳然的交情都不错，也很关心柳然现在的状况。

不过柳然并没有见他们，只是让秦伯给他们传话，告诉他们自己很好，让他们不用担心。

柳家的一处阁楼之中，看着林志荣三个人无奈离去的背影，柳然也只能在心中默默说一句抱歉。

若不是现在局势紧张，而且他接下去的炎京城之行十分危险，他也不希望用这样的方式欺骗大家。

就在东洲之中无数人热议柳然的事情时，东川城又有一件大事突然发生，一下子震动了整个东洲，让大家暂时忘记了柳然的事情。

东川城几大巨头之一，仅次于城主府的大家族江家，一夜之间消失得无影无踪。

下手的乃是城主府。理由是，江家勾结杀手组织利刃，意图不轨。

城主府也公开了诸多他们搜集到的罪证，包括暗中谋害诸多东洲官员，甚至还与人勾结掳走城主府千金等，看得东洲子民触目惊心。

在城主雷霆出手之下，江家一夜之间烟消云散。

除却江无殇一家三口之外，其他直系、旁系成员纷纷被杀的被杀、被抓的被抓，江家各处的产业也纷纷被查封了。

如此一件惊天动地的事情之下，柳然那点儿事情忽然间就显得没那么引人注目了。只是，他们不知道的是，在东川城查封江家各处产业的时候，柳然在家里却收到了一份清单。

这份清单，是凌岩让人给他送来的。

柳然叫来了秦伯，将清单交给了他，说道："秦伯，你看看吧。"

秦伯疑惑地接了过来，就看见这清单之上写着不少东西，比如，榕城、梅云城等几座城池之中的某些酒楼，东洲某处地界上的两处矿脉，还有一些山林产业，等等。

林林总总算下来，至少价值五六千万金币。

秦伯看了一眼之后，突然想到了一件事情，心头狂跳。

他紧张地抓着那张清单，抬起头来看向了柳然，问道："少爷，这个是……"

"这是原本属于江家的产业，不过，现在属于我了。这也是此次战役东川城分给我的战利品。"柳然平静地说道。

"什么？"

饶是秦伯已经有了心理准备，听到柳然这话的时候依然忍不住心头一震，双手都不由得颤抖起来。

柳然则是轻轻拍了拍秦伯的肩膀，说道："我很快会离开东洲，前往炎京，这些产业就交给你来帮我管理。"

秦伯心中又是激动又是惶恐，他连声说道："少爷，这么多产业，老奴担心管理不好啊！"

眼前这一幕和当初柳然前往东川参加府战的时候是何其相似？

当初秦伯敢主动要求要在这里帮柳然管理柳家的产业，现在柳然主动将更多的产业交给他，他却不敢接下来了。

因为，这些产业关系太大。如果运作得好，这些产业每年至少稳赚数百万，甚至千万金币，叫他一个只做过小家族管家的人，如何有信心管理好？

柳然则是笑着说道："放心吧，东川城那边会帮你交接好这些东西，如果遇到麻烦，你尽管传信给东川城主府的管家，他们一定会帮你处理好的。秦伯，我相信你一定可以管理好。"

看秦伯一副还很担心的模样，柳然不由得失笑，说道："你就算管理不好也没关系啊，这些产业反正本来就不是我们的，败光了就当练手吧。"

秦伯不由得苦笑。让他拿价值数千万金币的产业练手？他可没这么大的手笔！

不过，想到柳然如今在东洲也只能将这些托付给他，别无人选了，他一咬牙，道："好！感谢少爷的信任。少爷放心吧，只要老奴还有一口气在，绝对不会让任何人侵犯到这些家业的。"

柳然却轻轻摇头，道："这些产业运转得如何我倒是觉得无所谓，你看着办就好。不过，有一点你要记住，那就是除非我在国战中夺冠，否则暂时千万别让人知道这是我们柳家的产业，明白吗？"

秦伯不明白柳然为什么要这么做，但他觉得柳然自有道理，应道："老奴知道了。"

柳然点了点头，像是想到了什么事情，又说道："对了，虎子就留下来帮助你吧。另外，虎子在东川城的炼符师公会有一个喜欢的人，叫作翠儿，是一个很精明的丫头，我已经找东川城的炼符师公会会长把她要来了，她会帮你一起打点的。"

"是！"秦伯恭敬地应道。

又将一些细节向秦伯交代好了之后，柳然也感觉轻松了一些。

秦伯离开之后，柳然派出自己的宝葫分身，去了东洲的两个地方，然后重新回来。

只不过，在他离开的短短半天时间，东洲境内有两大家族遭受了毁灭性的打击，族中最强者被重伤，族里的宝库也强行被人撬走。

这件事情一下子引起了整个东洲的震动。

很快，大家就确认了这两件事情就是柳然做的，他也没有想要掩饰的意思。

一时间，东洲中无数人哗然。大家发现这两个家族都是曾经公然在元灵符界中侮辱过柳然，还叫嚣着要让东川撤掉柳然参赛资格的。

他们的下场让众人意识到了一件事情，那就是柳然不仅仅是一个天才，而是东洲一名真正的顶尖强者。哪怕伤及本源，也不是任谁都能欺负的。

那些原本还打算做点儿什么小动作的人，一下子都吓得龟缩起来。

翌日，柳然独自通过榕城的传送符阵，回到了东川城。

在东川城停留了一日之后，他便同云妙伊、风素月等人一起出发，前往炎玄王朝的都城——炎京城。

第十二章 初至炎京城

炎京城，人族五大王朝之一炎玄王朝的都城，位于炎玄王朝的领土核心区域——龙洲。

龙洲有一条极其庞大的火系龙脉，传闻此地昔年曾有龙灵出世，引得烈焰焚烧千里，故此得名。

八百多年前，炎玄王朝太祖炎皇降伏此地龙灵而建立都城，也将火龙定为王朝之图腾，故取名炎京城。

炎京城占地面积十分辽阔，覆压千里，宛如一尊远古巨兽盘踞于大地之上。

若是从空中看下来，可以发现整个炎京城呈现出的竟然是一朵梅花的形状，冒着腾腾火焰的梅花，看上去瑰丽、壮阔。

火焰状的梅花分为六个主要区域，花心与五瓣花瓣。

中心的花心区域乃是皇城所在，也是整个炎京城最早的城区，如今却已经完全独立出来，供皇族子弟和一些重要权贵居住，乃是整个炎京城最繁华的地方，名叫炎龙京畿。

而在花心四周的五片花瓣，则是数百年来发展出来的卫星城池，以五条护城河为边界，每一个的面积都比东洲府城东川还要大上两三倍，被称为龙卫五大城区。

在这龙卫五大城区之中，各自设有一座大型传送符阵，每天不断闪烁着符光，接送着来往炎京城的一批批行人。

这一日，龙卫三区的传送大厅之外，一辆华贵炫目的加长款悬浮飞车停在了这里，吸引了周围来往行人的目光。

这辆悬浮飞车乃是今年炎京城炼符师公会刚刚推出的最新款，造价超过八百万金币，据说非但乘坐舒适，而且拥有极强的防御力，可以挡下天元期强者的全力一击。

这样的车在整个炎京城哪怕算不上最顶尖，但也绝对是豪车之列。

至于负责拉车的更是一匹紫麟角马，据说是一种拥有蛟龙血脉的异兽。它通体布满紫色鳞片，头上还长着独角，站在那里就让周围许多人心生畏惧，不敢轻易靠近。

很显然，能够用得起这种级别豪车的人，非富即贵。

这也让不少路过这里的人，对那悬浮飞车边上站着，似乎是在等什么人的一老一少两个人十分好奇。

老者五十岁左右的模样，身姿挺拔，一身得体的黑色长衫，一副大户人家的管家打扮。

老者身边的乃是一个豆蔻年华的少女，她容颜出众，身材高挑，一袭淡紫色的衣裙看上去就十分华贵、精美。

在场有人认出了，这分明是炎京城中地位显赫的燕家小姐燕凌雪，和他们家的管家钱松两个人。

认出这两个人的身份之后，众人心中就更是惊讶了，不明白究竟是什么人那么了得，竟然要让这两位大人物亲自来到这传送大厅之外迎接？

"这都老半天了，怎么还没来？"燕凌雪等了半天，有点儿不耐烦地嘟囔起来。

"小姐少安毋躁，是咱们出来早了，不过，少爷他们估计也快到了。"管家钱松开口劝慰道。

燕凌雪嘟起了可爱的小嘴，又说道："钱叔，你说那个柳然究竟是个什么样的人，竟然让凌菲姐姐那么看重？还让你亲自出来接他们，而且凌天哥哥居然为了他都提前回来了！"

钱松思索了一下，回答道："老奴在来之前，通过元灵符界查看了一些关于柳然的资料，的确是一个天赋堪称妖孽的少年，也难怪大小姐会那么重视。"

"天赋妖孽？"燕凌雪不屑地笑了笑，"区区一个乡下来的小子，天赋再妖孽，能妖孽到哪去？还能比我季云哥哥妖孽不成？"

管家钱松沉默不语，心中却暗自苦笑：论天赋，那个少年恐怕真不逊色于季家的那位公子。

当然，他深知这个少女心中对季云的崇拜，这些话自然不会说出口。

就在这时，传送大厅之中的符阵忽然一亮，迎来了从东洲传送至此的一群人。

他们一共九个人，五个年轻人，还有四个中年模样的人。

五名年轻人是两男三女的组合，那两名少年正是柳然和燕凌天，另外三名少女则是云妙伊、风素月和官兰若三个人。

至于那四个中年模样的人，乃是两男两女，则分别是燕凌天、云妙伊、风素月、官兰若四个人的随从。一起来炎京城的五个年轻人，也只有柳然是独自一人。

原来，燕凌天得知柳然要提前来到炎京城，心里也动了提前回来的心思，所以就与柳然他们同行了，这才有了此刻他们一同在传送符阵之中出现的一幕。

"钱叔，凌雪妹妹，让你们久等了。"

燕凌天一从传送符阵之中走出来，就看到了传送大厅之外等着的钱松、燕凌雪两个人，微笑着对他们打了声招呼，大步朝他们走去。

柳然和云妙伊他们几个人自然也都跟了上去。

这家伙就是柳然？

燕凌雪的目光一下子落在了柳然的身上，带着几分审视。

在她看来，柳然这模样倒也还算英俊，但衣着打扮却十分老土，很穷酸。

另外，她也发现了其他人都带着随从，貌似就柳然自己是一个人来的，心里明白这柳然的确如她所预料的，就是一个乡下野小子。

最后，当她发现柳然居然鬓角花白，身上还透着一股与他年纪不相符的苍老之气时，她眼中更是掠过了一丝不屑。

她心中暗道：看样子，元灵符界中所说的消息果然没错，这个柳然真的透支了潜能，伤及了本源。真是一个目光短浅之辈，不知道凌菲姐姐怎么会看中这种人。

柳然并不知道自己刚刚一来，居然就让燕凌雪感觉十分鄙夷了。

此时，燕凌天正在为他们介绍钱松和燕凌雪，他还面带笑容地与他们施了一礼，打招呼说道："两位好，在下柳然。"

钱松微笑着回礼，说道："柳公子好。"

燕凌雪却看都不再看柳然，扭头看向了云妙伊她们三位女子，很快就与她们热络地聊了起来。

显然，相比之下，她反倒是觉得云妙伊和风素月她们顺眼多了。

柳然还以为对方是因为不擅长与异性交流，对此也不以为意。

当然，就算是知道了，他也不会和一个比他还小两三岁的小丫头计较什么。

燕凌天倒是眉头微微一皱，但这种场合他也不能当面指责燕凌雪，只能沉默。

很快，一行人上了燕家那辆加长款悬浮飞车，朝着龙卫三区的中心区域而去。

钱松和燕凌雪他们是两个人一同前来这里，来的时候悬浮飞车是钱松在驱使。

现在返程时，钱松则是将车夫的位置让给了原本在燕凌天身旁充当护卫的一名中年男子，他自己则是进入车厢中，与柳然他们说话。

燕家这辆加长款悬浮飞车的空间十分宽敞，布置了高明的空间符阵，就是十个人坐在里面，也不显得拥挤。

甚至车内还有宽敞的通道，钱松熟练地取出了车里的茶具，很快就给柳然等人各自奉上了一杯香茶。

柳然一坐进来，就忍不住一阵赞叹："这悬浮飞车的炼制者真是厉害。这符阵安排得甚是玄妙，如果有机会见到这位大师，一定要好好讨教讨教。"

所以，他此时才会如此不吝赞美。

闻言，钱松微微一笑，道："赵天宇大师如果知道了你对他的作品如此称赞，也一定会很高兴的。"

不过，燕凌雪看到柳然这副模样，却感觉他没见过世面，越发觉得看不起柳然。

她忍不住说道："不过，赵大师可忙得很，不是谁想见就能见的！"

言语之中却是已经带着一丝暗讽，嘲笑柳然不自量力。

柳然感觉她这语气不太舒服，不过也没多想，只是轻叹一声："那真是太遗憾了。"

事实上，柳然还真想炼制自己的悬浮飞车。

不过悬浮飞车的炼制非常复杂，除了基本的炼符术之外，还要一些特殊的技艺，如果让柳然自己现在来炼制一辆悬浮飞车，根本不可能达到这样的水平。

如果要让他炼制一个次品将就，他又实在是不愿意。

燕凌雪在旁边看到柳然居然连她这话里嘲讽的意思都没听出来，心中鄙夷的感觉就更浓了几分。

她忍不住张口又想说什么时，却忽然听到燕凌天说道："凌雪，咱们现在是要去什么地方？"

燕凌雪微微一愣，抬起头来正好对上了燕凌天略带一丝警告的目光。

她顿时明白燕凌天是让她适可而止，也只能愤愤然地闭上了嘴巴。

不过，她心中对于柳然的厌恶感又因此而更强烈了几分，因为她认为是柳然害得她惹燕凌天不高兴的。

见此，燕凌天岂能不明白燕凌雪心中所想，但他也只能暗自苦笑。

他总不能告诉燕凌雪说自己已经看到云妙伊和风素月两个人不高兴，若是不开口，她们两个恐怕就会为柳然出头了吧。

车内的气氛一时有些尴尬。

钱松见状急忙解围，说道："凌天少爷，我们现在正前往玄月楼，老奴在那边已经设下了酒席，先为少爷和几位贵客接风洗尘，然后返回府上。"

"不错！"燕凌天满意地轻轻点头。

旋即，他就笑着对柳然他们说道："玄月楼可是炎京城中也排得上号的上等酒楼，其中有不少奇珍美味我也很久没吃过了，正好趁着这个机会带你们一起去品尝品尝！"

说到吃，风素月似乎也非常感兴趣，连忙问道："哦？都有些什么好吃的？"

官兰若也立即说道："燕大哥你快和我们说说！"

"好！"燕凌天看到气氛终于缓和了，脸上的笑容也浓了几分，开始逐一介绍起来。

柳然面带微笑看着他们讨论，并没有参与进去。

眼角的余光瞥见那明显对自己有敌意的燕凌雪，他心中也是暗自无奈，根本想不通自己怎么就莫名其妙得罪了这位燕家的小姐。

本着不和小丫头计较，也没时间理会这种无聊事情的心理，他也就假装没发现对方的眼神了。

他的目光看向车窗之外，看着那车水马龙、人来人往的繁华景象，他脑海之中却不禁浮现出了当初他在暗符灵界之中，他父亲柳冲霄对他说的那三件事情。

第一件事，是夺取国战冠军。

第二件事，从火凤一族手中取得梧桐木。

第三件事，当初他父亲没有说清楚，说是交给了柳灵灵，而现在看来就是让他真正与天符融为一体，炼就天符宝体。

这第三件事由于和利刃组织这一战出了意外，不管柳然乐不乐意，现在他已经提前完成了。

柳灵灵虽然因此而意外地陷入了昏迷，但是柳然已经确定，自己只要慢慢地温养她的灵体，她以后自然就会苏醒。要是能够为她炼成合适的肉身，她也真有可能可以脱离柳然的识海，拥有独立的人生。

换言之，如今柳然来这炎京城，就只剩下两件重要的事情要做：夺取国战冠军，夺得梧桐木。

他心里现在也只想着这两件事情，别的他根本不在乎。

夺取国战冠军这件事情就不说了，他现在急也没用，必须等到再过几个月国战开始才行。

取得梧桐木这件事，他却感觉似乎可以想办法提前完成。但他现在还没有什么头绪。

心念一动，柳然的意识忽然沉入了识海之中，通过暗符界通行符进入了暗符界，开始搜索关于火凤一族的信息。

暗符界通行符可以通向暗符界，也可以通向暗符灵界，两者有所联系，又有所不同。单纯进入暗符界就是浏览虚拟的信息，而进入暗符灵界则更像是进了一个真实存在的灵魂世界。

如今他倒是已经学会了如何控制怎么进入暗符界，又怎么进入暗符灵界了。

通过暗符界，柳然也初步收集到了一些关于火凤一族的信息。

可是，正忙于浏览相关信息的他，并没有注意到因为自己的无视，引起了燕凌雪的不满。

原来，她方才就是故意让柳然发现她眼中敌意的，想引柳然主动招惹她，那么，她出手反击燕凌天也就不能说什么了。

然而，她却没想到柳然居然选择了无视她，还一副不和小屁孩计较、眼不见为净的模样。

燕凌雪感觉自己快要被气死了。一直以来她都是处处被人宠着、让着、捧着，哪里被人如此无视过？这对于她而言简直是一种侮辱。

于是，她下定决心，一定要想办法让柳然好看。

悬浮飞车悄然放慢了速度，渐渐停了下来。

"少爷，小姐，玄月楼到了。"车厢之外，传来了燕凌天那名随从的声音。

"我们下车吧。"燕凌天微笑着对众人说道。

众人接连出了车厢，发现他们已经身处于一条极其繁华的街道上。

此刻，出现在他们前方的那一栋巍峨的阁楼上写着的，正是"玄月楼"三个大字。

"阿川，辛苦你了。"燕凌天对驱车的随从说了一声，就带着柳然他们进了这玄月楼之中。

此刻正值晚饭的时间，玄月楼中人声鼎沸，生意极好。

刚走进玄月楼，一缕异香便扑入柳然一行人的鼻孔。

"好香的气味，让我食指大动啊！"官兰若忍不住说道。

柳然他们几个脸上也都露出了期待之色。

燕凌天微微一笑，道："那等会儿你们可要多吃一点儿。"

一边说笑，众人的脚步又快了几分。

就在这时——

"这不是凌天公子嘛，今天是什么风，竟然为我吹来了你们几位贵客啊！"

一名靓丽的红衣女子热情地朝着他们走了过来。

燕凌天瞥了她一眼，轻笑道："这不是娴雅小姐吗？倒是真的好久不见了！"

"欢迎，欢迎！快快随我到楼上坐下吧！"那红衣女子脸上堆满了笑容，拉着柳然就往上走。

与燕凌天一同随着红衣女子往里走的时候，柳然看似轻松，心中却在暗暗警惕。

他不知道别人有没有发现，但是，他却明显发现了，这个看似普通、势利的红衣女子，实际上一身修为非常强大。

如果是柳然还没炼成天符宝体的时候，也不见得能够接得住她几招。因为，对方分明是一名天劫境强者。

这样一个强者，却在这里当一个接待客人的管事，不得不让人深思。

不过，今天反正他们也是正儿八经来这里消费的，又不是要来闹事，柳然倒是也没有过多在意，装作什么也没发现。

柳然的目光在周围巡视起来，心中却暗自感叹："这里真是一个销金窟！怕是一天的资金流动也是动辄数百万。"

一路下来，他已经发现，这个玄月楼可不只是一个吃饭的地方，这里还有一些表演、娱乐项目，整体而言感觉就是一个综合的娱乐场所。

这个时间段还没到晚上，但是这玄月楼依旧是热闹非凡，从来往的客人之中，柳然更是发现其中有不少在城中也算是有头有脸的人物，要么是极为富裕，要么是实力不凡的强者。

很快，红衣女子带着柳然几个人在二楼一个雅间里坐下，自己又转身去招呼其他客人了。

燕凌天微笑着对柳然他们说道："你们先坐一会儿，我去点菜，顺便取一瓶放在这里的美酒。"

随即，他便离开了雅间。

管家钱松刚想开口说点儿什么活跃一下雅间里的气氛，没想到燕凌雪忽然对他说道："钱叔，我有几个朋友刚刚传信来，说他们正在这玄月楼，你和我去跟他们打一声招呼。"

钱松看她一副不容拒绝的样子，也只能点头，随即对柳然他们说道："不好意思，诸位，我们失陪一下。"

如此一来，雅间中竟只剩下柳然他们这些东洲来的人了。

柳然倒是没有什么感觉，倒是云妙伊和风素月都皱起了眉头。

"这燕家的人也太失礼了！这哪里是为我们接风？"风素月有些生气地说道。

"哼，早知如此，还不如去我们云家。"云妙伊脸色也有些难看。

听到这话，柳然也感觉有些奇怪。

怎么说燕家也是炎京城的大家族，说好要招待他们，结果莫名其妙地所有人都离开，把他们扔在这雅间里是何道理？

燕凌天就不说了，他也是想更好地招待大家。

可是，燕凌雪和钱松两个人突然跑了，就实在是太失礼了。

难不成是那小丫头故意要整我？柳然心中不由得浮现出这样一个念头。

官兰若坐在这里，看到柳然他们脸色难看，一时间也有些着急，想帮燕凌天解释一下。

不过，就在这时，一个声音在他们几个人耳边响起，打断了他们的思绪。

"几位，可以打扰一下吗？"

柳然扭头朝那声音传来的方向看去，正好看到一个身着蓝袍，年纪似乎和他一样，也不过是十六七岁模样的少年不知何时出现在他们雅间门口。

这少年气质不凡，更有着一张十分俊美的脸庞，正面带微笑地望着他。而在这少年的身后，还带着四名护卫，一个个都是化劲期巅峰级别的修为。

雅间之中的众人眉头纷纷一皱：这家伙是谁？

从对方的衣着看来，此人应该是出身不凡，但是，他却明显从未见过，更不认识对方。

但奇怪的是，他竟然从对方眼中捕捉到了一丝戏谑之色。

虽然对方将情绪藏得很好，但如今柳然的灵魂修为何其强大？观察入微的情况下，完全可以捕捉到对方细微的情绪。

见状，柳然不由得微微眯起了眼睛：这家伙难不成也是那个燕凌雪找来的？

"抱歉，这地方我们定了，阁下还是……"官兰若也不认识对方，毫不犹豫地就想拒绝对方。

然而，柳然却忽然开口，打断了她的话，而后对那蓝袍少年说道："相逢即是缘分，阁下便坐下与我们小酌几杯又有何妨？"

蓝袍少年眼中似乎掠过几分讶异，淡淡地说了一声："多谢。"

随即，他就进入了雅间中，就在那原本应该属于燕凌天的主位上坐了下来。

见此，柳然他们岂能看不出对方就是存心要来闹事？

否则这雅间内十几个座位还空着好几个他不坐，偏偏坐到了主位上。

"你！"风素月等人见状气得就想斥责对方。

但是，柳然却拦住了她们。

他淡然扫向那蓝袍少年，问道："阁下，这是什么意思？"

同时，他眼中不由得多了几分玩味，心道：我倒是想看看，你想玩什么花样。

第十二章 初至炎京城

第十三章
这个疯子

"你就是柳然吧?"

蓝袍少年目光扫视着柳然,眼中的戏谑之意竟然已经毫不掩饰。

"我还以为东洲传得沸沸扬扬的天才有三头六臂?现在看来也不过如此啊。"

他脸上忽然露出了灿烂的笑容,看着柳然的眼神之中竟然充满失望之色。

而他带来的侍卫却都纷纷笑了起来。

"你想找事?"风素月冷冷地说道。

云妙伊和官兰若她们脸色也不大好看,眸光发冷。

蓝袍少年的目光从三名少女脸上扫过,眼睛却忽然一亮。

他啧啧赞叹道:"才发现原来这房间里还有三位美女。真没想到,东洲那种地方竟然也能孕育出这样的美女。"

闻言,云妙伊她们三个人一下子脸色更是难看,脾气较为火暴的风素月更是几乎都忍不住要动手了。

不过,柳然却立即拉住了她,不让她动手。

"别冲动。"柳然对风素月说道。

旋即,柳然看向蓝袍少年,冷淡地问了一声:"阁下怎么称呼?"

蓝袍少年闻言居然对他投来了赞赏之色,说道:"不错,多少还算是机灵的,至少也知道在得罪人之前先问问身份,以免得罪你得罪不起的人。"

谁知道,他这话刚落,柳然居然摇了摇头,对他说道:"很遗憾,你错了。我问你是谁,只不过是想知道自己等会儿要揍的是什么人而已。"

话音一落,整个雅间之中一下子安静下来。

那方才还一副得意扬扬模样的蓝袍少年一下子愣住了,而他的侍卫们一个个也都不笑了,瞪大了眼睛看着柳然。

就是风素月她们几个人,此刻也都面露愕然之色。

半响后,蓝袍少年才率先回过神来,却仿佛听到了世上最好笑的笑话一样,忽然放声大笑起来。

"我听到了什么?你竟然想打我?还想在打我之前了解一下我是什么人?哈哈

哈……"蓝袍少年捂着肚子，一副笑得肚子都疼了的模样。

他的侍卫们也都纷纷回过神来，一个个也都是放声狂笑。

"少爷，我总算是明白，这个柳然名声为什么那么大了。"

"我也明白了，恐怕是他这吹牛的能力无人能敌啊！"

"哈哈，没错没错！真没想到东洲竟然是通过吹牛选拔国战人选的。"

侍卫们兀自大笑着、嘲讽着。

不过，自始至终柳然的神色都十分淡然，嘴角还带着一丝浅浅的笑意。

风素月等人也没有笑，反倒是看到柳然这模样的时候一个个心中微微一紧。

她们现在也比较熟悉柳然的性格了，完全可以听出柳然方才那一番话真不是开玩笑，而是认真的。

他是真的想要揍这蓝袍少年……

一时间，她们反倒是一下子着急起来。

她们并不担心柳然动手之后会吃亏，但这炎京城毕竟不比东洲。

在这里出没的人非富即贵，而且彼此关系错综复杂。随便一个强大一些的势力出手，都可能给他们带来天大的麻烦。

更何况，他们这一次乃是来炎京城为柳然求医来的，若是把事情闹大，对于他们此行的目的根本没有好处。

一想到这里，云妙伊她们反倒是忘记了方才他们被调笑的事情，心中都暗自紧张起来。

云妙伊立即传音给柳然："柳然，你别冲动！"

官兰若也立刻对柳然说道："柳然，别乱来，一切等凌天大哥回来再处理，我刚刚已经传信给他了。"

就连脾气最火暴的风素月，一考虑到他们此行的目的，也忍住了心中的怒火，对柳然说道："柳然，算了，别和他一般见识。"

柳然却并没有回应他们。

他只是盯着蓝袍少年看。

蓝袍少年几个人笑了一会儿，渐渐感觉气氛不太对，于是纷纷停了下来。

蓝袍少年看着柳然，戏谑地说道："怎么？难不成你还真想揍我？哈哈，那你倒是试试看啊！我就不告诉你我是谁，看看你究竟有没有胆色揍我。"

闻言，柳然眉头一皱，随即无奈地叹息了一声，道："看样子，也只能先揍你，然后再问你是谁了。"

话音未落，他便开始撸起袖子，同时，将全身的符力调动起来。

这下子，蓝袍少年等人的脸色变了。

第十三章 这个疯子

他们总算是察觉到不对劲儿了，柳然竟是真的一副要动手的模样！

"保护少爷！"四名侍卫之中的一个人大喊着说道。

其他人立刻环绕着蓝袍少年，催动符力，保护着蓝袍少年。

蓝袍少年眉头一皱，不满地说道："你们搞什么鬼？我就不信这个乡巴佬真的敢对我动手！"

可是，听他这么说，那几名侍卫依旧不敢放松警惕。

柳然咧了咧嘴，一抹戏谑的笑容在他脸上浮现。

下一刻，他朝前踏出一步，全身一股滚烫的气息席卷开来，宛如火山爆发一般，一下子就让蓝袍少年和他的四名侍卫脸色纷纷一变。

他们全都在柳然身上感觉到了危险的气息。

蓝袍少年眼睛瞪得老大，心里只有一个声音：疯子！这家伙是个疯子，竟然真的打算动手。

更让他震惊的是，从柳然身上散发出来的气势看来，他和他的这几名手下哪里能是柳然的对手？

一时间，蓝袍少年心中警钟大作，忍不住高喊道："放肆！我乃是季家的三公子季鸿，你竟敢对我不敬？"

季家？

一听到这话，风素月、云妙伊、官兰若三个人脸色纷纷一变。她们都是出身东洲的大家族，对于这炎京城之中的势力也都多多少少有一些了解。

而她们三个人正好都知道，这季家在炎京城中颇有势力，甚至比起燕家还要强大一些。她们感觉事情有些麻烦了，看向了柳然，想要再次劝阻他。

可是，柳然却在她们开口之前，身形一闪。

"嗖！"只听得一声细微的轻响，原地一道残影渐渐消失。

那蓝袍少年的四名侍卫根本没有反应过来，柳然的本体便出现在了蓝袍少年的身旁。

燕凌雪和钱松守在雅间之外，却一直关注着雅间之中的动静。

钱松在她身边不由得担忧，说道："小姐，咱们这么做不好吧？如果被大小姐知道了，那……"

燕凌雪却不以为意地摆了摆手，说道："没事啦，这件事情你不说我不说，季鸿也不会说出去的，姐姐又怎么会知道？哼，如果今天不教训教训这个柳然，我实在是咽不下这口气！"

原来，恰如柳然所猜测的一样，蓝袍少年这一位季家三少爷就是燕凌雪找来的，为的就是好好教训教训柳然。

燕凌雪并没有想过让蓝袍少年动手，只是希望对方可以让柳然认清楚自己的身份，现在他所在的可是炎京城，由不得他放肆。

只是，燕凌雪没想到，蓝袍少年倒是没想动手，柳然反倒动手了。

并且，柳然一动手就展现出了强大的实力，还摆出了一副准备将蓝袍少年打成重伤的模样。

霎时间，不管是燕凌雪还是钱松两个人都是大惊失色。

"不好！"钱松脸色剧变，快速地冲进了雅间中。

燕凌雪也急忙跟了进去。

"该死的柳然！"

在冲进雅间内的瞬间，燕凌雪简直要咬碎银牙，心中对于柳然的不满都迅速转变成了怨恨。

而就在他们两个人冲入雅间的瞬间，却发现柳然的拳头已经砸向了季鸿的脸，周围几名季鸿的手下根本来不及阻止，更别说刚刚从外面冲进来的燕凌雪两个人了。

瞬间，燕凌雪脸色一阵惨白。

这事情是她挑起的，如果季鸿真的被柳然打伤，回头她也免不了会有麻烦，至少要被家里禁足几个月。

而这对她而言，也已经是极其可怕的惩罚了。

不过，就在这一刹那——

"嗡！"一道人影宛若一缕青烟，毫无征兆地出现在柳然和季鸿之间。一只白玉般的手掌也挡在了柳然的拳头之前，阻止了柳然继续攻击季鸿。

房间中，所有人一下子都愣住了。

"这位公子，请给青璇一个面子，不要在这玄月楼动手，好吗？"

一个空灵的声音，忽然在房间中响起，也惊醒了原本失神的众人。

而后，众人才发现这个挡住了柳然的人，乃是一名年轻的女子。

只见她十七八岁的模样，身姿修长，一双黑夜星辰般动人的眸子，一张世间任何一名画师都难以描绘三分的清丽容颜，竟给人一种难以抵挡的独特感。

柳然淡然扫视这名女子，发现对方单论容颜竟然丝毫不逊色于云妙伊和风素月，还有一种别样于她们二人的独特气质。

更让柳然吃惊的是，从对方方才出手的速度来看，这女子在身法方面的造诣，竟然丝毫不下于他，也达到了入微级别。

而且，对方似乎还掌握了一门高明的身法符技。

不过，柳然神色依旧十分淡然，问对方道："你是什么人？"

那女子俏脸上露出了错愕之色，似乎对于柳然不认识她感到很意外。

第十三章 ❀ 这个疯子

不过，仔细一看，她发现自己也不认识这个少年，似乎对方未曾来过这玄月楼。

这时候，季鸿也已经反应过来，迅速向后退开，他身边的侍卫也立刻将他保护起来，一脸警惕地盯着柳然。

季鸿此刻的脸色十分难看，一双眼睛紧盯着柳然。

恰好听到柳然询问那名女子的身份，他忍不住讥笑道："乡巴佬就是乡巴佬，居然连青璇小姐都不认识。"

顿时，柳然的目光又朝着他扫了过来，身形晃了晃，一副准备再次动手的模样。

站在他面前的李青璇连忙伸手拦住他，说道："这位客人，小店还要做生意，还请谅解一下。"

而后，她又对季鸿说道："季公子也请退让一步吧，这位公子方才其实并不是真正想动手，他拳头上毫无力量，想必只是想和公子开个玩笑，还请公子别放在心上。"

可是，听到这话之后，季鸿的脸色反而更加难看了。

开玩笑？他可不这么认为！

柳然这样的举动，在他看来根本就是在戏弄他。

他原本可是打算来帮燕凌雪戏弄戏弄柳然的，结果没戏弄成，居然反而被柳然吓得差点儿一头栽倒。

更让他难以接受的是，方才这一幕正好落在了燕凌雪的眼中。

再看柳然，此刻居然露出了一脸的戏谑之色，表情与他季鸿方才简直如出一辙。

季鸿感觉像是被人狠狠抽了个耳光，顿时怒不可遏，恨不得立刻冲上去教训柳然。原本，他随身还有一位天劫境灵台期巅峰的强者保护，只是碰巧被他差遣去办事了。

此刻他只要先发动一些特殊底牌，再立刻将他叫来，一定可以给面前这个不知死活的乡野小子一点儿颜色看看。

可是，就在季鸿想要不顾一切大打出手的时候，忽然——

"这里发生了什么事？"一个声音，从雅间之外传了进来。

众人扭头看向门外，众人就看到一个衣着华贵、三十余岁模样的美丽妇人出现在了这雅间的门口。

看到这美妇人，季鸿的脸色微微一变，发热的脑袋一下子冷静了不少。

在这美妇人的身边还站着一个人，正是方才去点菜顺便取来自己存于此处的美酒的燕凌天。

此时，燕凌天也是一脸惊异地看着房间里的众人。

他完全没有想到，自己才刚走开一会儿，这雅间中就差点儿打起来了。

这时候，美妇人再次开口了，说道："季公子，怎么今天这么有雅兴，竟然来我这玄月楼与人切磋？"

季鸿顿时一肚子委屈。

刚才分明是他差点儿被人揍好吧？怎么现在自己反而被人先数落起来？

不过，他却不敢和这美妇人发火。

因为，他父亲曾经对他千叮咛万嘱咐，让他千万不要得罪这个女人，否则季家都保不住他。

所以，季鸿只能按捺住心中的怒火，违心地解释道："叶夫人误会了，我们方才……方才只是在开个玩笑，并不是真的想动手。"

"开玩笑？"

听到季鸿这番话，柳然脸上顿时多了几分玩味。

而风素月、云妙伊、官兰若她们却差点儿笑出声来。

显然，她们都看出季鸿不想丢人，所以就连自己方才差点儿被揍的事情都不敢说出来了。

毕竟，此时这边的动静也引起了不少人的关注，他主动上门挑衅，结果还差点儿被一个他方才还在藐视的人打，这事情如果传出去可不光彩。

所以，他才选择暂时咽下这口气，等平息了风波，然后慢慢找柳然算账。

"开玩笑？"美妇人听到了季鸿的解释，脸色却并未缓和。

她声音冷淡地说道："这种玩笑我可不喜欢！"

"是是是！"季鸿连声说道，"小的保证，一定不会再有下次，还请叶夫人原谅我这一次。"

说出这番话的时候，季鸿委屈到了极点。

吃亏的是他，解释的人也是他，反倒是柳然这个刚刚率先动手的人一直若无其事地站在旁边。

不过，这种委屈的感觉他现在不得不忍着。

"若是再有下次，你应该知道我玄月楼的规矩。"

叶夫人冷冷地扫了季鸿一眼，随后，又深深地看了一眼站在一旁的柳然，轻哼一声，便转身离开了。

等她走了之后，季鸿才松了口气。

燕凌雪也是暗自松了口气，她在旁边其实也非常紧张，生怕那位叶夫人大发雷霆波及她。

只是，她没想到的是，她的神色变化全都落入了燕凌天的眼中，一下子让燕凌天明白了方才事情的始末了，一时间脸色十分难看。

就在这时候——

"嗡！"一道人影从雅间之外一闪，就来到了季鸿的身边，化作一名灰袍中年人。

他恭敬地对季鸿询问道："少爷，发生了什么事情？"

这名灰袍中年人正是季鸿的天劫境贴身护卫。

方才他收到了季鸿的消息立刻赶来，却发现叶夫人神色冰冷地站在雅间门口，他也不敢贸然上前，生怕顶撞了对方。

"曾客卿，你总算来了！"季鸿看到灰袍中年出现，心中最后一丝不安也消失了。

随即，他脸色铁青地将目光扫向了柳然，差点儿忍不住要让灰袍中年人教训对方。不过，想到了方才叶夫人离开时的警告，他又不得不忍住了这股怒火。

最终，他冷哼了一声，道："柳然，咱们走着瞧。"

而后，他一挥衣袖，就气冲冲地走出了雅间。

路过门口的时候，他只是和燕凌天拱了拱手，表示打过招呼，却不待燕凌天开口就离开了。

一场闹剧，就此偃旗息鼓。

"几位，青璇也告辞了！"

李青璇看到事情平息后，轻笑着施了一礼，便离开了。

待他们走了之后，燕凌天提着两个精致的酒瓶走了进来，脸色铁青地看着众人。

他沉声问道："这到底是怎么回事？"

柳然神色平静，看了燕凌雪一眼。

旋即，他就说道："没什么，燕兄，是我太冲动，被人家三言两语就挑起了火气，所以才闹出了这样的事情，给你添麻烦了。"

燕凌天眉头一皱，柳然这样的解释他并不相信。

他径直将目光扫向了燕凌雪，沉声问道："凌雪，你来说，这事情究竟是怎么回事？"

燕凌雪没想到燕凌天竟然会因为一个外人，就如此冷酷地斥问她，一时间心中又是恼怒又是委屈。

她生气地说道："是是是，都是我的错！是我怂恿季鸿来这里闹事的，给你丢人了！你满意了吧？哼！"

话毕，她一跺脚，就气冲冲地从雅间跑了出去。

"小姐！"钱松生怕她会遇到危险，呼喊一声，迅速追了出去。

"你……"燕凌天气得脸色铁青。

不过，看到燕凌雪已经跑远，现在这场合也不是他教训妹妹的时候，所以他也不得不忍下心中的怒火。

随即，他放下手中的酒瓶，郑重地对柳然行礼，说道："给柳兄添麻烦了，我在这里代她为你赔个不是。"

"燕兄言重了。"柳然连忙扶住他。

在他眼中，燕凌雪只是一个不懂事的任性丫头，他还真没有想过要和燕凌雪计较什么。恰逢此时，玄月楼的侍女来到了雅间之外，询问是否可以开始上菜。房间中的气氛这才缓和了一些。

官兰若连忙说道："咱们不说别的了，赶紧吃饭吧，我都饿坏了！"

柳然也是微微一笑，道："好，我正好可以尝尝燕兄珍藏的美酒。"

燕凌天微微一笑，让玄月楼的侍女们开始将一道道珍奇美食端上来，而他自己则是打开了酒瓶，亲自给柳然他们斟酒。

一时间，雅间中菜香、酒香混在一起，让在场所有人都是食欲大增。

忽然，大堂中传来一道声音："乐会开始，有请青璇姑娘。"

玄月楼所有人的注意力一下子被吸引过去，纷纷安静下来。

柳然他们所在的这个雅间，透过窗户也可以看到大堂中的状况。

众人只看到大堂之中的舞台上，几名衣着素雅的妙龄少女，各自手持素琴、香炉、花瓣等物件飘然出现，舞步翩跹。

几名少女各自忙碌起来，有人摆琴，有人点香，有人撒开花瓣，也不知是不是错觉，随着那青烟升起，花瓣飞扬的瞬间，整个高台居然呈现出一种雾气缭绕的奇妙感觉。

四方都彻底寂静下来，仿佛所有人都屏住呼吸，静静地等待着什么。

就在这种针落有声的气氛中，忽然——

"嗖！"一名身着淡黄色衣衫的女子，宛如一缕青烟一般，出现在舞台上，瞬间让许多人眼前一亮。

只见她宛如空谷幽兰，身上自然有一种超凡脱俗的感觉。

她嘴角含着浅浅的笑意，给人一种难以亲近，却又非常想去亲近的感觉，令人为之痴迷。

这女子竟然是方才柳然他们见过的李青璇。

这时候，柳然也从燕凌天口中得知了，这李青璇居然是玄月楼的头号花魁，也是炎京城中公认的梦中之仙。

第十四章
火凤一族

李青璇一出场,四周的人全都望着她怔怔出神。

一直到她对着众人微微施礼,众人才惊醒过来,一个个纷纷鼓掌,大声叫好。

"青璇仙子总算是出来了!"

"我可是早就等得不耐烦了啊!"

"哈哈,不耐烦你赶紧走,我可没有不耐烦。"

"琴会快开始吧!"

众人连连叫嚷,似乎各自都希望能用自己的声音,吸引一下李青璇的注意一样。

舞台之上的李青璇却只是淡淡一笑,什么也没说,在素琴前坐了下来。

顿时,四周再次寂静一片。

众人都知道,表演要开始了,没空继续吵闹。

"本次演奏曲目——《风之叹息》。"一名白衣侍女朗声开口道。

终于要开始了。

二楼雅间之内,柳然等人看到对方人气如此之高也不禁多了几分好奇,一边品尝着玄月楼的美食,畅饮着燕凌天取来的美酒,一边期待着下方即将出现的表演。

就是方才还在生气的燕凌天,此刻也全神贯注地望着李青璇,脸上都不禁浮现出了几分激动,却又不得不强迫自己赶快平静下来。

不仅是他一个人如此,在场任何一个人都是如此。

官兰若见大家一个个都痴痴地望着台上的女子,小嘴嘟得老高,特别是看到就连燕凌天居然都将注意力放在台上的女子身上了,心中就更是不痛快。

她忍不住低声骂了一句:"哼!你们这帮人!"

而就在所有人紧张的注视下,舞台上,那名为青璇的女子轻轻闭上了双眼。

"叮!"

第一声琴音乍响,缥缈、轻灵,宛如一缕春风袭来,而后春雨霏霏,连绵不绝。

优美的韵律迅速占据了所有人的心灵、脑海。

柳然眼睛微微一亮,心知这女子果然有些门道。

此刻,他只感觉整个世界其他杂物似乎在瞬间都消失了,只留下琴声在空寂宽阔的天地间悠悠荡漾，一个个音符就仿佛一滴滴春雨落地，淅淅沥沥的声音自然在脑海中浮现。

转眼间，世界像是被洗涤了一般，空寂的天地间变得春意盎然。

忽然，琴声变得急切、跌宕起来，却是乐曲进入了夏季，时而阳光酷热，时而暴雨倾盆，变幻莫测，让人捉摸不透。

不知为何，柳然忽然想起了许多往事，想起了他年少轻狂、意气风发时的潇洒，随时随地都似乎有着欢声笑语。

然而，琴声却在此刻再次一变。

萧瑟、肃然，宛如秋风萧瑟，曾经郁郁葱葱的树木上，叶子的翠绿已经成了过去，带着对枝头的依恋，纷纷落下，最终归于尘土。

柳然突然感到莫名的哀伤，此情此景，很像当初父母失踪，方宇填传来消息说他父母可能已经身亡的时候。

那孤独无助的感觉，那留恋、不甘，却又无可奈何的感觉是多么相似。唯一让他有些安慰的是，他没有辜负父母的期望，如今修为层层突破，名声也在四方越来越响亮。

此时此刻，柳然竟已彻底陷入琴声之中，情绪难以自控。

就在这时，琴声又变了。

雪，飘然而落，带来了冬的寒冷，似乎在一刹那就冻伤了柳然的心。

无情的寒风在他耳边哀号，让他一下子想起了当初方家父女的背叛，更想起了不久之前，柳灵灵为了帮助他脱困，不惜以身犯险，让他提前炼就天符宝体，而自己则是虚弱地陷入沉睡的情景。

痛彻心扉的感觉一下子涌上心头，让柳然的脸色变得扭曲、阴沉下来。

琴声渐渐淡去，就如同北风渐渐退去，柳然也缓缓醒了过来。

他嘴角露出了一丝苦笑，自己也没想到会是这样。

这首《风之叹息》，与其说是描绘四季，不如说是在描绘柳然的人生，刻画人生喜怒哀乐，让他深陷其中，就仿佛再一次经历了一遍一样。

暗暗叹了口气，就在柳然想要强行止住自己的回忆时，李青璇的琴声却再次响起，她竟是又将春的意境重新弹奏出来。

柳然一下子怔住了。

是了，时间飞逝，四季轮转，冬过之后自然又是春季。

他心念一动，嘴角不由得浮现出几分笑容，心中暗叹："最艰难的时候我都撑过来了，如今，我已经是大师级炼符师，更是炼就了堪比圣体的天符宝体，现在一切都充满希望，我又何必在这里忧愁、感叹。"

想到这里，他不禁豁然开朗，心境一下子进入了平和的状态。

也恰是这时，他感觉到冥冥中有什么东西要降临了。

"灵劫，我的灵劫就要来了！"柳然兴奋地说道。

这是一种非常玄妙的感觉，但又真实存在，让柳然甚至可以清晰感知到一个确定的时间——再过两个月自己的灵劫就要降临。

灵劫是灵劫境最后的一道坎，一旦跨过去，他就能成为天劫境强者了。

只是，并不是每一个修炼到灵劫境化劲巅峰的人，都会这么快感知到灵劫。

比如方宇填这样达到化劲期巅峰多年，也一直感知不到灵劫的人比比皆是，甚至大多数人一辈子就这么卡在了这一个坎上，终生无法窥探天劫境的玄妙。

柳然没想到，出来听一首曲子，就让自己感应到了灵劫。

要知道，他自身的修为达到化劲期巅峰也不过是数月的时间而已，这要是说出去，怕又将引起一次轰动。

李青璇的曲子竟然可让人突破？这也是让柳然惊奇的地方。

不过，他思索了一番就暗自摇头，心道：不对，准确地说是这曲子引起了我的心境共鸣，让我产生了感悟。

"真正触动我感知到灵劫的，应该是随着感悟之后平静下来的心境，还有积极、乐观、一往无前的心态。"

柳然似乎是勘破了某些化劲期强者一直迟迟无法突破的关键。

收敛了一下心神，柳然的目光扫向周围。

他发现雅间之中的众人，还有大堂之中的众人脸上都露出了若有所悟的神色。

他的目光不由得落在了李青璇的身上，心中暗叹："没想到，这个青璇姑娘的琴艺如此惊人，难怪大家如此期待她的出现。难不成，她这么年轻，就已经达到了大师级琴师的境界？"

在天符浩土之上，如今炼符师乃是主流，地位崇高。

但是，天符浩土却不只有炼符师，比如柳然遇到过的御虫师、听说过的傀儡师，还有眼前李青璇这个琴师等等。

这些职业虽然如今很少见，却依旧还在传承着。

而且，据柳然所知，不管是什么职业，只要达到了大师级的层次，便可以化腐朽为神奇，能力会发生翻天覆地的变化。

如今这李青璇展现出来的琴艺，似乎就是大师级的琴师。

只是，她年纪实在是太小，所以才让柳然此时如此震惊。

虽然柳然自己如今也才十六岁，就已经是一个大师级的炼符师，但琴师这样稀有的职业传承都艰难，要达到大师级别难度更是极大，所以柳然才会那么惊讶。

也是因为稀有职业的大师级极为罕见，所以他们的地位有时候甚至比起大师级的炼符师更高一些。

想到这里，柳然不由得又深深看了舞台上的李青璇一眼，心中暗叹：这炎京城果真是藏龙卧虎之地。

"呼……"舞台上的李青璇终于完成了整首乐曲，轻轻吐出了一口气。

她睁开双眼，见四周还是寂静一片，众人还都沉浸在她方才的乐曲之中，她嘴角不由得勾起了几分自得。

她对自己的乐律造诣有绝对的自信，眼前这样的场景早已不是第一次见到，不过，每次见到的时候，她依旧心中喜悦。

她屈身在这玄月楼之中，为的也正是试炼自身。

而观众的这种表情，无疑是对她最大的肯定。

她缓缓站起身来，便要趁着众人还没回过神离去。

在这里，每隔三天她会出来表演一次，一次也只有一首乐曲，表演完了，众人还没回过神的时候她就已经离开了，从未改变。

不过，今天情况却有所不同——

"受死！"一声大喊，将所有人都吓了一跳。

李青璇身躯一震，脸色也一下子发白。

因为，她感觉到自己被一股凌厉的杀机锁定了。

周围其他人却似乎还沉浸在方才的乐曲之中，脸上甚至还挂着惊喜的笑容，仿佛是刚刚从她的琴声中收获到了什么一样。

但就在距离李青璇不远处的一处雅座上，一名黑袍男子忽然出手，狠狠一掌向她拍了过来。

"轰！"这一掌来得何其快，气劲狂暴得惊人。

"小姐，小心！"

舞台上的两名侍女倒是惊醒了，试图阻止对方，怎料对方的实力比她们强太多，竟然一下子都被震飞出去。

震飞那两名侍女之后，黑袍男子这一掌便继续朝着李青璇狠狠拍下。

刹那间，李青璇的心揪了起来。

因为李青璇骇然发现，这出手攻击她的人的实力足有天劫境灵台期大成，她根不是对方的对手。

逃！李青璇第一时间做了决定，以她的身法造诣，哪怕无法完全避开攻击，但也可以避开要害。

不过，她刚想逃走，又听到另一个声音。

第十四章 火凤一族

"滚！"

她的目光立刻扫向那声音传来的方向，却看到就在二楼一处雅座上，一名身着蓝白长袍的少年忽然出手，身形如电一般飞掠而来。

这少年正是柳然。

他因为方才是第一个醒过来，并且一直在看着李青璇，所以他甚至比李青璇更早发现了那偷袭者的行动。

大厅中，方才那黑袍男子的大喊声，便已经将原本沉浸在音乐中的众人惊醒。

众人本就吃惊有人居然敢在玄月楼动手，而且是对李青璇动手！大家还没反应过来，紧接着发生的事情更让他们震惊。

"咻！"

只见一道蓝白色身影仿佛是一缕幻影一般，在瞬息间冲到了李青璇身侧，与那黑袍男子对了一掌。

"砰！"一声闷响，震动了所有人的心。

舞台的周围，更有不少人纷纷被震飞，无数桌椅、杯盘也一同飞出，一片狼藉。

若不是舞台周围的符阵被激活，化解了大部分的冲击力量，恐怕这大堂中的所有桌椅都要被震得粉碎。

这是天劫境强者相互碰撞出的力量。

众人做出了这样的判断，顿时无比心惊，目光呆滞地望着堪堪将黑袍男子的掌力接下的柳然。

他们根本无法想象，这个看上去不过十几岁的少年竟然有这样的实力。

他们仔细打量柳然，发现这小子的修为貌似才化劲期巅峰，竟然可以与灵台期大成级别的强者硬碰。

这样的状况，一下子让在场数百人的目光都陷入了呆滞状态。

柳然没有理会众人的目光，只是看了身旁的李青璇一眼，问道："你没事吧？"闻声，周围的侍女才回过神来，焦急地冲到李青璇身边，仔细询问她有没有受伤。

同时，台下立刻冲上来几个护卫模样的人，警惕地环绕着李青璇，将她严密地保护起来。

他们心中都十分自责。

方才实在是李青璇的琴艺太厉害，他们都忍不住沉浸其中，结果竟然差点儿让李青璇出事。

李青璇也是惊魂初定。

她没想到，自己居然会被这个刚刚才被她阻止了"好事"的少年所救。

但幸亏有这个少年出手相救，她才逃过一劫，否则她不死也要重伤。

而柳然此刻一出手，也是让李青璇明白，如果方才柳然是真的想与季鸿交手，凭她那点儿实力，根本阻止不了柳然。

同时，李青璇也知道，自己这下算是欠了柳然一份人情了。

她深深地看了柳然一眼，而后郑重地对他躬身行了一礼，道："多谢公子，今日大恩，青璇来日定有厚报。"

柳然没有来得及回话，就看到那被他震退了的黑袍男子再次冲了过来，口中怒喊一声："什么人？竟然敢坏我们火凤一族的好事！"

"什么？火凤一族？"听到这个名头的时候，柳然一下子怔住了。

方才他还在烦恼着如何与火凤一族接触，然后想办法弄到梧桐木，没想到火凤一族的人居然就出现了。

更让他意想不到的是，他还变成了对方的敌人。

想到这里，柳然简直是无语至极，实在是想不到这么巧。

他方才不过是一时动了恻隐之心，不想看着一位年轻的大师级琴师就这么香消玉殒，所以忍不住出手了。

谁知道，竟莫名其妙地就变成了火凤一族的敌人。

根据他的调查，梧桐木对于火凤一族可是极其珍贵的宝物，外人想要得到本就不容易，现在他又莫名得罪了火凤一族，恐怕再想得到人家的宝物，难度就更高了。

柳然无奈地摇了摇头，目光再次看向方才攻击未果的黑袍男子，就发现对方趁此机会再次发动了攻击，目标依旧是李青璇。

他的脸色一下子沉了下来。

不过，他也没来得及做什么，那黑袍男子的攻击就被一道道符光挡了下来。

那是有人在催动这玄月楼的符阵，挡下对方的攻击，并且展开了反击。

"轰隆！"黑袍男子整个人再次被撞飞。

再次落地的时候，他口中喷出一大口鲜血。

他挣扎着爬起来，恶狠狠地扫了柳然一眼，眼中充满怨毒之色，似乎对柳然怨恨到了极点。

柳然张了张嘴，很想说，这一次真的不是他。

只是，他还没来得及开口，一名老妇人模样的管事就已经带人上来了。

"这位公子，"管事老妇人的脸色不大好看，"老身不知你是何来历，但是，我玄月楼不是打架斗殴的地方，也不是谁都可以来闹事的。"

话音顿了顿，她看了黑袍男子的袖口一眼，那里有着一只火凤的标志。

她再次说道："哪怕是火凤一族也一样。"

真的是火凤一族？

听到这管事老妇人的话时,柳然心中最后一丝希望消失了。

他暗自叹息:我不过是想低调到这炎京城里办点儿事,怎么就发生了这么多事情?早知道不来这玄月楼吃饭就好了。

当然,柳然也只是纠结了一下,却并没有为自己方才的举动感到后悔。

再让他选一次,哪怕知道对面这个黑衣男子是火凤一族的人,他也还是会出手。

毕竟,他的心境能这么快就有所突破,感知到了灵劫,李青璇可谓功不可没,他从人家那里得到了好处,怎么能坐视不管?

黑袍男子此刻脸色无比难看。

他没想到自己一掌下去不但没有打中李青璇,所有计划落空,现在还陷入了危险之中。

不管是刚刚接下自己攻击的这个少年,或是这个刚刚出现的管事老妇人,他心中都颇为忌惮。

他又恶狠狠地瞪了柳然一眼,那眼神似乎在说:都怪你这个家伙!

对此,柳然也只能假装没看见。

"拿下他!"

管事老妇人终于失去了耐心,轻轻一挥手,周围一个个实力强横的护卫纷纷爆发出了强横的气息,朝着那黑袍男子包围过去。

柳然惊愕地发现,这十几个护卫居然一个个都是天劫境强者,而且实力都不弱!

他暗自惊叹:这炎京城未免太夸张了,天劫境灵台期强者在东洲都可以出任一座小城的城主了,在这里居然只能当一家酒楼的护卫?

就在柳然心惊之际,忽然感觉到身后有人拉了他一把。

是李青璇。

她看到柳然在发愣,还以为他刚刚在与黑袍男子对招的时候受伤了,眼看战斗要爆发,她连忙上前将柳然拉到后面来。

而后,她关切地望着柳然,询问道:"这位公子,你没事吧?你是不是受伤了?"

与此同时,二楼雅间之中的燕凌天、云妙伊、风素月、官兰若等人,也都已经下来,一个个来到了柳然的身边,紧张地看着他。

柳然连忙回过神来,轻轻摇头,说道:"我没事。"

闻言,众人这才松了口气。

不过,就在这时候,忽然——

"轰隆!"一声巨响从黑袍男子那边爆发。

众人蓦然扭头看去,就发现那黑袍男子身上的防御符光已经被打破,眼看就要被拿下了。

不过，就在这时候，他全身冒出了熊熊火光。

"轰！"周围所有包围他的玄月楼护卫猛地都感觉到了可怕的危机，不得不立即向后退开。

而后，众人就看到那黑袍男子浑身火光腾腾，身形竟迅速变得模糊。

"不好，这是火凤一族的涅槃化影术。他想逃走，快催动符阵困住他！"管事老妇人脸色剧变，立刻大喊道。

周围顿时浮现出层层符光，笼罩住了那黑袍男子，可是，最终却都扑了个空，符光自行消散了。

那火焰中身形渐渐虚化的黑袍男子却不屑地冷笑起来："没用，已经迟了！"

旋即，他的目光蓦然转向了柳然，沉声问道："小子，你有本事坏我好事，可敢报上你的姓名？"

柳然一愣。无疑，对方这是打算摸清楚柳然的身份，回头再找机会好好"报答"柳然。不过，柳然此时眼中却是精芒一闪，心中浮现出了一个好主意。

他一步踏上前，朗声说道："有何不敢？你听好了，我是季家三公子季鸿。"

话音一落，无论是周围还在看戏的玄月楼顾客，还是柳然身边的众人，纷纷一脸愕然。

李青璇更是杏目瞪得滚圆，难以置信地看着柳然。

在他们的注视下，柳然的神色却十分淡然，傲视着那个火凤一族的黑袍男子。

黑袍男子看到了众人的反应，也不疑有他，冷笑一声，道："季家季鸿，好，我记住你了！但愿你承受我们火凤一族报复的时候，也能有如此傲气！"

话毕，他身上那炙热的火焰一震，整个人彻底消失了，那一团火焰也紧接着熄灭。

玄月楼中一片死寂，所有人都盯着柳然，不知道说什么好。

半响，李青璇先回过神来，先是忍不住"扑哧"一笑，旋即又连忙忍住，然后问柳然道："柳公子，你怎么可以这么做？"

柳然一愣，道："怎么了？啊……我刚刚怎么说错名字了？不好意思，我真的不是故意的。"

众人面面相觑，终是无言以对。

第十五章
莫惹柳家郎

龙卫三区，季家名下的一处宅院中。

季鸿坐在大厅之中，两名侍女为他端来了香茶、美食，可是，他根本无心享用。

一想到自己在玄月楼中受到的侮辱，他就气不打一处来。

也是因为这股火气，让他甚至连李青璇的表演都没看，就回到了这里，准备想办法好好整治柳然。

现在已经不只是关系到他答应过燕凌雪的问题，更关系到他季鸿的面子，若是不出这口气，他以后在炎京城就没脸待下去了。

不过，他却并没有随意乱来。

季家作为炎京城一个大家族，屹立这么多年不倒也不是没有道理的。

像是季鸿此时遇到的事情也是比较常见的事情，如果让当事人自己脑袋一热就乱来，万一要是捅出大娄子，可能会给季家带来极大的麻烦。

而针对这种事情，季家有严明的制度：必须上报族内专门负责纠纷处理的长老，确定之后才能开始行动。如果私自招惹敌人，家族非但不会为其出头，严重者还要被逐出家门。

季鸿不知道为什么家族要定下这样的规矩，实在是小心得太过头了。

不过，他也曾经亲眼看到过一些不守规矩的家族子弟遭到了驱逐，后来日子过得非常惨淡，从此之后就不敢再藐视这一条规矩了。

此时，季鸿就是在这里等待着家族负责纠纷处理的长老——季天山的到来。

可是，左等右等，季天山还是没来，他心中不禁有些着急了。

"天山长老怎么还不来？"季鸿忍不住站起身来，在客厅之中焦急地来回踱步。一名侍女见此想要安抚他，端着一杯茶朝他走过来。

谁知道，季鸿见状心中更加烦躁，把她推倒在地，呵斥道："走开，别来烦我！"

那名侍女手中的杯盏摔得粉碎，同时也被吓了一大跳，可是她却不敢发出半点儿声音，赶紧收拾地上的东西，然后战战兢兢地退到了一旁。

就在这时——

"哼，心性如此急躁，如何成得了大事？"一声冷哼，忽然在客厅中响起。

季鸿连忙扭头朝着门口的方向一看，就看到一个留着山羊胡子的老者，缓步踏入了这大厅之中。

这老者个子不高，身着黑色锦袍，面容清瘦，神色冷峻，全身透着一股凌厉的气息，一进来就让厅里的侍女们呼吸都慢了一拍。

此人，正是季家的长老季天山。

季鸿没想到自己发脾气的场景正好就落在了季天山眼中，一时间也有些尴尬。

不过，很快他就抛开了这些，转移话题说道："天山长老，您可算是来了。我们季家都被人欺负到头上来了！"

季天山冷哼一声，懒得和季鸿计较。

他径直在一张椅子上坐了下来，旋即冷漠地询问道："到底是怎么回事？"

季鸿急忙解释道："是这样的，长老，今天我在玄月楼遇到一个乡下来的野小子，居然对我出言不逊，而且还戏弄我，完全不将我们季家放在眼里。所以，我要找人好好教训教训他！"

季天山听完他这番话后神色并没有什么变化，语气依旧冷漠道："说重点，对方是谁？来自什么地方？事件起因如何？"

季鸿只能说道："那家伙叫柳然，来自东洲，听说是本次东洲府战的冠军。"

让他意想不到的是，季天山听到了他这番话后脸色剧变，惊呼道："什么？姓柳？来自东洲？"

季鸿一愣，不解道："是啊，天山长老，有什么不妥吗？"

季天山没有回答他的话，只是迅速取出了一枚通行符卡，进入元灵符界中搜索起了资料。

快速浏览了一些关于柳然的资料之后，他居然猛地站起身来，惊呼道："果然，是他的儿子！"

季鸿被他这举动吓了一跳，脸上的不解也更浓了几分。

而后，他就看到季天山对他正色说道："立刻给我打消耍花招的念头，绝对不可以去招惹那个柳然，听到了吗？"

听到这话，季鸿彻底蒙了。

半晌他才回过神来，连忙站起身来，问道："可是，为什么啊？长老，那个家伙有什么特殊的来历吗？"

季天山深深地吸了口气，而后沉声说道："宁惹活阎王，莫惹柳家郎。这句话你应该听过吧？"

"宁惹活阎王，莫惹柳家郎？"季鸿脸色骤然大变，"难不成这个柳然就是所谓的柳家郎？"

"不错。"季天山郑重地点了点头。

季鸿这下彻底被吓到了，整个人跌坐到椅子上，低声呢喃道："怎么会这样？"

他完全没想到，一个自己本以为可以随意击败的小家伙儿，怎么转眼间就变成了传闻中无比可怕的角色。

心中无数念头掠过，季鸿始终还是接受不了这个事实。

他抬起头来，再次问道："天山长老，这句话我虽然很早之前就听过，可是，我到现在都还不明白，为什么会传下这样一句话？而且这句话还被炎京城中许多家族共同认可？"

季天山看出了季鸿眼眸深处的不甘，明白如果今天不给他解释明白，恐怕季鸿是不会放弃对付柳然的。

无奈地轻叹一声，他说道："也罢，我就和你说说当年的事情吧！"

季鸿竖起了耳朵，隐约觉得自己似乎要听到一些惊人的秘事。

不过，就在这时候——

"不好了！"

"不好了，少爷！"

一阵慌乱的呼喊声，忽然从客厅之外传来，一下子打断了季天山的话语。

季鸿脸上顿时露出了几分不悦，沉声问道："谁在外面大吼大叫？到底发生了什么事情？"

一个侍卫模样的男子快速冲了进来，先给季鸿和季天山行了一礼，旋即快速对季鸿说道："少爷，刚刚在玄月楼中，一个自称火凤一族的人不知道为什么突然袭击了李青璇。"

季鸿眉头一皱，脸上的怒意更胜了几分，道："就算如此，你也没必要如此慌张吧？"

那名侍卫连忙继续说道："可是，后来你让我盯着的那个柳然救下了李青璇，因此得罪了火凤一族的人。"

季鸿顿时更是不解了："这是好事啊，你为何如此紧张？"

那侍卫哭丧着脸，道："可他得罪了人之后，自称是季家三公子季鸿啊！"

季鸿一下子瞪大了眼睛："什么？"

季天山无语了。

半响，他才回过神来，轻叹一声："不愧是父子啊，手段简直是如出一辙。"

炎京城中，对于元灵符界的运用比起东川城强了不少，几乎随时随地都有人沉浸在这个虚拟世界进行交流。

也是因此，玄月楼中所发生的事情，很快就传入了炎京城不少人的耳中。

大多数人得到的消息就是，季家的三公子季鸿英雄救美，从火凤一族的手中救下了李青璇，一时间无比风光。

不过，众人纷纷惊讶之后，少数有心人则是产生疑惑。

比如某些大家族的子弟，他们心中纷纷讶异：季鸿什么时候本事这么大了？

据他们所知，李青璇可是拥有某种神秘体质的人，论实力，如今比起灵台期入门都不遑多让，比季鸿更是强了不少。

有些人对此感兴趣，开始尝试挖掘相关的信息。方法一般只有两种，一种是询问当时在场的人，一种是咨询当事人。

当时现场有什么人在，人家自己不出现，大家就暂时无从了解，所以认识季鸿的人选择了第二种方法。

结果，季鸿忽然间收到了不少传信。

"季鸿，你可以啊，想不到你不鸣则已，一鸣惊人。"

"啧啧，这下你是成名了。季三少爷大显神威，英雄救美！"

"季鸿，你这是什么意思？这出戏不会是你自己安排的吧？"

"怎么样，季三少，李青璇是不是对你感激涕零？"

各式各样的传信一齐涌来，季鸿一看到，气得差点儿一口老血喷出来。

他如何能看不出，这些传信的人大多数明知道这件事情不是他做的，只是故意要来调侃他。

一气之下，季鸿将传信符卡扔到了一边，然后对季天山说："天山长老，你快和我说说，究竟为什么不能招惹这个穷小子。如果我非要招惹，到底会有什么后果？我实在是忍受不了了！"

季天山神色平静，忽然伸出了右手，结果那上面一道符阵忽然解除，一只机关义肢掉落了，露出了一截光秃秃的手臂。

他语气冷淡地说道："你知道我的这只手是怎么没的吗？"

季鸿闻言不由得打了个哆嗦，瞪大了眼睛，道："难不成……"

"没错！"季天山深深地吸了口气，"这只手就是当初我得罪了柳然的父亲柳冲霄所付出的代价。"

"什么？"季鸿一下子脸色苍白，艰难地咽了咽唾沫。

季天山深深地看了他一眼，沉声说道："别以为我是在和你开玩笑，如果你执意要去招惹那个柳然，回头你就算被人杀了，季家也不会为你出头。"

"怎么会这样？"季鸿无力地跌坐在了椅子上，满脸的呆滞之色。

"你好自为之吧。如果你还是不相信我的话，你可以查查关于柳冲霄的事迹。"季天山重新将自己的机关手臂装了上去，旋即便转身走出了客厅。

季鸿在他走了之后，突然灵光一现，带着最后的一丝希望，进入元灵符界开始查关于柳冲霄的资料。

结果，他越查越是心惊，到最后整个人简直要虚脱了一般，久久无法言语。

另一边，还在玄月楼之中的柳然并不知道自己的一时游戏之举，已经引起了炎京城中不小的轰动，正在遭人热议，更不知道自己给季鸿带来了多大的冲击。

此时，柳然他们已经结束了晚餐，却并没有立即离去。

柳然独自被李青璇请到了另一处雅间之内。

雅间之中，柳然手捧着玄月楼的侍女刚刚为他奉上的香茶，神色平静地品尝着。

不得不说，这玄月楼的确是一个格调极高的场所，就是简单的一杯清茶，柳然都感觉到了其中的不凡。

也正是因此，柳然心中对于燕家的一丝不满也消失了。

今天这顿接风酒，燕凌菲虽然因为目前还在闭关所以没到场，但至少安排在了这么高档的地方，让他感觉很是舒适。

至于那些不愉快的事情，估计完全是燕凌雪那个小丫头捣鼓出来的，当然，目前在柳然看来那只能算是餐前饭后的余兴节目了。

享受了一番杯中的香茗之后，柳然忽然像是想起了什么，对旁边的侍女问道："对了，你们这杯茶不会是要收钱的吧？"

那侍女一下子愣住了，倒是不知道怎么回话。

柳然则是立即放下了手中的杯盏，正色说道："我先声明，这茶可是你们叫我喝的，你们别想强买强卖。"

侍女还没回话，柳然就忽然听到了"扑哧"一声轻笑。

随即，方才说要下去换一身衣裳的李青璇重新出现在了他的面前。

柳然不由得一勾嘴角。

事实上，他方才是特地那么说的，因为他早就察觉到李青璇回来了，只是一直躲在屏风后面看着他，也不知道是什么意思，所以才用这种办法让对方现身。

"堂堂东洲第一天才柳然，竟然如此吝啬，也不怕说出去被人笑话。"李青璇浅笑着对柳然说道。

此时，李青璇换上了一袭浅蓝色的衣裙，气质更是出尘，宛如碧波之中走出的水中仙子一般。

柳然大大方方地打量了对方一番，旋即轻笑一声，道："青璇姑娘叫柳某过来，不会就是为了看柳某笑话的吧？那柳某可就不奉陪了。"

话毕，他站起身来，一拱手，做出一副要告辞的模样。

李青璇不由得一愣。

以往她所见过的男子，哪一个不是想多和她相处一会儿？还真没遇到过像柳然这样说走就走的。

眼看柳然真的是要离开雅间了，她才连忙回过神来，喊了一声："柳公子，请留步。"

柳然止住了脚步，看了李青璇一眼，道："青璇姑娘如果还想再说什么感谢的话，那就大可不必了，我之所以会出手只是因为今日你的琴音让我有所感悟，还你一个人情而已。"

李青璇却摇了摇头，道："青璇并非为了道谢，当然，也可以说是为了道谢。"

"这话是何意？"柳然转过身来，不解地望着李青璇。

李青璇微微一笑，口中缓缓吐出三个字来："梧桐木。"

顿时，柳然的脸色剧变，目光紧盯着她，问道："你怎么会知道？"

柳然心中实在是惊讶万分。

他知道李青璇刚才下去换衣服时候，肯定会调查一下自己的一些信息。这也是他刚才给李青璇摆脸色的原因。

当然，其实他自己在喝茶的时候，也暗中通过暗符界通行符，在元灵符界之中调查了一番李青璇的资料。

他得知了对方年仅十七岁，仅仅比他大了几个月，可是，她如今却确实已经是大师级的琴师了。

此外，李青璇的修为也达到了化劲期巅峰，但由于疑似拥有某种神秘体质，她的真实实力也让人捉摸不透，更没想到的是李青璇连他需要梧桐木都知道。

这件事情他没有告诉过任何人，按理说李青璇根本不可能知道。可是，偏偏现在李青璇这模样的确像是知道了些什么。

看到柳然的反应，李青璇就知道自己所猜测的没错，嘴角微微一勾。

她忽然轻叹一声："本来还想将一些消息告诉你，但是，柳公子既然没兴趣，那便算了。"

话毕，她招呼了自己的侍女一声，便准备离开了。

这下子轮到柳然着急了，连忙上前去，疾声说道："青璇姑娘，请等等！"

李青璇脚步微微一顿，一脸疑惑地看向了柳然，问道："柳公子，还有什么事情吗？"

柳然讪讪一笑，只能赔礼道歉："方才是我的不对，还请青璇姑娘大人有大量，原谅我一次。"

李青璇瞄了他一眼，问道："不急着走了？"

"不急了。"柳然连忙摇头。

李青璇看他那副无奈的模样，不由得又是"扑哧"一笑。

这一幕落在旁边的丫鬟眼中，却让丫鬟不由得大吃一惊。

因为，据她所知，李青璇是很少笑得这么开心的，往日里一个月笑得似乎还不如今天笑的多。

一时间，这丫鬟也不禁多看了柳然几眼，心中猜测着：这位公子究竟是何来历？

看到柳然积极承认错误了，李青璇也不走了，重新坐了下来。

她一双明亮的眸子盯着柳然，说道："你似乎很疑惑，为什么我会知道你需要梧桐木？"

"没错！"柳然用力点头道。

这的确就是他心中此刻最想知道的事情。

李青璇张口刚想说什么，却忽然听到一声轻咳声传来。

随即，两个人就看到那位美丽大方的叶夫人走了进来。

她的目光平静地扫视着屋内的两个人，语气平淡地说道："这件事情，让我来说吧。"

李青璇识趣地闭上了嘴。柳然看到就连这位叶夫人都出现了，顿时对于李青璇叫自己来这里的目的越发迷惑了。

叶夫人走到了房间之中坐下，丫鬟立刻给她端上来一杯香茶。房间之中忽然陷入了一片寂静。叶夫人慢条斯理地品尝着茶水，目光却在柳然身上上下打量。

就在柳然浑身不自在的时候，她终于开口了，说道："倒也算是一表人才，不算给你爹丢脸。"

柳然心中一动，问道："叶夫人认识我父亲？"

谁知道，叶夫人听到他这话脸色忽然一沉，冷声说道："什么叶夫人？谁让你叫我叶夫人了？"

柳然被她这突如其来的脾气吓了一大跳，李青璇也不由得一惊。

李青璇连声说道："师父，您怎么突然就发脾气了？你看把他给吓的。"

叶夫人瞪了李青璇一眼，道："怎么？你才认识他半天都不到，就开始帮着他对付起你师父来了？"

李青璇闻言不由得急了，解释道："师父，不是你所说的那样，你怎么……"

叶夫人却一挥手，打断了李青璇的话。

旋即，她轻叹一声，道："好了，我知道了。你这丫头，简直和我当年一模一样。但愿你不会走上和我当年一样的路吧！"

她似是想起了什么伤心往事，低着头，一时间神色有些黯然。

李青璇见此，认为是自己惹得师父伤心了，心中更是着急，又忍不住瞪了柳然一眼。柳然在旁边看着，一脸的莫名其妙。

他不明白，自己好像没做错什么吧，怎么忽然就把这师徒两个人都给得罪了？他又不敢多问什么，生怕自己说一句话出来，会让情况变得更加麻烦。

他只能在旁边看着，同时心中暗叹：女人心，海底针，还真是猜不明白。

好在，不一会儿之后，叶夫人的情绪就平复下来，李青璇才松了口气。

随即，叶夫人看向了柳然，平淡地说道："以后你就叫我姑姑吧！我也不兜圈子，这次我让青璇找你过来，是想和你商量一下如何合作取得梧桐木。"

柳然心中一动，问道："冒昧问一句，你们到底怎么会知道我需要梧桐木？"

叶夫人淡然一笑，道："这还用得着怎么知道？你不就是为了你母亲李嫣然？"

柳然脸色微微一变，没想到对方竟然连这件事都知道。

看着这位美丽的叶夫人，再想到对方似乎认识自己的父亲，而此刻说起他母亲李嫣然的语气又有些不太对劲儿，柳然隐约间倒是有了一丝猜测。

顿时，他感觉头更痛了。

事实上，他到现在都还没看出这位叶夫人的修为，心中猜测对方恐怕至少是和东洲之主凌岩一样的天元期强者。

若是对方真要和他计较什么，他恐怕真会有不小的麻烦。

叶绮罗似乎是猜出了柳然的心思，轻哼一声，说道："放心，虽然我与李嫣然之间的确有笔账要算，但我叶绮罗还不至于将上一辈人之间的恩怨，牵扯到后辈的身上来。"

柳然暗自松了口气，嘴角却不由得泛起一丝苦笑：父亲怎么尽是给我留下这些乱七八糟的麻烦？

迅速抛开了心中的杂念，柳然再次看向了叶绮罗，问道："叶……姑姑，你刚刚说的是要与我合作取得梧桐木？难道你们也需要梧桐木？"

叶绮罗点了点头，道："准确地说是青璇需要，她灵劫将至，为了确保万无一失，需要一截梧桐木布置一些重要的东西。"

"原来如此，"柳然点了点头，旋即立刻问道，"那么，你们是否已经知道该如何取得梧桐木了？"

第十八章
梧桐木的消息

柳然感觉李青璇她们极有可能已经知道获取梧桐木的方法，否则今天也不会出现火凤一族袭杀李青璇的事情。

只是，她们遇到了什么问题，并且这个问题恐怕还是比较麻烦，而且无法用常规办法解决的。

果然，就如同柳然所料的，叶绮罗随即说道："我们的确已经知道该如何获得梧桐木，不过上一次行动却失败了，还因此得罪了火凤一族，这也造成了火凤一族如今非常警惕，再想行动，难度也变大了不少。"

柳然轻轻点头，旋即又问道："那么，你们所说的合作，究竟要怎么进行？"

他方才一直在思索，却暂时还想不到自己身上有什么特殊的地方，被对方认为可以帮她们获得梧桐木。

叶绮罗没有说话，只是看了李青璇一眼。

李青璇连忙对柳然说道："我们有办法进入火凤一族的族地，也有办法接近梧桐木，但是，想要将它安然带走却有些麻烦。"

"这又是为什么？"柳然疑惑道。

"因为梧桐木其实本质而言，也算是某种生命，根本无法装入寻常的空间符戒之中。"李青璇无奈地说道，"上一次也正是因此，我们没拿到梧桐木，反而遭到火凤一族的追杀。"

"原来如此！"柳然顿时恍然大悟，总算明白叶绮罗和李青璇为什么会选择与他合作了。

原来，她们是看中了他的云海秘境。

事实上，云海秘境非但可以收取活物，而且可以藏身，对于这种事情的确很有帮助。

只是，柳然心中却还是感觉有些古怪，道："那么，我们要取得梧桐木，只能通过偷的方式？"

不过，在柳然心中浮现出这样念头的时候，却忽然听叶绮罗说道："还真是和柳冲霄一模一样。放心吧，'小偷'的工作我们来，不会让你违背自己的原则的。"

柳然抬头看了她一眼，见她似笑非笑的模样，尴尬地挠了挠头。

事实上，偷这种方法他之前还真没有考虑过。

在他的原则里，他可以和别人抢夺资源，哪怕耍点儿花招都没关系，毕竟无主之物就是谁抢到归谁，柳然也毫无心理负担。

但他却不愿意去做窃贼，尤其是在对方与自己无冤无仇的情况下，他不愿意去做损人利己的事情。

当然，真要是万不得已，为了他母亲，他也只能当一次小偷了，大不了回头再找机会弥补对方。

不过，现在叶绮罗既然说不用他去做这一份工作，那么柳然自然也乐得轻松。

随后，柳然又和叶绮罗、李青璇她们仔细聊了一下行动计划。

正在他们商议之时，忽然，李青璇的柳眉一蹙，随即取出了自己的传信符卡。

看了一下其中传来的信息，她又看了柳然一眼，无奈地说道："看样子，其他具体的细节我们也只能后面再聊了。"

"怎么了？"柳然不解地皱起了眉头。

李青璇还没来得及解释什么，叶绮罗却已经像是发现了什么，忽然轻哼一声，随即一挥手发出了两道符光，就解除了房间之中的某些符阵。

这一处雅间之中，因为有着多种符阵的存在，可以起到保护个人安全、隐私等作用。

此时叶绮罗一解除符阵，房间之外原本被隔绝的声音一下子传了进来。

只听到一位玄月楼的侍女说道："这位小姐，请自重，如果你们再往前闯，就休怪我们不客气了。"

紧接着，柳然又听到了风素月的声音，在对那个侍女怒声说道："该说这话的人是我。哼，你再不给我让开，本小姐也要不客气了！"

另一名侍女的声音紧接着响起："这位小姐，请别让我们为难好吗？我们已经说了，你的朋友现在没事，等会儿就出来，请你们再稍等一下。"

风素月却已经没有耐心了，生气地说道："可恶，大家一起动手！"

柳然听到外面情况不太对劲儿，连忙站起身来，迅速开门走了出去。

他一眼就看到风素月、云妙伊还有她们两个人带来的护卫正在与玄月楼的两名侍女对峙，而官兰若、燕凌天他们却站在不远处，一副着急的模样，不知道帮谁好。

眼看双方都快打起来了，柳然连忙喊了一声："住手！"

闻声，所有人都看向了柳然。

"柳然，你没事吧？"风素月她们一看到柳然出现，不由得眼前一亮，连声对他询问道。

至于那两名玄月楼的侍女，则是纷纷松了口气。

柳然不禁苦笑，一边朝着她们走过去，一边说道："我能有什么事情？你们怎么忽然……"

李青璇此时也从雅间中走了出来，风素月瞪了她一眼。

然后，她对柳然说道："你忽然被这个女人带走，而且一直没有回来，我们传信给你你又不回，谁知道是不是出现什么问题？我们当然得来看看了。"

柳然也是在这时候才感觉到传信符卡收到了好几道传信。

他顿时明白，方才那一处雅间之中，竟然还有隔绝传信的符阵存在。

恐怕，在那里面一般的传信符卡都无法使用，李青璇她们使用的则是特制的传信符卡。

也是因此才造成了现在的误会。

柳然对风素月她们解释道："我没事……"

柳然话没说完，李青璇已经来到了柳然身边，轻笑着对风素月和云妙伊说道："你们放心吧，我又不会吃了他，刚刚只是在与他谈一些事情。"

柳然也连连点头。可是，他明显看到了风素月她们脸上还有着一丝狐疑。

稍微想想他也就明白了，如果是正儿八经的事情，谁会在交谈的时候，连传信都隔绝？

事实上，他和李青璇她们谈的事情的确有些见不得人，但却并不是风素月她们所想的一样。无奈的是，他现在却无法解释。

更让他无语的是，他眼角的余光分明看到李青璇眼中掠过了一丝狡黠，心中哪能不明白李青璇是故意要造成误会的。

这女人到底是想干什么？

柳然不得不再次无奈地发现，自己的确是搞不懂女人的心思。

不过，他知道误会不能继续加深，更不能让双方真的闹矛盾。

于是，他在矛盾还没爆发出来之前，对李青璇一拱手，说道："青璇姑娘，事情就按照你们所说的，什么时候行动我们再传信联系吧！我们还有其他事情，就不叨扰了。"

事实上，他们方才能够沟通的东西基本也沟通了，接下来也就是等李青璇她们确定时间，再通知他行动就可以了。

李青璇张了张嘴，还想说什么。

但是，她发现柳然的目光坚决，一副不容否定的模样，顿时又把话都咽了下去。

她无奈地收起了继续开玩笑的心思，说道："好，今天你也累了，回去好好休息吧。"

柳然点了点头，随即转身招呼风素月他们离开。

目送柳然他们离开之后，李青璇重新回到了雅间中，回到了叶绮罗的面前。

叶绮罗喝着茶，平淡地问了一句："走了？"

"嗯。"李青璇轻轻点头。

不知道为什么，柳然走了之后，李青璇总觉得心里空落落的，情绪也有些低落，不想说话。

雅间中随即又陷入了寂静。

过了一会儿之后，叶绮罗才忽然放下了杯盏，站起身来。

她朝着雅间外走去，同时对李青璇抛来了一句话："青璇，我不希望你重蹈我的覆辙，希望你明白。"

李青璇回过神来，再看向门口的方向，就发现叶绮罗的身影已经消失了。

她深深吸了一口气，平复了一下心情，而后，坚定地说道："你放心吧，师父，我一定不会的。"

柳然与风素月、云妙伊、燕凌天、官兰若等人离开了玄月楼。

由于之前发生了燕凌雪闹出的不愉快，云妙伊和风素月心中都有些芥蒂，不想去燕家。

对此，燕凌天也很无奈，心中更加坚定了回去一定要好好收拾一下燕凌雪的念头。最终，柳然他们选择了龙卫三区的一处酒楼入住，准备第二天再去拜访云妙伊所说的那位宗师，请求对方为柳然救治。

演戏演全套，柳然对于风素月和云妙伊的安排自然都欣然同意。

是夜，安排好入住之后，云妙伊和风素月劳顿了一天也累了，各自回去休息。

柳然在自己的房间中快速布下了一个符阵，确保一旦有人靠近房间就会自动给他的传信符卡发出提示之后，他便进入了云海秘境之内。

云晶宫之中，柳然的身影忽然浮现。

他目光在周围扫了一圈，顿时将整个云海秘境都探察了一遍。

这就是他如今掌控这云海秘境之后的能力之一。

探察了一遍云海秘境，并未发觉有什么异常之后，柳然就进入了云晶宫内的大殿之中。如今龟玄和红衣还在凌薇那边守护着，云晶宫之中倒是空荡荡的，只有柳然一个人。

柳然盘坐在大殿内，并没有如同往常一样进入修炼，而是取出了几枚空间符戒，开始将它们逐一打开。

这些空间符戒都是他之前在东洲与利刃组织的战役之中所得，虽然数量不算多，但是每一个都是精品。

第十七章 梧桐木的消息

利刃组织东洲分部的几位金牌杀手,赤刃、银刃、刺刃他们的空间符戒都在他的手上。

除此之外,还有杨修、江无恨,以及好几位当初沿路阻拦他的杀手,也纷纷被他斩杀,空间符戒自然都落在了他的手中。

不说赤刃他们这些金牌杀手,就说那些被柳然沿途斩杀的准金牌杀手的符戒中也是物资多多。

只是柳然一直以来都还没找到合适的机会清点,到了今天终于准备好好看看自己这一次的收获了。

柳然首先拿出了赤刃的空间符戒,轻易抹除上面最后一丝气息印记,然后锁定了自己的气息,将其打开。

一看之下,柳然不由得瞪大了眼睛。

饶是他之前已经有了心理准备,但真正看到的时候,依旧不由得吸了口凉气。

这赤刃的空间符戒中,光是金币就有八百万之多。

另外,还有不少杂七杂八的符器、符卡、符丹,紫玉级、玄金级都有,算下来也要四五百万金币。

最后,柳然还找到了几种符技,其中包括赤刃自己的独门绝技——五级剑法符技"血杀一剑"。

柳然简单查看了一下这"血杀一剑",发现这符技的确十分精妙,对他而言倒也可以有一些借鉴作用,至少他的分身们以后可以多一样底牌。

将赤刃的空间符戒算下来,价值居然超过了一千五百万金币,着实让柳然惊喜了一把。

他这还是保守估计,若是将一些东西放到暗符界之中慢慢出售,卖到两千万估计也不是什么问题。

柳然惊喜过后,又忽然遗憾地叹息起来:"估计这家伙在元灵符界中的钱也不少,可惜,那些钱在他死之后就彻底归元灵符界所有了。"

当然,柳然也就是嘀咕了一下,有这样的收获他已经十分满意。

更何况,这才是赤刃的空间符戒而已,他手中还有十来个空间符戒没有打开。

尝到了甜头之后,他迫不及待地将其他的空间符戒也逐一打开。

一个接着一个看完之后,他都有些难以置信。

因为他还是低估了这些杀手们的家底。

他手中这些空间符戒加起来的价值,甚至比他从东川城那边分到的江家产业还多。其中,赤刃的空间符戒价值一千五百万金币,刺刃的空间符戒价值两千五百万金币,银刃的空间符戒价值四千万金币。

另外，几名准金牌杀手的空间符戒，价值加起来也有三千万之多。

最让柳然意外的还是银牌杀手级别的江无恨的空间符戒，其中藏着的东西十分杂乱，除了金币、符器之类的，还有不少珍贵的炼符材料，价值也足有三千万之多。

而最穷的居然是杨修这位昔日的榕城城主，他的空间符戒内的物品价值居然还不到五百万金币。

将这些东西加起来，价值接近一亿五千万金币了。

再加上之前柳然自己的家底，还有如今东洲的产业，以及从龙家、唐家手中得到的金币，柳然忽然发现自己一举摆脱贫困，晋升为身家超过两亿金币的大富翁了。如此巨大的收获，无疑让柳然十分惊喜。

但是，惊喜之余，他又有些后悔，暗叹：早知道这些杀手这么富有，我当初就多杀几个了。

反正绝大多数的杀手双手都不干净，他们出来杀人也应该都有被人杀的觉悟才对，柳然毫无心理负担，甚至觉得自己是在为民除害。

无奈之后，柳然又失落地自言自语道："可惜，灵灵现在沉睡了，否则看到我们摆脱贫困，应该会很开心的。"

对于柳灵灵如今的状态，柳然已经在暗符界中发出了悬赏，如果有人能提出有效的解决方案，他会重金答谢。

可是，估计这种状况太过罕见，比起之前柳灵灵在封灭之谷为他而耗尽力量沉睡更加严重。而且柳然又无法说出柳灵灵是天符的符灵，只能描述她的状态，所以暂时他并没有收到任何回复。

唯一让柳然现在感觉安慰的是，柳灵灵如今的状态也没有什么生命危险，而且灵魂气息似乎还在慢慢恢复。

只是如果按照眼下这个恢复速度，他也不知道柳灵灵什么时候能够苏醒。

"也不知道什么时候能再见到父亲，否则问问他应该可以知道答案。"柳然心中暗道。就在这时，柳然忽然察觉到了怀中的传信符卡震动，似乎是有人触动了他留在外界的符阵了。

"嗯？这么晚了会是谁来找我？"柳然不禁眉头一皱。

不过，他还是迅速离开了云海秘境，回到了炎京城之中的房间之内。

柳然走上前去，打开了房门，果然看到了一道曼妙的身影——风素月。

柳然一愣，疑惑地问道："素月，这么晚了，找我有什么事情吗？"

风素月居然一改往日大大咧咧的性格，低着头，有些扭捏地绞着衣角，看得柳然更是满头雾水。

柳然小心翼翼地说道："有什么事情，你就直说吧！你这样，我看着怪吓人

第十八章 梧桐木的消息

的……"

吓……吓人？风素月一听到这句话，一下子不高兴了。

她抬起头来，气愤地推了柳然一把，一把将柳然推进了房中，而后怒声道："你说谁吓人？你是想打架吗？"

柳然看到她总算是正常了一些，顿时松了口气，道："没有，我刚刚在说胡话……大小姐你就大人不记小人过，原谅我一次吧。"

风素月一双明亮的眸子紧盯着他，似乎气得牙痒痒，用力地挥了挥拳头说道："下次再敢乱说话，小心我揍得你爹都不认识你！"

"是是是，我承认错误，感谢风大小姐宽宏大量！"柳然连声说道。

看到风素月怒气渐渐平息下来，他才转移话题，又问道："你这么晚来，有什么事情吗？"

闻言，风素月似乎又有些犹豫起来，不过最终还是一咬牙，说道："我问你，你如今已经成为大师级炼符师，应该已经可以邀请别人加入暗符界了吧？"

柳然一愣，没想到对方问的竟然是这件事情。

如果风素月不说，他倒是还真忘了自己现在手中还拥有这样一项权利：暗符界通行符在所有者达到大师级之后，非但可以联通暗符灵界，而且多了一个邀请他人进入暗符界的权利，不过名额只有一个。

暗符界通行符之所以十分稀少，原因也就在这里。

毕竟大师级别的存在本就稀少，其中能进入暗符界的人就更少了，而每一个大师只能邀请一个新人进入暗符界，大多数人基本不会随意将这个名额送出。

当然，也有特殊情况，比如在暗符灵界之中，完成了某些特殊的任务，有可能会被奖励多一些名额，也有人在暗符灵界之中出售自己手上的名额。

"没错，我现在的确拥有一个邀请名额。"柳然对风素月说道。

"那你能把那个名额给我吗？"风素月紧接着又问道，眼巴巴地看着柳然。

柳然被她看着又是一阵不自在，不过，他还是问道："能告诉我你为什么非要进入暗符界吗？"

风素月无奈地说道："你也知道，我和妙伊从小就互相较劲，她有的东西我肯定也要有，而且要比她更好。可是，别的东西我都和她半斤八两，但是她有暗符界通行符，我却想尽办法都没有弄到，所以……"

柳然嘴角微微一抽。

好吧，他不得不承认，风素月这个理由很不错……

不过，难得风素月如此恳求自己，柳然又实在是无法拒绝。

仔细想了想，柳然也发现自己这个名额似乎暂时也没用，索性点了点头，说道：

"给你倒也可以。"

"真的?"风素月一下子惊喜起来,"你放心,我不会白要你的,我会给你足够的补偿。"

说着,她就一副准备开始掏钱的模样。

柳然却摆了摆手,说道:"补偿就不必了,当你欠我一个人情吧。"

事实上,他现在还真暂时不缺钱,所以还不如要风素月一个人情。

风素月想了想,点头答应了。

柳然对风素月说道:"你等我一下。"

随后,他便重新回到了云海秘境之中。

再次返回云晶宫大厅之内,柳然先是将自己方才取出来的一大堆东西简单分类,堆放进了云晶宫的仓库中。

而后,他才迅速开始炼制暗符界的通行符卡。

这通行符卡以他如今的炼符术造诣倒是不难炼制,其中最关键的东西也就是通过暗符界领取一个通行符文,然后注入符卡之中而已。

片刻之后,柳然就拿着一张神秘黑色符卡,重新出现在了风素月的面前。

风素月迫不及待地抢过来,并且滴血炼化。

"哧!"

就如同柳然当初炼化暗符界通行符一样,那符卡瞬间粉碎,化为一道黑光没入了风素月的眉心之中。

仅仅片刻,风素月就学会了这通行符的使用,一时间无比兴奋,居然抱住柳然跳了起来。

她激动地说道:"太好了!我终于也可以进入暗符界了,谢谢你,柳然!"

男女有别,柳然被她抱着不禁一阵尴尬,风素月兴奋之下却浑然未觉。

等她回过神来,忽然对柳然说道:"对了,反正现在没什么事情,不如你带我一起去暗符界的黑市据点看看吧?"

柳然思索一下,点头道:"可以,正好我也有一些东西准备卖掉。"

第十七章
雷熊一族，黑山

暗符界的黑市据点入口是不断变化的，不过，对于怎么找到暗符界黑市据点的信息，柳然如今早就摸清楚了。

很快，他通过暗符界获悉距离他们这里最近的一处黑市据点入口。

而后，他便带着风素月一同走出房间，准备从后门离开，前往黑市。

只是，让他们两个人意想不到的是，就在他们刚准备走出酒楼后门的时候，忽然——

"这么晚了，你们打算去哪里？"一个平淡的声音从旁边传入了他们耳中。

随即，柳然就愕然看到云妙伊从不远处一个角落中走出来，疑惑地看着他们两个人。柳然张口说道："哦，没什么，我们只是想去黑……嘶！"

他话没说完，忽然感觉自己的手被人掐了一把，疼得他倒吸了口凉气。

扭头一看，掐他的正是旁边的风素月，此刻风素月还在对他挤眉弄眼。

柳然不明白她是什么意思，索性闭上了嘴巴。

然后，他就听风素月对云妙伊说道："没什么，我们两个打算出去散步，逛逛夜市，你还是回去休息吧。"

听到这话，柳然明白了，风素月这是不想让云妙伊知道她从自己手上得到了暗符界的通行符。

可谁知，风素月话音刚落，云妙伊闻言居然面露兴奋之色，说道："逛街啊，好啊，那我也去。我还没在这炎京城中逛过呢！"

闻言，风素月一下子傻眼了，愣了一下才说道："我和柳然去散步，你凑什么热闹？"

云妙伊依旧语气平静地说道："柳然又没说我不能去，你急什么？"

"你！"风素月气得牙痒痒。

旋即她掉头看向了柳然，盯着他也不说话，但眼中那威胁的光芒却非常明显。

柳然张口想说什么，忽然发现旁边又是一道冷厉的气息扫过来，话音又顿住了。

他眼角的余光分明瞥见云妙伊正冷冷地盯着他，似乎他一说错话，立刻就会对他动手一样。

柳然心里只觉得十分委屈，他似乎没招谁惹谁吧？怎么风素月和云妙伊的战斗忽然把他给牵扯进去了？

在两位大小姐的威胁之下，柳然举起了双手，一副投降的模样，说道："我看，咱们要不别出去了，各自回去睡觉吧？"

可是，风素月和云妙伊却异口同声地说道："不行！"

柳然无语了。

最终，三个人一番争论之后，终于还是决定一起出去"散步"。

炎京城中的夜市甚至比白天还要热闹，柳然三个人乘着一辆观光的悬浮飞车穿过热闹的街头，来到了龙卫三区一处广场上。

他们找了一会儿，发现这一次的黑市据点入口，居然是在这广场附近一处茅房里。

柳然嘀咕道："也不知道这地方是谁选的，怎么感觉跟闹着玩似的？"

风素月却眼前一亮，说道："我觉得这主意很不错啊，谁能想到入口居然会在茅房里？"

柳然摸了摸鼻子，说道："这倒也是。"

于是，三个人各自进入了茅房之内，就发现这炎京城的管理各方面的确非常完善，茅房中利用各种符阵完全可以实现随时自动清扫整理，所以干净、光洁，简直比很多住宅都漂亮。

男茅房、女茅房分开两边，柳然独自来到男茅房之中，进入一个单独的空间，顿时察觉到了这其中符阵的异样变化。

暗符界通行符对他传来了一道信息，乃是几个简单的符印，就是开启符阵的方法。

柳然掐动符印，周围浮现出一道道符光，将他包裹进去。

下一刻他感觉全身一沉，便在茅房之中消失了。

同一时间，暗符界一处黑市据点内，一间密室之中。

"嗡！"

地面上一圈符纹亮起，随后四面的墙壁上也浮现出了道道符纹，无数的符光交织成一个复杂的符阵。

一道人影在符阵之中浮现，正是被传送而来的柳然。

已经有过一次经历的柳然，这一次也算是轻车熟路了，随即走到石门之前，戴上了面具，化身成一个翩翩公子，手中还拿着一把折扇，走出了石室。

相比起东洲的黑市据点，龙洲的这处据点极其宽敞，往来的人也更多。

准确地说，这里往来的竟然还不只有人，柳然还感知到了一些异族的气息，甚

第十七章　雷熊一族，黑山

至看到一头足有三米多高的巨熊直立行走，从他面前经过。

"这些家伙是真的异族，或只是幻变成这种样子的？"柳然脸上满是狐疑之色。

不过，想到这炎京城本就是炎玄王朝四面八方豪杰的聚集地，这里会出现其他族群的强者倒也很正常。

当然，不管是什么种族，到了这黑市之中一样都得服服帖帖地按照规矩来。

就在这时，柳然收到了风素月和云妙伊的传信，她们让他在附近找个显眼的地方等她们。毕竟大家现在都易容改貌，连气息都变了，要找到彼此还真不容易。

"显眼的地方……"柳然的目光在周围巡视起来，很快就眼前一亮。

他竟朝着那巨大的熊人走去，向对方说道："大个子，不介意在这里等会儿吧？我有两个朋友在找我，借你这高大的身材当个标示可以吗？"

他本来也就随意一问，没想到那个熊人居然一脸吃惊，口吐人言说道："你是在和我说话吗？"

柳然一愣，点头道："是啊！这里除了你也没别人可以称得上大个子了。"

熊人愣愣地朝着周围扫了两眼，挠了挠头，憨笑道："好像是啊……"

柳然被他这模样逗乐了，一边传信给云妙伊她们说自己在一个高大熊人的身边，一边问那个熊人道："我叫柳然，你叫什么名字？"

熊人说道："俺叫黑山。"

"黑山？这名字和你倒是挺般配。"柳然笑着说道，"很高兴认识你，对了，你是本来就这么高，还是幻化成这样的？"

黑山说道："俺本来就这么高，你们人族可以幻化，俺们异族只能以真实面目才能进入这黑市里来。"

以前，柳然只隐约知道其他族群的人可以进入元灵符界，却无法进入暗符界。

听到了黑山介绍，柳然才知道原来异族虽然可以进入黑市据点，但在这黑市之中享受的待遇都和人族有着极大差别。

比如黑山所说的，他们在这黑市之中无法如同人族一般幻化隐藏身份，除非本身就有幻化能力。

又比如他们在这黑市之内，还是无法通过暗符界进行虚拟交易，只能现场兑换相应的货币符卡，然后与别人进行交易。

不过，柳然稍微想了想也就明白了。

这暗符界乃是天帝所创，目的是壮大人族，可不是壮大异族。

依附人族才得以生存下来的异族，能让他们使用一下元灵符界，感受一下符修文明的繁华就已经不错了。

当然，事实上大多数异族都十分高傲，甚至不少异族是拒绝人族的符修文明的。

比如那火凤一族，就是炎玄王朝治下的最强大的异族族群之一，他们完全不使用人族的各种物品，因为他们觉得若不如此，会被人族同化。

当然，也是因为这一点，火凤一族到现在都还不知道，原来在玄月楼阻止那个黑袍青年攻击李青璇的人并不是季鸿。

柳然一边等待云妙伊和风素月两个人，一边和黑山聊着。

一番交流下来，柳然得知黑山居然也是第一次进入这黑市据点，另外，他还知道黑山也不知道为什么好像一直也没什么朋友。

所以，黑山在看到柳然居然主动和他搭讪、交流时，才会如此激动。

柳然和黑山聊得很开心，同时又有些搞不懂为什么黑山在他们的族群之中不受待见？

他看得出来黑山的心地单纯，天赋却十分不错，这种人放在任何一个族群应该也是比较受重视的"人才"才对。

没等柳然搞明白这个问题，两道人影忽然来到了他们的身边。

柳然看了那两个人一眼，发现是两名风度不凡的少年公子，正一脸好奇地盯着黑山。

他以为对方也和他一样，是被黑山这魁梧的身材吸引过来的，也就没有多加理会。谁知道，那两名少年之中的一名青衫公子忽然叉着腰，说道："喂，柳然，你怎么不理我们？"

柳然不由得一愣，再次扭头看向这两名少年公子，愕然道："不是吧，是你们？你们怎么弄成这副样子？"

青衫公子明显是风素月伪装而成的，听到了柳然的话，她得意扬扬地笑了起来，说道："这样才叫伪装。你看你连个性别都不换，算哪门子的伪装？"

这是什么逻辑？

柳然嘴角微微一抽，却有些无言以对。

他又看向了旁边伪装成蓝衫公子的云妙伊，问道："你也是同样的想法？"

云妙伊无奈地笑了笑，点了点头。

事实上，她和风素月根本是从不同的石室之中出来的，只是，两个人没想到竟然这么默契，都选择了伪装成男子。

"好吧，你们赢了。"柳然无奈地摆了摆手。

然后他对风素月和云妙伊说道："对了，我给你们介绍一下，这个是黑山，我刚刚认识的朋友，来自雷熊一族的强者。"

"你们好！"黑山没想到柳然会说他是朋友，一时间有些激动，连忙对云妙伊她们两个人打招呼。

"你好。"云妙伊微笑着点头致意。

风素月却走上前来，围绕着黑山转了一圈，称赞道："这块头也太大了，要是跟着我去东川城巡逻，肯定很威风。"

闻言，黑山却不知道怎么回复，只能求助地看向了柳然。

柳然无奈地说道："好了，你就别逗他了，他是个老实人。我们现在还是赶紧进黑市里去吧？"

云妙伊和风素月两个人都欣然同意。

旋即，他们一行三人一熊大步走入了黑市之中，并且柳然很快租用了坊市之内的摊位。

这一处暗符界黑市据点坊市面积比东川的大了太多，东川那边不过是甲乙丙丁四个区域，而这个黑市据点的坊市可是足足有十二片区域。

坊市摊位之间的通道也宽敞了数倍，似乎是特地为了容纳如同黑山这样的高大异族强者通过而设计的。

比起当初第一次进入黑市据点，柳然现在也算是"财大气粗"了，往暗符界之中充值大量金币之后，就租用了一处人最多，同时也是最为昂贵的摊位。

"你要卖东西？"风素月讶异地问道。

柳然点了点头，也不多说什么，只是说道："没错，有些东西用不上的想卖掉换点儿钱，或者换点儿有用的东西。"

云妙伊闻言不由得问道："你很缺钱吗？"

她想起来了，第一次在东川的黑市据点中见到柳然，柳然还化名紫阳，当时也是在摆摊卖东西。

虽然她也听说柳然从东川城那边分到了一些江家的产业，但想来那些产业也不可能立刻就产生收益，所以才会推测柳然现在缺钱。

当然，她是完全不知道，柳然在利刃组织那一战之中得到的收获可比他分到的产业更多。

柳然见此也不解释，反而嬉笑着说道："对啊！我可是穷苦人家出身，一直都很穷啊。"

风素月和云妙伊都没好气地白了他一眼。

如果说柳然最近手头有点儿紧，她们会相信，但是如果说柳然是穷人，她们可不信。

不过，跟着他们一起来的黑山却信以为真，脸上露出了一丝犹豫之色之后，他就一咬牙，对柳然说道："柳兄弟，如果你手头紧的话，可以先拿这些去用。"

话音未落，他手掌一翻，取出了一大叠货币符卡，塞进了柳然的怀中。

柳然一下子愣住了。

风素月和云妙伊看到柳然怀中那数十张货币符卡，也都惊诧不已。

这些货币符卡可都是一万币值的，几十张可就是几十万金币。

她们还真没想到，这看似有些憨憨的黑山竟然是一个隐形的有钱人。

黑山却以为自己取出来的货币符卡不够，又说道："不够吗？我这里还有……"

然后他又立刻取出更多的货币符卡来，一股脑的都塞给了柳然。

柳然和风素月、云妙伊三个人都十分无语。

刚认识不到半天的朋友，就塞一两百万的金币？恐怕除了这个憨厚的黑山，也没谁能做出这种举动了。

柳然好说歹说，最终才向黑山解释清楚自己方才只是在开玩笑，让他收回了那些货币符卡。

黑山一边收起货币符卡，一边还有些不太放心，说道："那你如果真有需要再和我说。"

"好……好的。"柳然连忙答应。

然后，柳然才松了口气。

看到他这模样，风素月和云妙伊两个人都忍不住笑了起来。

她们也是第一次知道，原来有人突然对自己太好也是一件麻烦的事情。

黑山则是在旁边连连挠脑袋，不明白风素月她们突然笑什么。

柳然无力地叹了口气，也不理会风素月她们，开始迅速在摊位上将自己的东西挂上去出售。

这个黑市的人实在是太多，交易速度也快，柳然先挂了一些比较容易出售的东西，而且价格基本都比市场价要低一些。

结果，他还没把物品挂满，最先挂上去的东西就已经被人抢购一空了。

"嗖嗖……"几声轻响，他挂上去的东西接连都被人买走，通过这摊位上的传送符阵消失，而他暗符界的账户上的金币数值也在快速增长着。

这种快速赚钱的感觉，让柳然完全沉浸于交易的乐趣之中，时不时还发出一声声怪叫。

风素月和云妙伊两个人在旁边实在是看不下去了，无语地选择离开这个地方。

她们来这黑市自然也不是来闲逛的，彼此也都带着任务而来，所以很快就各自开始了自己的计划。

黑山在旁边看了一会儿，发现柳然似乎不需要他帮什么忙，也自己离开了，准备去附近转转，顺便看看能不能买到自己想要的东西。

柳然自己一个人忙活了半天，总算将带来的一大堆东西清空得差不多，他才松

第十七章　雷熊一族，黑山

了口气。

再看向自己的暗符界账户，短短半天时间就已经多了三千万金币，他脸上就露出了灿烂的笑容。

他方才所变卖的东西，其实只是他要出售的无用物品中的一部分，但这收获已经出乎他的意料，甚至让他有点儿后悔怎么不把其他的也都带来。

"我还是低估了这炎京城的购买力！"柳然无奈地摇了摇头。

随后，他将剩余少部分比较难出手的东西挂在摊位上，又将自己打算购买的一些材料发布了交易任务之后，也离开了摊位。

反正这黑市的交易几乎完全都是自动的，也无须他费心看着摊位，所以他开始在黑市之中转了起来，寻觅着自己可能需要用到的东西。

上一次，他在东川城进入黑市，还没怎么转就遇到了麻烦，结果莫名其妙就出去了，这一次他倒是要好好转转。

另外，再过两个月就是他灵劫降临的时刻，可他却还对如何应付灵劫没有什么头绪，只能先到处看看寻找灵感。

一般而言，应付灵劫的方法也无非就那几种，但柳然总觉得自己的灵劫非同一般，必须好好筹划才行，多准备一些底牌，否则会有陨落的危险。

走着走着，柳然路过一个摊位，这摊位的摊主也不在，柳然的目光被摊位上的一样东西吸引了。

"这是紫菱草？不对，这应该是紫星灵草，竟然被当成紫菱草来卖了！"柳然不由得一乐。

捡漏的机会来了，两种灵草外表倒也比较相似，不识货的人会认错也很正常，但价格相差足有数倍。

其中，紫菱草是炼制紫玉级符丹的材料，而紫星灵草则是炼制玄金级符丹的材料。

"倒是可以让我炼制渡劫用的通幽符丹多一味主材料了。"

柳然毫不犹豫地买下，拿到手中仔细端详，确认自己没看错，才心满意足地收了起来。

他估计这摊位的摊主并没有将所有物品都进行鉴定。

毕竟，这黑市据点的摊位虽然有鉴定功能，但使用鉴定功能可是要钱的，有些低级物品的利润都不够支撑一次鉴定的费用。

再加上某些人自以为眼力不凡，通常也懒得鉴定，更把自己以为都是一样的大量物品堆放在一起出售，因此常会造成眼下这种看漏眼，错把宝贝当草来卖的情况。

这也带来了不少人逛黑市的另一种乐趣：捡漏。

捡漏了一次之后，柳然心情愉悦，转身刚要离开，旁边却冒出来一个人。

这是一个看上去个子不高，还有些瘦弱的男子。

他拦住了柳然的去路之后，询问道："这位公子，您还需要紫菱草吗？我这里也有一些，你看看合不合适？"

然后他就将几株紫菱草取出来，递到了柳然的面前。

类似于这种兜售、拉生意的方法，在黑市之中也十分常见。

有些人不愿意在交易时被暗符界扣取手续费，而私下找客户进行交易。这种情况虽然暗符界不提倡，但也没有办法禁制。

毕竟，若是双方你情我愿，通过发布雇佣任务，原本一万金币的交易，改成了一百金币，所需要扣除的费用可就少了大半，而且完全没有违反暗符界的规矩。

柳然倒是第一次遇到这种事情，看到对方取出来的紫菱草，他眉头微微一皱。

因为他发现那居然也是紫星灵草。

他问道："你这个怎么卖？"

那个人回答道："三千金币一株。"

这是紫菱草的价格。

没想到，还有送上门来让自己捡漏的？

柳然眉毛一掀，刚要出手进行交易的时候，他忽然感觉有些不太对劲儿。

他对对方说道："能让我看看吗？"

那个人也没有多犹豫，将手中的紫星灵草递给柳然，然后又取出一些来，说道："我这里一共有七株紫菱草，如果你都要了，两万一金币，我只收你两万金币。"

"还有这种好事？"柳然嘴角微微一勾。

因为，他已经发现对方在耍什么把戏了。

第十七章 ◆ 雷熊一族，黑山

第十八章
赌斗场，危机

柳然手中那一株紫星灵草与他刚才收到的一样，都是真的。

但是，此刻对方取出来的那几株草药，却只有一株是紫菱草，其他好几株是假的，甚至连灵草都算不上。

若是一般人，刚刚捡漏得到一株紫星灵草，又看到一株紫星灵草，带着一丝激动而又怕被人看出来的心虚，恐怕想也不想就会买下对方的灵草。

如果仔细一算，一株紫星灵草价格基本上是八千左右，紫菱草则是三千上下，总体算下来，如果对方的灵草都是真的，那么价格就是两万六千。

对方还主动打了折扣减掉一千，等于哪怕回头再以原价出售也可以挣六千金币。

可是，现在柳然却看出来了，对方手中有价值的就是一株紫星灵草、另一株紫菱草，其他的都是毫无价值的杂草而已，总价值撑死也就一万二，却要以两万出售。

如果买下对方这些灵草，等于亏了八千，哪怕连方才捡漏的紫星灵草算进去，非但没有占到便宜，而且花了更多的钱。

当然，现在柳然非常怀疑，眼前这个男子根本就是他刚才光顾的摊位主人，特地用紫星灵草作为诱饵，就是为了吸引顾客上当。

看穿了对方的目的之后，柳然就微笑着摆了摆手，说道："不用了，我暂时不需要紫菱草了。"

然后，他将手中那一株紫星灵草还给对方，转身就离开了。

没走多远，他就听到对方暗骂晦气的声音。

他嘴角不由得勾起了一抹笑容，忽然转到一个没人注意的角落，用手轻轻拍了一下腰间的葫芦。

"嗡！"一缕紫青光华在葫芦上一闪而过，柳然的分身就出现在了他的面前。

在这黑市据点他可不敢轻易打开云海秘境，否则岂不是自报家门？

因此，他在来之前，让宝葫分身恢复成了原来葫芦的模样，悬挂在腰间，如此召唤分身倒也十分方便，还不会暴露云海秘境。

当然，此刻召唤的时候，柳然也非常小心。虽然之前推测宝葫分身和他灵魂一体，共用一枚通行符，暗符界应该会当他们是一个人。

但他又不得不提防有什么变故，万一暗符界的符阵被触动，将他这分身毁掉，那可就郁闷了。

所以柳然召唤出宝葫分身之后，心弦紧绷，一旦出现任何变故，他会立刻带着分身遁入云海秘境逃走。

不过，在他的分身出现之后，周围却并未出现任何变化，让柳然不由得松了口气。

他暗自欣喜："看来，以后可以用这种方法，让本体和分身一起出动，在这暗符界黑市中同时行动，那可就省事多了。"

柳然心念一动，分身就朝着之前买到紫星灵草的摊位走去。

路过那个摊位时，宝葫分身果然又看到了一株紫星灵草，同时也察觉到了方才向柳然推销的那名男子就在附近。

"果然，这就是一个圈套！"柳然嘴角一勾。

虽然柳然也知道暗符界之中什么人都有，但既然遇到了这种骗子，他就打算顺手教训教训。

于是，他让宝葫分身买下了摊位上刚刚摆上去的那株紫星灵草，那在暗中盯着的男子果然再次冲出来，对他推销"紫菱草"。

结果，宝葫分身自然没有购买，转身离开了。

那名男子不禁嘀咕道："今天这是怎么回事？"

刚刚走出不远，柳然这宝葫分身身形一闪，换成了紫阳分身，又换了一身装扮，气息也发生了变化，第三次来到了那个摊位上。

紫阳又将第三株紫星灵草买走了。

这一次，那名男子终于察觉到不对劲儿了，前后把三株紫星灵草当紫菱草卖出去，他相当于亏了一万多金币，心里简直在滴血。

可是，他又不能阻止别人来买他的东西，只能恨恨地不再出售"紫菱草"，暂时收起了骗人的把戏了。

当然，还有一个原因是，他手中的紫星灵草只剩下一株，他这个圈套却必须要两株才能执行，现在除非他立刻再进一株货，否则想继续"钓鱼"也不行了。

结果，柳然的本体居然又出现在了他的面前，微笑着对他说道："老板，我想来你这里再购买一株紫菱草，你还有货吗？"

对方却非常警惕地盯着他，沉声问道："你是谁？刚刚那两个也和你是一伙的吧？"

柳然微微一笑，道："聪明！"

对方勃然大怒，道："你们究竟是什么人？为何要与我作对？"

柳然轻轻摇头，说道："出来行骗，难道你连被人骗回去的觉悟都没有？"

第十八章 赌斗场，危机

那个人无言以对，愤恨地说道："现在你想怎么样？"

柳然淡然地说道："我还想要一株紫星灵草。"

那个人冷笑："想要灵草，拿钱来，我就卖给你。"

"钱我可以给你，但我只出三千金币。"柳然笑着说道。

"休想！"那个人气得大喊起来。

想到自己方才被坑了三株紫星灵草，亏了一万多金币，他就一阵跳脚。

"你考虑清楚了？如果你不卖，那我可就将你刚刚行骗的种种招数传播出去了，如此一来，你今天可就没什么机会做生意了。"柳然脸上的笑容愈发灿烂。

说话间，他一只手在空中划拉了几下，调动暗符界中自己刚刚记录下来的一段影像，正是方才对方三次出来推销的场景。

"你！"对方看着影像，气得满脸通红。

如果不是这暗符界中不能动手，他早就冲上来和柳然拼命了。

不过，最终他还是冷静下来，将最后一株紫星灵草和柳然进行交易，然后沉声说道："希望你说话算话。"

"放心吧！我这点儿信用还是有的。"柳然摆了摆手，当着对方的面将影像销毁就转身离开。

可是，这骗子才刚刚平静下来不久，就忽然发现暗符界中一道信息正在迅速传播，正是关于他行骗过程的描述与影像。

他气得差点儿吐血，大骂柳然不守信用。

同时，他又暗自后悔不已，刚才不该听信柳然的话，如果仔细想清楚，他就不会忘记对方还有同伙，同样也录制了影像。

柳然此刻却已经到了黑市之中另一个地方，嘿嘿笑道："我可没有向骗子守信用的爱好。"

他心情愉悦地到处闲逛着，走着走着，忽然收到了风素月的一道传信，查看过后，他的脸色却骤然一变。

"妙伊出事了，速来赌斗场。"

这就是风素月传给柳然的信息内容。

赌斗场？柳然皱起了眉头，随即迅速开始查询关于这个赌斗场的资料。

简单地查探过后，他才知道原来这是黑市之中一个供人娱乐，同时又供人解决恩怨的地方。

这个地方是黑市之中唯一可以合理战斗的地方，类似于暗符界之中的虚拟对战台。不同的是，这种对战不是虚拟的，而是真实拳拳到肉的，台上的双方出现死伤都是很正常的事情。

柳然不清楚究竟发生了什么事情，不过他却立刻赶往赌斗场，就连分身也迅速收了回来。

一路上，他迅速传信询问相关的情况。

结果，一问他才知道，原来事情起因是黑山与别人发生了冲突，对方骗他进行赌斗，赢了他数百万金币，云妙伊实在是看不下去了，又与对方进行了赌斗，现在情况不太妙。

看到风素月这样的回复，柳然不禁有些错愕。

若是说此刻为了黑山与别人赌斗的人是风素月，他一点儿都不会觉得意外，因为风素月就是那么一个充满正义感又冲动的性格。

但是，此时为黑山出头的人竟然是云妙伊，这就让柳然有些吃惊了。

因为，在他的印象之中，云妙伊应该是一个很恬静沉稳的女子，这件事并不符合她的行事风格。

带着这样的疑问，柳然用最快的速度赶到了赌斗场。

这赌斗场位于黑市的一个角落，在一个庞大的圆形建筑之中。

一进入赌斗场，他立刻就感受到了和外面市场上截然不同的气氛。

热闹、喧哗，各种叫喊声此起彼伏。

除此之外，柳然敏感的灵识更是感受到了一股股凌厉、强横的气息。

此地聚集了大量高手，其中大多数都是天劫境强者，如同他这般灵劫境级别的人倒是十分罕见。

柳然放眼看向圆形大厅的中央，看到了一个个宽敞的对战台。这些对战台上面，此时几乎都有人正在激烈对战。

而在这一个个对站台下面，围绕着大量的观众，或是紧张注视，或者激动地呐喊加油。

柳然的目光迅速在一个个对战台之间巡视起来，寻觅云妙伊他们的身影。

他原本以为有黑山这个高大的存在，应该很容易找到他们。

可是，事实上，这个地方的人非常多，而且，有大量来自异族的强者，身材如同黑山一般高大的异族也不在少数。

因为这些异族大多都是争强好胜之辈，不喜欢用金钱买东西，更喜欢在赌斗场上依靠自己的实力，从别人手上赢取自己所需之物。

柳然寻觅了好一会儿，才找到了黑山和风素月。

不过，当他看到他们的时候，脸色却不由得一沉。

因为，此时黑山已经身受重伤。他躺在地上，胸口的伤口隐约透出一丝丝血迹。

而风素月则是蹲在黑山的身边，正在为他进行治疗。

"让一让，谢谢！"柳然艰难地从人群中挤了进去，来到了风素月他们的身边。

正焦头烂额的风素月，看到柳然出现，激动地喊了一句："柳然，你总算来了！"

他暗自无奈。风素月在这黑市之中经验不足，加上此刻情绪激动，竟然把他的真实身份暴露出去。

瞬间，柳然就察觉到周围不少人的目光朝着自己扫了过来，似乎在审视什么。感受到这些人的目光，柳然估计他们之中怕是有不少人都是知道"柳然"这个名字的。

不过，现在柳然暂时也没心思理会这些，因为他发现黑山的伤势很严重，如果处理不好，甚至有可能危及性命。

风素月虽然进行了一些处理，但是她毕竟不擅长治疗，而且这伤口上有种非常刁钻的冰霜能量，她的处理无法将其祛除，一味压制反倒让黑山的伤势更为严重了。

云妙伊还在对战台上与别人战斗，柳然扫了一眼，发现暂时没有危险，他就决定先处理黑山的伤势再说。

虽然他和黑山认识不久，但真心喜欢这个憨厚的大个子，不忍心看着他就这么丢了性命。

"唰！"柳然从空间符戒中，取出了两株灵草，正是他方才从那骗子手中弄到的紫星灵草。

他当场将这两株紫星灵草捏碎，化作一道道紫色的药液，随着符力灌输到黑山的伤口上。

旁边，一名老者看到了这一幕，不由得大为心痛，怒斥道："真是浪费，紫星灵草岂能如此使用？"

柳然没有理会对方。

他当然知道紫星灵草配合其他药草进行炼制效果更佳，但现在黑山的状况哪里还能让他优哉游哉地去炼制什么符丹？

柳然只是专注地盯着黑山的伤口，就看到一道道符力涌过，黑山的伤口迅速止血，不再继续恶化。

见状，柳然暗自松了口气：幸亏刚好得到了几株灵草，否则处理起来还得再多费一些工夫。

随后，他依次取出几样灵药，逐一使用，终于让黑山的伤势逐渐好转起来。

方才那名还在骂他浪费的老者，此刻却有些傻眼了。因为，他也是一名炼符师，此时在柳然这一番治疗之中，却看出了一些不寻常的东西。

他分明发现，柳然先后使用的那些灵药彼此配合非常精妙，这是将黑山的肉身当作炼制符丹的药炉，以极其精妙的符力控制，让所有药草的药力都十分完美地发挥出来。

"原来，符丹还可以这么炼制……"老者喃喃自语道。

他是第一次看到这样精妙的手法，一时间十分激动，还在那里不断回味着方才所看到的一切，恨不得让柳然重新施展一遍。

黑山幽幽醒来，一看到柳然，就挣扎着要爬起来，可是稍稍一动便感觉胸口一阵剧痛，于是又重新躺了下去。

"你先别乱动。"风素月连忙说道。

"对不起，给你们添麻烦了。"黑山脸上满是羞愧之色。

"如果你把我们当成朋友，就别说这种话。"柳然对黑山说道。

黑山一时间不禁感动万分，甚至流下了眼泪，让周围不少人都为之愕然：这家伙怎么看都不像是雷熊一族的人。

柳然在治好了黑山，将他安抚住了之后便霍然站起身来，目光扫向了对战台的方向，眼中却是浮现出了一抹寒意。

他口中发出低沉的声音，问风素月道："到底是怎么回事？"

风素月看到他这神情，顿时明白，这里怕是有人要倒霉了。

风素月迅速给柳然叙述事情经过。

原来，此时在对战台与云妙伊战斗的，也是一个异族的强者，名叫银牙。并且，对方也认识黑山。

黑山原本来到这黑市，就是为了买一样罕见的灵果。

结果对方不知道怎么得到了消息，居然当着黑山的面抢先买了下来。

那灵果对黑山而言很重要，他无奈只能请求对方转让给他，结果对方却不愿意转让，但声明如果黑山能够在对战台上赢了他，可以将那枚灵果送给他。

"恐怕这家伙不会这么好心吧？"柳然嘴角不由得浮现出几分冷笑。

"没错，"风素月有些咬牙切齿地说道，"他让黑山与他对战之前同样要拿出筹码，就是五百万金币，与他对赌，赢了灵果归黑山，输了黑山就得赔他五百万金币。"

"结果，黑山输了？"柳然问道。

"对！对方不但骗走了他的钱，还对他各种冷嘲热讽，妙伊恰好在附近，所以就忍不住和他动手了。"风素月点头说道。

黑山在旁边听到这话，无奈地叹了口气，道："都怪我没用，如果我刚刚赢了他，就不会有现在这么多事情了。"

"你也别这么说，真正该死的是那个家伙！"风素月安慰黑山道。

"原来如此。"柳然神色了然，明白到底是怎么回事了。

他的目光看向了对战台。发现在那对战台光彩迷蒙的符阵之内，隐约可以看到一道银色的身影，正在对战台上急速穿梭。

他的速度极快，周围大多数人也只能看到他的身形闪烁之间留下的银色残影。

当然，以柳然如今的灵魂修为却可以清晰看到对方的本体——一头银色的巨狼。

他的修为也只是化劲期巅峰，可是，他依靠着惊人的速度、强大的体魄，爆发出了近乎天劫境灵台期入门级别的实力。

这样的实力，估计在他们族群之中都算是罕见的天才了。

若非云妙伊也不是寻常之辈，各种奇妙的符技不断施展出来，一次次化解对方的攻击，恐怕此时云妙伊也倒下了。

不过，哪怕是云妙伊，此时也渐渐有些吃力了，毕竟她的符力有限，而对方除了自身的妖力，还有强横的肉身力量，本身就占着极大的优势。

看到这样的情况，风素月也不由得着急起来，对柳然说道："柳然，你快想办法，妙伊刚刚和对方对战之前也约了赌注，如果输了要给他当一年的奴隶。"

"什么？"柳然的脸色剧变。

他还真没想到以云妙伊这么沉稳的性格，竟然会做出如此冲动的事情。

估计，刚才对方的行为真的很过分，否则她应该不会这么不理智才对。

难怪风素月刚刚说得那么着急，原来事情这么严重。

"我可以上台去阻止他们吗？"柳然问道。

风素月却无奈摇头，说道："不行，这对战一开始，除非分出胜负，否则无法阻止。"

柳然皱起了眉头：如此说来，岂不是无解？

现在唯一能想到的办法，恐怕就是等云妙伊和对方对战完成，然后再和对方赢回来？可是，万一对方不想与他对赌了，那就麻烦了。

那么，现在他只能另外再想办法了。柳然的脑海开始迅速转动起来。

"轰隆！"擂台又传出了一声巨响，将众人的目光吸引过去。

柳然他们一看，脸色顿时都变了。

因为，他们看到云妙伊身上一片符光炸开，终于支撑不住，整个人倒飞出去，撞在了符阵的透明壁障上。

"你输了！"银牙大笑起来。

然后，他身形一闪，再次冲向了云妙伊，一只狼爪冒着寒光，抓向了云妙伊的脖颈。

"糟了！"柳然和风素月、黑山他们都脸色剧变。

云妙伊若是被对方这一击击中，不死也得重伤，不然就只能认输了。

柳然脸色阴沉下来，他没想到自己办法还没想出来，战斗就要结束了。

周围其他的人却纷纷尖叫起来，一个个无比兴奋。特别是几个狼形的异族强者，此时更是满脸激动，嗷嗷直叫。

就在柳然忍不住要强行冲上去打破符阵，不顾一切救出云妙伊的时候——

"嗡！"云妙伊全身闪现出一抹诡异的符光，整个人竟然化作云雾一样消失了。

"嚯！"银牙的爪子只差一点儿就抓住了云妙伊的脖子，最后却落在了符阵上，激起了符阵的反弹。

"轰隆！"银牙整个人被震飞出去，利爪当时就出现了一道道裂痕。

同一时间，云妙伊则出现在了对战台的另一个角落！

看到这一幕，不管是柳然他们，还是周围其他的观众，一下子都瞪大了眼睛。

现场也一下子陷入了寂静之中。

"这是……五级秘术，烟消云散！"风素月最先反应过来，不由得倒吸了一口凉气。

她倒是听说过这种秘术，却完全没想到云妙伊竟然将它学会了，而且现在还用来哄骗银牙去攻击符阵。

对战台下的其他人经过了一阵死寂之后，忽然喧哗起来。有人夸赞云妙伊厉害，也有人大骂银牙没用，无比嘈杂。

对战台上，银牙缓缓站起身来，手掌还在滴血。

无疑，云妙伊的计谋成功了，银牙受伤了。但是，银牙同时也被激怒了。

他霍然抬起头来，眼中杀意肆虐，一张狼脸更是十分骇人。

他口中传出了一声怒吼："受死吧！"

"嗷呜！"一声狼嗥震动整个符阵。

银牙全身的狼毛根根倒竖起来，一股强大的气势迅速扩散开来，让整个对战台内的空气都一阵剧烈震荡。

云妙伊方才施展秘术，现在完全是虚弱状态，在这股气势之下脚下连连倒退，脸色更是一片惨白。

现在的状况，她更加危险了。

台下的风素月惊呼道："不好，这家伙动了杀机，想杀了妙伊！柳然，你想到办法没有？"

她焦急地看向柳然，却看到柳然嘴角勾起了一抹笑容："想到办法了！"

第十八章 赌斗场，危机

第十九章
柳然的反击

"什么办法？"风素月和黑山两个人都紧张地看向了柳然。

柳然没有回答他们，目光却扫向了在另外一边观战，眼看银牙占了上风正在兴奋狂叫的几名异族强者。

他反问风素月和黑山道："这几个家伙，应该是那个银牙的同伙吧？"

"对啊！"黑山应道。

风素月闻言却心中一动，低声问道："难道你想从他们身上想办法？"

柳然点了点头，传音对他们说道："不错，我们现在最担心的其实不应该是妙伊与对方谁胜谁负，这件事情我们也无从干预，所以我们最好做最坏的打算。"

风素月连连点头。

柳然又传音说道："现在我们最应该担心的是，万一妙伊输了，对方却不愿意与我们对赌，不给我们将她从对方手中赢回来的机会。"

黑山顿时明白过来，一下子更是着急起来，问道："那怎么办啊？"

柳然嘴角微微一勾，说道："很简单，我们想办法逼他不得不和我们再赌战一场！任何谈判的基础，都是建立在彼此手头上有着对方无法拒绝的筹码上的。"

听到这话，黑山又一下子愣住了，不解道："什么意思？"

风素月则是再次看向了银牙的那几个伙伴，认同地说道："没错！现在问题就是，我们如何获得让对方无法拒绝的筹码。"

柳然看到黑山还在旁边发蒙，只能无奈叹息。

他也不强求黑山理解自己的意思，对黑山传音道："黑山，你如果想救妙伊的话，就和我演一场戏吧！"

"演戏？"黑山更加不懂柳然的意图了。不过，他只需要知道柳然所做的都是要救出因他而陷入危机的云妙伊，所以他毫不犹豫地点头道："要我怎么做？"

"等会儿我会……你这样……"柳然道出了自己的计划细节。

同一时间，银牙的那几名同伙那边，此刻真是得意非凡。

一头灰狼嘿嘿笑道："这个人族的女人真是没用，银牙少爷才三两下她就撑不住了。"

一头黑狼却反驳道:"怎么能说她没用?明明是咱们银牙少爷实力太强。"

一头黄狼哈哈大笑,道:"没错!这下子咱们冰狼一族的奴隶终于有人族了,哈哈!"

周围其他冰狼一族的人也都纷纷大笑起来。

他们冰狼一族一直都十分自傲,许多人最大的爱好就是收集不同族群的奴隶,以此来彰显自己的实力、身份。

所以,此刻他们才会越聊越是兴奋。

不过,就在这时候,他们忽然看到之前明明都快死了的雷熊一族的黑山,竟突然又站了起来,并且气势汹汹地朝着他们这边冲过来。

灰狼惊奇道:"咦?这傻大个的伤竟然都好了!"

黑狼则是目露疑惑之色:"他现在是想干什么?难不成是生气了,想过来找我们出气不成?"

黄狼却冷笑着说道:"他要是动手才好,正好让这黑市的符阵劈死他。"

不过,就在黑山刚刚朝着他们走了没几步,后面就冲出来一男一女两个年轻人,一副很焦急的模样,拉住了黑山。

黑山愤怒地挣扎着,一边咆哮一边说道:"你们放开我,我要去把我的钱都赢回来。"

那少女怒声呵斥道:"黑山,你别发疯了,好吗?"

那少年则是劝解道:"没错,黑山,你已经输了几百万金币,如果再将你刚刚得到的这块曜原石输掉,那你这次可就血本无归了!"

曜原石?

几名冰狼一族的强者闻言顿时眼前一亮。

这曜原石乃是一种奇特的宝物,最大的作用乃是"衍生曜石"。

一颗曜原石只要数年的工夫,就可以衍生出一条小型的曜石矿脉。

这种矿脉在人族之中只能当作"青曜"级别的符卡炼制原料,但不管是对于冰狼一族、雷熊一族、火凤一族,乃至其他走妖修之道的族群,却都是极其重要的资源。

妖修在修行时虽然也吸收天地灵气淬炼体魄,但更为重要的是必须吸收星辰之力,才能将体魄中的力量炼化为妖力。

吸收星辰之力如果没有相关秘诀来炼化,吸收速度极其缓慢。这也是造成妖修族群修炼缓慢的原因。

不过,如果妖修在吸收星辰之力的时候,配合曜石使用,速度将可以提升一倍不止!

也正是因此,能够衍生曜石的曜原石对于所有妖修都有莫大的吸引力。

这些冰狼一族的强者此时自然也被吸引了。

不过，狼生性多疑，他们并没有立刻做什么，而是在旁边看着，很怀疑黑山到底是不是真有曜原石。

就在这时候，他们看到黑山身边的少年忽然从他怀中抢过一样东西，是一个精致的宝盒。

只不过抢夺之间，双方一不小心打翻了盒子，结果，一缕银色的星光便从那盒子中射了出来。

"好浓郁的星曜气息！"黑狼不由得惊呼。

其他冰狼一族的人的眼中闪过一丝精芒，恨不得冲过去将那宝盒抢过来！不过，让他们遗憾的是，那名少年瞬间就将那个宝盒收了起来，然后开始晓之以情、动之以理地劝说黑山别冲动。

那名少女则是说道："我们人少，根本斗不过他们，当务之急，我们还是赶紧多叫点儿人过来，让他们救下妙伊。"

结果，黑山渐渐被他们说服，恶狠狠地瞪了黑狼他们一眼之后，就转身要走回去，准备放弃报仇了。

可是，看到这一幕，冰狼一族的人反倒着急起来。

"等等！"灰狼最先忍不住开口了，高声喊道。

黑山身边的风素月最先转过头来，冷冷地扫了他们一眼，道："怎么？难不成你们还想笑话我们吗？"

灰狼转了转眼珠，说道："不是，我们只是忽然善心大发，看到黑山似乎对刚才的战斗不服气，想给他一次证明自己的机会罢了。"

"真的？"黑山霍然转身，直勾勾地盯着对方。

灰狼似乎感觉有些不太对劲儿，不过，他一看到那名人类少年怀中的宝盒，眼中就是一阵狂热，所以没多想就应道："当然是真的。"

顿时，柳然、风素月、黑山三个人心里都暗自笑了：终于上钩了。

狼生性多疑，柳然他们如果主动挑衅对方，反而会让对方警惕，未必会同意与他们赌斗。但狼的性格又是贪婪的，所以他们才以宝物引诱对方，让对方主动来挑衅他们！现在这情况看来，柳然的计划无疑已经成功了。

不过，为了更进一步打消对方的疑虑，柳然他们还不得不做出一副着急的模样，纷纷劝阻黑山。

"黑山，别冲动，你的身体才刚刚恢复。"柳然说道。

"对啊！黑山，你不能再和他们赌斗了！"风素月也紧跟着说道。

然而，这话落在黑狼等人耳中却多了一层不一样的意思。

比如，身体刚恢复，在他们看来就是黑山的身体根本还没有恢复。再想到方才黑山的惨状，还有银牙的强横实力，黑狼他们就更加肯定这一点。

灰狼眼珠一转，讥笑黑山道："怎么，堂堂雷熊一族的王族子弟，连战斗的勇气都没有了？"

黑狼也是一阵摇头，道："熊王要是看到自己的子孙居然这么懦弱，肯定会很失望的。"

黄狼则是一副很怜悯黑山的样子，道："算了，看样子他是真的被银牙少爷打怕了，咱们就放他一马吧。"

其他人闻言都纷纷点头，一副勉为其难同意的样子。

他们这么一唱一和之下，顿时气得黑山"勃然大怒"，一下子就想推开柳然和风素月，冲过来和他们拼了。

"够了！"风素月猛地大喊一声，怒视那些冰狼一族的人，道："你们不必再挑衅，我们绝对不会再接受你们的赌斗挑战。"

柳然也在旁边讥笑道："所谓的冰狼一族不过如此，只会仗势欺负老实人，黑山都已经受伤了，还好意思挑战他？"

这话一出，冰狼一族这边的人一下子也有些怒了。

黑狼目露寒光，紧盯着柳然，沉声说道："人族的小子，你是谁？竟敢对我们冰狼一族出言不逊，是不想要命了吗？"

其他狼也都纷纷面露怒色，咧嘴露出了利齿，一副随时准备冲过去跟他一较高下的模样。见比，柳然的嘴角却浮现出了一抹淡淡的笑容。

他不紧不慢地说道："怎么？你们想以多欺少？别以为我怕了你们。我是黑山的朋友，你们若是想欺负他，先过我这一关！"

此话一出，狼们纷纷愤怒不已。

不过，灰狼忽然心中一动，拦住了其他想发怒的狼，而后对柳然说道："你说黑山受伤了，我们和他赌斗是欺负他，那你可敢替他来与我们赌斗？"

柳然等的就是这一刻，不过，他并没有立刻应下，而是故意露出几分慌张的神色，道："你想与我赌斗？"

"没错，"灰狼冷笑着说道，"你口口声声说自己是黑山的朋友，难道连为他出头都不敢？那还算什么朋友？还是说你们人族和我们异族当朋友也就是说说而已，其实你们不过是贪图黑山的曜原石？"

话音一落，柳然还没来得及回答，黄狼就抢先说道："有道理，可怜的黑山，居然蠢笨到被两个人族的人骗了都不知道，还以为他们是好朋友。"

其他狼也纷纷明白灰狼这是想骗柳然入局，便一个个附和起来。

第十九章 ✦ 柳然的反击

而在他们的各种嘲讽、污蔑之下，黑山也不由得多看了柳然几眼。

见状，柳然果然被"激怒"了，说道："胡说八道！好，你想和我赌斗是吧？那我就上对战台上好好教训教训你，看你还敢不敢再乱说话。"

他甚至自己"一怒之下"就跳上了附近的一个对战台上，对着灰狼怒目而视。

灰狼一看柳然"上当"了，眼中不由得掠过了一丝喜色。

他跳到了对战台上，自信地说道："那我就看看你有没有这样的本事。"

柳然冷哼一声，道："废话少说，开始吧。"

话毕，他催动暗符界通行符，手中发出一道符纹沟通对战台。

"嗡！"一道符光瞬间从擂台上涌现，在黑狼面前形成了一个虚幻的光幕，正是一份赌斗对战的邀请。

可是，灰狼却没有立刻写下自己的名字接受挑战，而是喊了一声，道："等等，赌斗怎么能没有赌注？"

"你想要下什么赌注？"柳然不耐烦地问道。

他眼角的余光瞥见另一个对战台上云妙伊身形狼狈，已经岌岌可危，知道不能再拖下去了，必须尽快将"筹码"弄到手。

他一挥手，调出了这对战台的下注符阵，化成了两个虚幻的托盘，浮现在了他们两个人的面前。

灰狼一张口，口中妖光一闪，就出现了一堆货币符卡。这正是之前银牙从黑山那里赢来的货币符卡。

他把它们扔到了面前的托盘之中，说道："只要你赢了，这些都还给你们。别怪我们没有给你们把钱赢回去的机会。"

"那如果你赢了，你要什么？"柳然一脸"警惕"地问道。

"就要你身上那个曜原石好了！"灰狼用舌头舔了舔嘴角，道出了自己的目标。

柳然却摇头说道："不可能，这不是我的东西，我怎么能拿来和你赌？"

灰狼的目光扫向了台下的黑山，道："黑山，你自己说，相不相信你这个人族的朋友？"

黑山怒声说道："我当然相信他！"

"那你敢不敢让他用曜原石和我赌一把？"灰狼继续刺激黑山。

"当然敢！"黑山毫不犹豫地说道，"柳然，你尽管和他赌！"

闻言，柳然还没说什么，下方的风素月就先开口了，怒斥道："那也不行！几百万金币就想买走一颗曜原石，你们的如意算盘打得可真好！"

柳然也立刻说道："没错，这根本不是对等的赌注。"

灰狼眼看柳然有了退缩之意，也有些着急了，问道："那你还想加什么赌注？"

我再加点儿钱？"

柳然盯着他，一副很愤怒的样子，说道："我不要钱，就把你自己当作赌注吧，如果我赢了，你就得给我当一年的奴仆。"

"什么？你好大的胆子！"灰狼不由得大怒。

"不敢就算了。"柳然冷哼一声，扭头就要走下对战台。

灰狼眼中寒芒一闪，出于对自己实力的自信，他最终沉声说道："好，那我就和你赌这一把。"

终于同意了。

柳然眼眸之中也不由得掠过了几分喜色。不过，他脸上却依旧不动神色。

柳然停下了脚步，先是将怀中装着曜原石的盒子取出来，放入了赌注托盘，然后开始沟通这对战台的符阵，凝聚出了一篇赌斗契约书。

"唰！"契约书一经成形，柳然将自己的一滴血没入其中，让它进行了气息、血迹锁定，然后飞向了灰狼。

一旦灰狼签署这契约书，双方的赌斗就算是成立，有了暗符界的约束，谁也无法违背。

不过，生性多疑的灰狼却并没有冲动地立刻签署赌斗契约，而是盯着柳然面前的赌注托盘看了一会儿。

而后，他说道："且慢，我想验验你的赌注。"

他忽然想到，自己如果太冲动，与对方赌斗，结果赢了却发现对方的盒子里根本不是什么曜原石，那可就亏大发了！

"可以。"柳然点头表示同意。

他早就算到对方会有此一招，也根本不怕对方检验，因为他那个盒子里面的确就是一块曜原石。

检验曜原石的方法很简单，本身这对战台就有鉴定符阵，出点儿钱调动出来就可以了。

检验结果毫无悬念，这盒子之中的曜原石是真的。

事实上，这是之前他在清点银刃的空间符戒时所发现的，原本还打算找机会卖掉，没想到现在派上了用场。

确认赌注无误之后，灰狼十分兴奋。

他不再犹豫，一只爪子挤出一滴狼血，落入了面前的契约书中。

"嗡！"契约书上光芒一闪，随即就化作无数符纹消散了。

可是，柳然和灰狼两个人却都明显感觉到了这黑市中的符阵对他们产生了某种束缚。在这种束缚下他们必须去执行方才的契约，否则谁也无法离开。

第十九章 ❖ 柳然的反击

"开始战斗吧！嗷呜！"灰狼兴奋地吼道。

"如你所愿。"柳然一挥手，将这对战台的防护符阵打开，一人一狼就正式进入了对决状态。

对战台之外，不少人的目光也被这边吸引过来。

那名方才最开始斥骂柳然浪费灵药，后来又被柳然的奇妙炼符术运用震撼的老者原本陷入了对炼符术的思索之中，没有注意周围的情况。

此时，他也被惊醒了，一看到柳然居然跑到对战台上，一副要和冰狼一族的人战斗的模样，一下子着急起来。

他来到了风素月和黑山的身边，问道："你们怎么能让他上台去和冰狼一族的人战斗？如果他被打伤了怎么办？"

结果，风素月居然一副满不在乎的模样，告诉他说道："放心吧，老先生，他不会受伤的。"

看到她这么漫不经心的模样，这老者顿时就更是生气了，怒道："不会受伤？你们以为他和那头狼修为相当实力就一样？那可是冰狼一族，同等修为之下，天生要比人族强横几分。"

可是，风素月听到这话却依旧无动于衷。

老者一下子气急败坏了，喊道："你们还愣着干什么？赶快让他们结束战斗啊，赌注什么的就不要了。那小子可是有成为大师级炼符师潜力的天才，如果有任何损伤，都是人族的损失啊！"

他这嗓音实在是太大，一下子将周围更多的人的注意力都吸引过来。

特别是听老者说到柳然是有潜力成为大师的天才时，众人更都是一惊，纷纷多看了柳然一眼。

结果更让他们震惊的是，风素月居然笑着对那老者说道："老先生，你就放心吧。他可不是有机会成为大师级的天才，他现在已经是一位大师级炼符师了！"

"什么？"老者和周围许多人都一下子瞪大了眼睛。

他们看着风素月的目光之中，充满震惊与怀疑。

好一会儿，老者才回过神来，呢喃地说道："难怪他刚才的炼符术如此精妙，不过，如果他是大师级，就更不能有损伤啊！"

在他看来，大师级炼符师还真未必斗得过冰狼一族的人。

毕竟，这个世界上，人族绝大多数人只是战士或者是炼符师，两者兼顾而且都能练好的人太少。

对此，风素月只是笑着说道："你就放心看着吧，他一定没问题的。"

冰狼一族的黑狼他们几个一直在旁边听着，忽然感觉事情有点儿不对劲儿。

刚才柳然表现出来的一直是一个有些底气不足的少年，因为被激怒了才会发起这样的赌斗，但现在看来情况似乎不是这样。

这个看上去年纪不大的人族少年，竟然是一位大师级的炼符师。

他们怎么忽然有种被人坑了的感觉。

可是，事到如今，不管大家是什么想法，已经无法再改变对战台上的局势。

对战台上，柳然和灰狼的战斗也已经正式开始了。

灰狼率先展开攻击，他庞大的狼躯冲向柳然，一下子展现出了惊人的速度。

这速度比起另一座对战台上的银牙而言，虽然差距不小，但已经足够让台下不少人都为之吃惊了。

"嗖！"轻微的破空声响传出，下一刹那，灰狼已经来到了柳然的面前，张口就咬向了柳然的脑袋，一副要将他生吞的模样。

"咔嚓！"

一声铁齿咬合碰撞的声音传来，让对战台周围不少人脸色纷纷一变，甚至有些人不忍心地扭过头，不想看到柳然被咬死的情景。

可是，一些胆大的人紧盯着场中的情况，随后却都纷纷发出了惊呼的声音。

"不见了……那个是残影！"

"天哪！好快的速度！"

"难不成，这个少年的身法竟然达到了入微级别？"

此起彼伏的惊呼声，让原本不忍心看的人们纷纷又将视线投向对战台上，恰好看到柳然的身影原地消失，同时又诡异地出现在灰狼身侧的一幕。

顿时，众人纷纷瞪大了眼睛。

没等他们反应过来，他们就骇然看到柳然抬腿就是一脚踹出，竟是踹在了灰狼腰部的位置。

"轰隆！"只听得一声巨响，体形足足堪比柳然三四倍大的灰狼，被柳然一脚踹飞，狠狠地撞在了对战台上笼罩着的符阵上。

第十九章 ◆ 柳然的反击

第二十章
强势碾压

对战台下方，众人议论的声音戛然而止。

所有人都瞪大了眼睛，目光紧盯着台上那重重撞上了符阵，然后轰然坠落在地的庞大狼躯，满脸的难以置信。

方才战斗开始，他们设想过无数的可能，甚至已经有人开始私下押注谁胜谁负。可是，却没有人预想到会是这样的结果。

那原本还抱着一丝期望，希望灰狼能够战胜柳然的另外几只冰狼一族的狼，此刻更是彻底傻眼了。

他们怎么也没想到，灰狼竟然连碰都没有碰到柳然，就被柳然一脚给踹飞了。

不说他们意想不到，就是对柳然一直很有信心的风素月，此时也是惊诧不已。

好不容易回过神来之后，她无奈地嘟囔了一句："这家伙的实力还真是越来越强大了！"

她莫名地感觉到了危机感，有种如果自己再不好好努力，恐怕以后完全跟不上柳然脚步的感觉。

同一时间，她这一声小声的嘀咕，也让身边惊愕的黑山回过了神来。

黑山一双大眼睛里忽然涌现出了兴奋的神色，他激动地说道："好厉害，柳然真是太厉害了！"

他这一激动之下，声音宛如雷霆炸响，一下子也将周围还在发愣的众人纷纷惊醒。顿时，周围陷入了一片哗然。

"哇！太厉害了！"

"这是一击必杀啊！"

"这个冰狼一族的家伙未免太弱了吧。"

"什么时候人族化劲期的少年这么厉害了？"

一声声激动的议论声中，那名方才还在担心柳然安危的老者却说不出话来了。

他似乎是长长松了口气，然后又目露精光地盯着台上的柳然不放。那眼神就仿佛是看到了稀世珍宝一样。

而在大家热议之下，赌斗场中更多的人被这边的对战吸引过来。

他们好奇地来到这里的时候，正好看到几头冰狼一族的狼在气急败坏地叫嚷着。

"这不可能！"黑狼怒声吼道，"是那个小子偷袭，灰狼只不过是一时大意而已，我们还没有输！"

听到他这话，在场不少人对他投去了鄙夷的目光。

风素月更是一脸戏谑，道："没输？那他怎么到现在还爬不起来？"

黑狼哑口无言。

此时，对战台上的灰狼的确是老半天都爬不起来。

因为柳然方才那看似随意的一脚，其实踹中的是他身上十分脆弱的腰身，那正是狼族的弱点所在！

柳然迈开了脚步，来到了灰狼的面前。

他戏谑地看着对方，说道："怎么样？认输吗？"

灰狼愤怒地瞪着他，口中发出低沉的声音："我绝不认输！"

结果，他这声音还没落下，就看到柳然又是一脚飞踹而出，将他再一次踹飞。

"砰！"

灰狼又一次重重地撞在了符阵之上，只感觉自己全身骨头都要散架了。

没等他从空中落下来，柳然身形一闪又来到了他的面前，然后再一次将他踹飞出去。

他从没想过，自己竟然会在一个化劲期的人族手中如此狼狈，心中此刻是暴怒到了极点，却又根本无法反抗。

一时失误之下，他已经彻底失去了反抗的能力！

在接连被柳然踹了好几脚之后，他遍体鳞伤，再加上悲愤交加，终于忍不住昏死过去。

结果，这一场赌斗自然是柳然获胜了。

"卑鄙的人族！"黑狼他们几个简直要气疯了，在对战台下不断跳脚大骂。

可是他们现在的表现在众人眼中却仿佛是小丑一般。

风素月更是忍不住讥笑道："卑鄙？我怎么看不出哪一点卑鄙了？难道赢了你们就是卑鄙？这是哪门子的道理？"

此话一出，周围的人族纷纷响应起来。

"没错，原来冰狼一族根本输不起啊！"

"没想到堂堂三大妖族之一，竟然是这样的！"

"欺负人的时候很高傲，打输了就说别人卑鄙，我今天算是看清楚他们的嘴脸了！"

"闭嘴！"黄狼恼羞成怒地吼了一声。

可惜的是，周围的人族可没有多少人畏惧他这吼声，脸上的嘲讽之意反而更浓了几分。

就在这时候，对战台上的符阵已经判定柳然获胜，并且形成了一道特殊的烙印，在柳然的控制下就要落入灰狼的体内。

那是暗符界凝聚出来的奴仆契约，可以作用于灵魂。

看到这一幕，黑狼他们几个都是大惊失色。

黑狼慌忙大喊起来："住手！"

对战台上的柳然扭过头来，语气冷漠，问道："怎么？难道你们还想赖账？"

盛怒之下的黑狼吼道："你胜之不武，有本事再和我赌斗一场！"

周围的众人纷纷安静下来，等待着柳然的答复。

柳然看着黑狼道："你也想成为我的奴仆？那好，我就成全你。"

黑狼不由得大喜，便要纵身跳上对战台和柳然决一死战，却被黄狼拦了下来。

黄狼对他说道："别冲动，我感觉这事情不太对劲儿。"

黑狼则是不以为意，道："难道我们眼睁睁看着灰狼变成他的奴仆？放心吧，我等会儿上台就使用秘术，绝对不会给他故技重施的机会的。"

黄狼还是有些担忧，但又想不到别的主意。

正如黑狼所说的，哪怕他们现在看出柳然是设计坑他们，但他们已经没有退路，总不能让灰狼真的被柳然带走当奴仆。

另一边的银牙居然到现在都还没拿下云妙伊，也让他们更是被动。

万一银牙回来发现，灰狼居然被人族给赢走了，他们恐怕就要遭受雷霆之怒了。

最终，黑狼还是登上了对战台，与柳然签下了赌斗契约。

双方约定：如果柳然胜出，黑狼将成为他的奴仆，反之，柳然将失去灰狼这个已经赢下来的奴仆。

在战斗开始之前，柳然眼角的余光瞥了旁边的对战台一眼。

看到云妙伊还在极力坚持、苦苦支撑着，他心中暗道：放心吧，很快你就可以解脱了。

"嗡！"

对战台上的符阵再次开启，柳然的战斗也再次展开了。

同一时间，第十三号对战台之上，激烈的战斗还在继续。

银牙神色有些阴沉，目光盯着对面的云妙伊，实在是想不明白对方究竟是依靠怎样的意志才坚持到了现在。

这场战斗已经打得太久了，让他最开始的兴致也渐渐消失，取而代之的是一种屈辱的感觉。

他沉声对云妙伊说道:"你为什么还要苦苦挣扎?难道你真以为我不敢杀你?"

云妙伊此时已经气喘吁吁、大汗淋漓,身躯也在微微颤抖着。

闻言,她却依旧神色淡然,语气不紧不慢地说道:"你可以试试。"

如果是方才最开始战斗的时候,银牙听到这话肯定会被激怒,然后疯狂冲上去攻击。

可是,现在银牙却发现,这个人族的少女一直这么淡定也是有倚仗的,那些层出不穷的符技,各种刁钻手段极其难缠,他一不小心就会吃亏。

所以,现在银牙不会那么冲动了,他反而暗自调整身上的妖力,目光不断地扫视云妙伊,寻找她身上的破绽,准备来个一击必杀。

就在两个人彼此对峙的时候,他们忽然发现符阵之外似乎发生了什么事情,对战台周围的不少观众都忽然掉头跑向了另一个方向。

这情况让他们觉得很惊讶,彼此戒备的同时,眼角的余光也不由得朝着人群移动的方向多看了两眼。

结果,就这两眼,让他们一人一狼忽然愣住了。

因为他们愕然地发现,就连自己这边的人,竟然都跑到那边的对战台旁去了!

"这些可恶的家伙!"银牙生气地说道。

平日里他可是备受吹捧,黑狼他们哪一个不是围着他转?

现在他在这对战台上拼死拼活的时候,这些家伙竟然莫名其妙地都跑到别的地方去了!难道那边的战斗比他这边还重要吗?

云妙伊看到风素月和黑山居然走开了,眉头也不由得一皱。

不过,她却并没有生气,而是一下子想到了那边必然是发生了什么重大的事情。

于是,她的目光一下子扫到了那边的对战台上,眼睛顿时就亮了。

她正好看到的景象是,柳然与一头高大的黑狼展开了激烈的搏斗。

那头黑狼是银牙的手下之一,而且,此时黑狼与柳然的战斗刚一开始,他就陷入了不太妙的处境。

云妙伊几乎不用想也知道,柳然肯定是为了她,此时才会和黑狼战斗。

一时间,她心中不由得一阵暖流流淌而过,让她感觉甜滋滋的。

她低声呢喃:"看来我并没有看错人。"

事实上,云妙伊方才在和银牙动手之前,就已经想到了哪怕自己不敌,柳然也一定会过来为她化解危机的。

风素月赶到这里之后,之所以会第一时间通知柳然,其实也是在她动手之前让黑山转告风素月的。

现在这种情况,无疑是证明了她的猜想是对的。

想到这里，云妙伊嘴角勾起了一抹浅浅的得意。

恰在这时，她忽然感觉到一丝危险的气息袭来。

银牙竟然趁着她方才分神之际，突然偷袭她！

云妙伊的脸色骤变，身形立刻宛如云雾一般退避开来。

可是，她的动作终究是晚了一步。

只听"哧"的一声轻响，她肩头的衣衫出现了几道裂口，比这更糟糕的是，她发现自己还中了毒。

如此情景，让云妙伊脸色更加难看。

这银牙的爪子上竟然有毒！

"终于击中你了！"银牙见状不由得兴奋地嗷嗷大叫。

他爪子上的毒素具有麻痹的作用，云妙伊一中招，实力至少减少六成，接下来他要擒获对方就太容易了。

"束手就擒吧！"银牙大吼一声，身形宛如银色闪电，再一次扑向了云妙伊。

这一次他已经是拼尽全力，只想立刻拿下云妙伊。

因为他已经猜到，现在正与黑狼激战的人族少年必然和云妙伊有关，而且情况不太妙，估计只有他成功擒获了云妙伊，才能避免陷入被动。

然而，他在飞扑到云妙伊面前时，这个在他看来已经完全是待宰羔羊的少女的嘴角，却忽然勾起了一抹神秘的微笑。

银牙瞳孔微微一缩，心中浮现出一股不安的情绪：难不成这女人还有什么花招？

也就在他心里刚刚浮现出这个想法的时候，忽然，他感觉到自己全身一震。

一股诡异的力量迅速笼罩在他全身，让他竟然仿佛突然陷入了泥沼之中一般，速度大减！

银牙就停留在了距离云妙伊不足两步的地方，却再难寸进。

在他身体周围，一枚枚符纹凭空浮现，形成一个符纹旋涡，不断闪烁着符光。

"符阵！你什么时候布置了这个符阵？"银牙气急败坏地问道。

云妙伊身子突然一软，整个人彻底脱力了，瘫坐在地上，气息也十分紊乱。

不过，她还是极力坚持着，缓缓对银牙说道："你以为，我刚才真的只是纯粹在挨打？你未免太小看我了。"

银牙闻言不由得瞪大了狼眼。

云妙伊这句话说得非常清楚，她这个符阵竟然是方才在应付他攻击的同时布置下来的，而他却丝毫都没有发现。

这简直是狠狠地扇了他一巴掌！

银牙气得差点儿咬碎狼牙，怒吼道："可是，哪怕你现在困住我了，你顶多就是再拖延点儿时间，依旧是毫无胜算！"

云妙伊则是无所谓地笑了笑，说道："没事，反正我时间多的是，大不了继续和你打下去。不过，你估计是没什么时间了，看看那边吧！"

银牙闻言一愣，旋即立刻再次看向了黑狼和柳然的对战台，狼脸之上的神色骤然剧变。

此时，他看到黑狼被柳然一脚踹飞，彻底落入了下风。

一时间，银牙简直快气疯了。

可是，他又不得不接受眼前的事实：他并没有如愿拿下面前这个人族少女，将她收为奴仆，反而他的手下此刻陷入了生死危机之中。

纠结了半天之后，眼看黑狼彻底败了，银牙才忽然说道："我们这一局，算是打平了可好？"

这头高傲、凶恶的冰狼一族的强者终于怕了，主动开始求和了。

银牙不得不承认，自己的确是太小看面前这个人族的少女。

特别是他忽略了对方还是一位炼符师，所以才造成了此刻的困境。

所以，他果断选择了妥协，要结束现在对他来说毫无意义的僵持，然后赶紧去看看黑狼他们那边究竟是怎么回事。

听到银牙的主动求和，云妙伊柳眉一蹙，似乎思索了一番，最终才无奈地点头，说道："也罢，那就平手吧。"

双方达成共识，准备以赌斗平手结束，不再继续。

当然，他们各自的赌注虽然回到了自己的手上，但他们需要交付给这赌斗场的费用可是分毫也少不了，都被符阵收走了。

"嗡！"对战台上符光一闪，防御符阵自行消失。

同一时间，云妙伊在对战台上布置的用来困住银牙的符阵也消失了。

看到云妙伊整个人几乎虚脱一般躺在地上，银牙一时间就更是气愤了。

因为他现在才发现，方才云妙伊还是在虚张声势，她所布置的符阵维系于她身上，她其实已经无法再支撑符阵运转了。

若是银牙方才再坚持一会儿，云妙伊自然就会输，根本不需要主动要求以平局来结束这场赌斗。

现在，一切都迟了，他哪怕是再后悔也没用了。

没有了赌斗契约，哪怕云妙伊现在一副虚弱不堪的样子，他也根本不敢再动手了。

而且，风素月他们也不会给他这样的机会，在符阵打开之后，风素月和黑山就第一时间跳上了对战台，来到了云妙伊的身旁护着她。

"算你狠！我记住你了！"银牙狠狠地瞪了云妙伊一眼，冷哼一声。

旋即，他便不再理会云妙伊，一个闪身，来到了柳然和黑狼对决的第十四号对战台之下。

看到银牙跳下台去，云妙伊才暗自松了口气：总算是结束了。

同时，她听到了风素月对她说："你没事吧？脸色怎么这么苍白？"

云妙伊轻轻摇头，语气有些虚弱地说道："我没事，柳然那边怎么样了？"

"柳然那边你就别管了，他没问题的！你现在很虚弱，要不要立刻给你疗伤？"风素月继续说道。

云妙伊却依旧摇头，然后让风素月喂她服下一枚符丹，稍微恢复了几分力量之后，她就说道："不用了，我要去观战，我要亲眼看到柳然击败那个家伙！"

风素月和黑山见她如此坚决，也没有再劝阻，而是搀着她下了对战台，来到了十四号对战台边上。

而在他们回到这边的时候，就发现柳然和黑狼之间的战斗已经结束了。

毫无疑问，柳然击败了黑狼，黑狼即将变成他的奴仆。

他也看到银牙从对战台上下来的情景，又发现云妙伊只是很虚弱地被风素月他们搀扶着，并没有沦为对方的奴仆。

顿时，他嘴角的笑容就更浓了几分。

同一时间，银牙也已经从黄狼等剩下的几个族人口中，得知了方才事情的始末。他如何能看不明白这是对方有意在耍他们？

一时间，他全身的气息都躁动起来，看向对战台上柳然的目光更是杀意凛然。

更让他愤怒的是，面对他这样的怒视，柳然居然非但依然不惧，而且当着他的面不紧不慢地开始准备与黑狼、灰狼他们两个签订奴仆契约。

"住手！"银牙暴怒地狂吼一声，身形也跳到了已经解除符阵封锁的十四号对战台上。

他的声音将周围一些实力稍微弱一些的人，都震得连连倒退。

不过，对于他这样愤怒的表现，在场许多人却都只是投去了戏谑、嘲讽的目光。

方才他们之中也有不少人是亲眼看着银牙咄咄逼人的，更是亲眼看着他欺负云妙伊的，所以对他没什么好感。

现在看到这么嚣张的一头狼，被柳然气成这模样，他们心里也都是暗骂：这是活该！

至于对战台上的柳然，在听到银牙的怒吼声后，他的动作微微一顿。

他抬起头来看着银牙，一副疑惑的模样问道："阁下是哪位？"

声音一出——

"扑哧！"

"哈哈哈！"

对战台之下，不少人忍不住笑出声了。

有人更是赞叹道："这小子太坏了，明明就是针对他，现在居然反而假装不认识对方，不按常理出牌啊！"

旁边另一个人赞同地说道："对啊！我猜银牙现在一定郁闷死了！哈哈……"

就如同他所说的，银牙现在的确非常郁闷。

但是，他又不得不强迫自己保持冷静。

他一双狼眼瞪得滚圆，紧盯着柳然，沉声说道："你不能和他们签订奴仆契约，本太子要和你继续赌斗！"

"哦？"柳然眉毛一掀，"你能拿出什么来当赌注？"

银牙霍然用手指向了对战台之下，指着黄狼他们两个剩下的冰狼一族强者。

他说道："就用他们当赌注，你可敢再与我赌一把？"

黄狼他们都是脸色剧变，但是，他们却连一个反抗的声音都不敢发出。

"你的意思是，我如果输了，你要把我手上这两只狼带回去，若是我赢了，则是再赢两只冰狼一族的奴仆？"柳然问道。

银牙一听到柳然居然把冰狼一族说成了奴仆，心中的怒意更强烈了几分。

不过，他还是极力保持冷静，沉声道："没错！以二抵二，这赌注绝对公平。"

可惜的是，柳然听到了他这话之后却一副毫无兴趣的样子，说道："公平是公平，可是，我凭什么非要和你赌？我现在拥有两只狼宠就暂时够用了，我可不想赢了之后，自己反而还多了两个累赘！"

"累赘？"

对战台下的黄狼他们听到这话，气得想跳上来和柳然拼命。

银牙同样十分愤怒，但他却只是对柳然说道："那你想要怎么样？"

"很简单！"柳然微微一笑，"只要你能再拿出什么让我感兴趣的筹码，我倒是不介意再打一场。"

"什么是你感兴趣的东西？"银牙问道。

柳然嘴角的笑容更浓了几分，说道："比如，方才黑山想要的那一枚灵果。"

第二十一章
柳然对战银牙

听到柳然要那枚灵果，银牙总算明白了！

原来，柳然非但要帮黑山讨回公道，而且想从他这里再坑一把。

他第一个念头是不接受柳然所说的赌局。

可是，他话还没出口，就想到了如果自己就这么拒绝，真的任由灰狼和黑狼被这个人族当作奴仆带走，他绝对会颜面扫地！

那样的话，可比一枚灵果的损失大得多。

想到这里，银牙气得几乎要咬碎铁牙，却又不敢发怒。

他怎么也没想到，自己方才想算计黑山，转眼间，居然变成了他被人算计。

再三权衡过后，银牙最终冷冷地应道："行，我同意。"

听到对方这句话简直是从牙缝里硬生生挤出来的，柳然脸上的笑容更是灿烂。

让想欺负别人的人尝尝被别人欺负的滋味，这种事情他实在太喜欢做了。

银牙同意了柳然的条件之后，双方也迅速达成了赌斗契约。

银牙取出了一枚灵果，而两头黄狼也成为赌注，战战兢兢地进入了对战台的赌注托盘之中。

看到他们紧张的样子，银牙气不打一处来，喊道："你们担心什么？难道我会输给这个家伙不成？"

两头黄狼顿时惶恐，连道不敢。

事实上，他们心中的确很担心。毕竟，万一银牙要是没赢，他们就也得变成柳然的奴仆了！

对战台下不少人族的强者连连摇头，嘲笑道："这就是所谓冰狼一族的天才？很厉害嘛，手下连害怕的权利都没有了。"

一些其他异族的强者也纷纷对银牙投去了鄙夷的目光。

面对这样的目光，银牙心中更是恼怒，将这一切的罪责都归咎于柳然的身上。

在他看来，若不是柳然多管闲事，非要和他作对，岂会有现在这种状况出现？

只是，他却忘记了，事情最开始还是他主动挑起来的，若不是他试图欺负黑山，还妄图将云妙伊带回去弄成自己的奴仆，柳然又岂会出手？

说到底，柳然还是被迫无奈才出手的。

若是此时银牙真心诚意地道歉，柳然也未必不会放过对方。

但是，在心高气傲的冰狼一族天才眼中，可从来不会有向其他族群认错这样的词语。

所以，他们之间不得不战，用彼此的拳头来决定到底谁对谁错！

"嗡！"就在对战台周围众人期待的目光注视下，对战台上的符阵终于激活，形成了一个符光闪烁的透明光罩，笼罩整个对战台。

对战台左右两边对峙而立的两个人身上的气息迅速运转起来。

"告诉你，你今天必死无疑！"银牙一双狼眼死死盯着柳然，口中发出了低沉的吼叫声。

柳然微微眯起了眼睛，语气十分平静，道："有本事，你尽管试试。"

他在故意刺激银牙，本来以为自己这一句话说出去，银牙会立刻朝他扑杀而来，却没想到银牙并没有那么做。

银牙非但没有向他飞扑过去，而是闭上了双眼，身上的妖力波动忽然变得古怪起来，似乎在运转什么特殊的秘术。

看到他这样的动作，对战台下不少人都议论起来。

风素月忽然莫名地有些不安，低声嘀咕道："这家伙在干什么？"

云妙伊皱起了眉头，道："恐怕柳然有麻烦了，我刚刚在和那个家伙战斗的时候，感觉对方应该是还有什么特殊底牌，只是没有机会动用，现在他似乎是准备在激战开始之前动用秘术了。"

听到这话，旁边的黑山有些着急，说道："不好，我听说冰狼一族有一种特殊的血脉秘术，一旦施展，可以让自己的实力在短时间内倍增，恐怕他现在就是在施展这种秘术！"

"什么？"那名十分关注柳然的老者，闻言脸色顿时一变。

他看得出，银牙本身的实力其实已经极其强大，拥有近乎天劫境灵台期入门级别的人族才能拥有的实力！

现在，若是他施展了能够让实力倍增的秘术，他的实力必将更加可怕。

他立即叫喊道："那你们还不快让他趁着那冰狼一族的家伙施展出秘术之前打断他？"

黑山听到这话，立刻就想叫嚷，提醒对战台上的柳然。

可是，在他开口之前，风素月却拉了他一把，说道："不必了，就算你提醒了也没用，他估计也看出情况不对了，但却没有行动，摆明是想让对方输得心服口服，所以肯定不会打断对方施展秘术的！"

"那可怎么办？这家伙不能这么任性啊！"老者再次焦急地叫嚷道。

让他生气的是，他这个外人都快急坏了，作为柳然朋友的风素月和云妙伊两个人，此时竟然都是神色淡定，一副不太在意的模样。

云妙伊淡然一笑，道："放心吧，老先生，虽然这个银牙的秘术很强大，但柳然可也不是吃素的，他的实力也不是那么简单的！"

"你们……"老者有些不太相信。

可是，看到风素月和云妙伊这么淡定，他又不得不怀疑：难不成这个少年身上还有什么特殊的底牌？

他按捺住心头的情绪，再次将目光转向了对战台上。

而在此刻，银牙的秘术也终于施展出来了！

在场众人也立刻清楚地看到银牙身上出现了变化。

只见他身上浮现出了一些神秘的纹路，一口利齿寒光闪烁，爪子也变得更加粗壮有力，全身散发出了让在场的观众都感觉窒息的邪异气息。

此外，一个蓝色的影子缓缓在他身上浮现，正是一只庞大的冰蓝色的巨狼。

"轰！"巨狼出现的瞬间，银牙身上的气息暴增。

对战台之下的许多人，在这股气息之下，竟然都忍不住向后连连退开。

"好可怕的力量！"

"好强大的气息！"

众人脸上都是震惊之色。

而更让人震撼的是，在这样的气息压迫之下，柳然的身形竟然稳如磐石，一动也不动。柳然甚至还面露好奇之色，在上下打量着银牙身上的变化。

转眼间，银牙的气势足足增长了三倍。

此刻的银牙，已经堪比天劫境灵台期小成级别的强者了。

站在对战台上的柳然可以最清晰地感受到这一点，不由得低声轻叹："冰狼一族的天赋，果然了得！"

他之所以能在化劲期巅峰级别就能拥有现在的实力，经过了多少磨炼，又是多少的机缘巧合之下才促成的。

可如今这冰狼一族的银牙，以一种秘术就将自己的实力推到了天劫境灵台期层次，如何能不让他心生感叹？

而且，据他所知，这银牙还并不是冰狼一族年轻一辈中最强的角色，那么，冰狼一族真正的天才又如何？灵台期大成，或者灵台期巅峰？

当然，感叹归感叹，柳然现在可没有丝毫畏惧，眼中反而多了几分战意。

这一场赌斗他最开始的目的就是救出云妙伊，顺便教训教训这些狂妄的异族强者。现在这个目标已经基本达到。

接下来就是他享受战斗的时刻，也让他趁这个机会与异族年轻一辈的强者提前较量较量。

终于，银牙的气息稳定下来。

他忽然抬起头，将目光投向柳然，一张大嘴伸出了一条舌头，舔了舔嘴角。

这副骇人的模样，让台下不少人都不由得打了个寒战，议论声也渐渐小了下来。

银牙盯着柳然，就仿佛是盯着一种美食一样。

忽然，银牙的身形动了，直直地扑向柳然。

"轰！"

他抬起狼爪，一爪便朝着柳然扫了过来，速度快若闪电！

柳然微微眯了眯眼睛，身体也立即动了。

"唰！"他身影如同一缕青烟，随着银牙一爪掀起的劲风，向旁边飘开，就这么巧妙地避开利爪。

并且，他抬手就是一拳，砸向了银牙。

银牙身子立即一翻，让开柳然的攻击，随后又是一爪拍下来！

柳然的身形迅速后退，脚下用力一踩，整个人便一跃而起。

"杀！"他身形如箭，一拳奋力砸出，砸向了银牙的眼睛。

可是，在他击中银牙的眼睛之前，一只利爪出现在了他的面前，与柳然的拳头正面碰撞。

"轰隆！"柳然整个人倒飞出去十几米，落地之后脚下在地上连踏出好几步，这才终于停了下来。

不过，银牙的状况也不好，它庞大的身躯同样向后倒退开来，只是借助一双后腿紧抓着地面，这才化解了冲击，没有如同柳然退后那么远的距离。

双方第一轮的碰撞结束，让周围不少人都有些惊愕。

要知道，单论肉身，同级别的妖修可是比符修强大了至少一倍。

谁也没想到，柳然居然光凭肉身，也可以与银牙拼得不相上下！

银牙瞳孔之中的杀意却因此变得更加浓郁。

他双眼死死盯着柳然，忽然嘿嘿发笑，声音低沉地说道："人族的小子，我从你身上感受到了一股惊人的血脉能量，你说，我如果吃了你，会得到怎样的好处？"

听到这话，对战台下不少人脸色一变，同时脸上也露出了愤怒之色。

早在天符历之前的时代，人族与其他异族之间就有争斗，一些强大的种族将弱小的人族当作食粮这种事情也是很常见的。

只是，天符历之后，大多数种族没落，而人族却崛起了，与鬼族平分天符浩土，如今几乎没有什么族群敢做这样的事情。

这种事情一经发现，人族绝对不会善罢甘休。这也是如今人族强大的标志。

他们却没想到，这头冰狼竟然敢在这种场合，在人族的地方说出这样的话来，这简直是在挑衅人族的威严。

"哼，冰狼一族真是越来越放肆了！"

"这完全不将我人族放在眼里！"

"当我人族的附庸，受我人族的庇护，竟然还敢说出这种话！"

"我看，他是活得不耐烦了，真以为他还是生存在上古时代？"

对战台下的人群之中，一道道不满、愤怒的声音纷纷传了出来。

忽然，一道人影走上前来，朝着对战台一挥手，一层符光浮现出来，显现出了对战台上双方对战者的信息。

其中，蓝方是人族强者紫阳（柳然在暗符界中的化名），红方则是冰狼一族的强者银牙。

这个人点击了一下柳然所在的蓝方，然后竟是从他自己的账号上划出了五万金币，转给了柳然。

同时，他输入一段话："小子，支持你！狠狠地揍这只狼！"

这样的动作一下子让周围不少人都是一愣，旋即众人的眼睛都亮了。

他们这才想起，这赌斗场是有"打赏"功能的，可以通过打赏自己所看好的选手，给予他鼓励与支持，顺带还可以将自己的声音传到对战台上去。

于是，许多人开始有样学样，给柳然进行打赏，几千金币，几万金币，各种数额都有。

对战台之中，正准备开战的柳然忽然听到了一连串"叮叮当当"打赏的声音，脸上不由得浮现出了愕然之色。

紧接着，他忽然又听到台上响起了一道道愤怒的声音。

"小子，支持你！揍它！"

"万金打赏奉上，少年灭了他！"

"这只恶狼太嚣张，不应该继续活在这世上！"

听到这些声音，柳然张大了嘴巴。

而原本不可一世的银牙，此时也同样听到了，一脸的不可思议。

他目光扫过周围，才发现对战台下方不少人看着他的目光都充满冷意，甚至是杀意，他才意识到自己方才一句话竟然捅了一个大娄子。

柳然则是回过神来，对着银牙轻笑道："看到了吗？没想到这么多人都想让我消灭你，你说我应该用什么方式消灭你比较好？"

"少啰唆！受死吧！"银牙彻底被激怒了。

他也不再理会对战台周围还在不断打赏的人，疯狂朝着柳然扑杀过去。

柳然见状嘴角不由得一勾。

他看得出，这银牙在众人方才那一拨打赏骚扰之下，好不容易定下来的心乱了。

那么，他反击的时机也到了。

作为一名人族的符修，他可不只有肉身强大。

银牙含怒扑杀，柳然神色却依旧云淡风轻。

对方这速度的确是十分惊人，可是，在柳然的面前却也不过近乎"入微"而已，柳然可是真正身法达到入微层次的存在。

所以，只听"哧"的一声轻响，银牙的利爪划过他身上，却只是抓碎了一道残影。

柳然的身形宛如云雾一般，骤然在银牙的头顶上方出现。

"给我滚！"

柳然大喊一声，随后一拳砸出。

只见符光闪烁之间，一道道拳影当空浮现！

银牙只觉得眼前一片迷茫的拳影，一下子淹没了他的视线。

"四级攻击符技——'崩拳'。"对战台之下，有人认出了柳然此刻施展的符技。

"不对，这威势比起崩拳强多了！"另一个人却立即摇头。

"他怕是经过了自己的改良，融入了别的什么，才会拥有这么强的威势！"又有一个人猜测道。

正如他所猜测的，柳然施展出的"崩拳"中，融入了他如今威力最强的一招"烈焰惊魂斩"的运转方法。

这样的改良之后，竟然让这拳法符技展现出近乎五级攻击符技的惊人威力。

"可恶！"银牙怒吼一声。

他毫不犹豫地选择了向后快速退开，因为他并没有信心接下柳然这一击。

但是，此时他想退开却也不容易。

柳然的身影就仿佛附骨之疽，紧追着银牙，逼得他不得不正面面对柳然的拳头。

"吼！"

银牙愤怒地咆哮一声，只能放弃后退，正面迎击。

他此刻也又惊又怒，自己被一个小小的人族少年给吓退了本就很丢脸了，更丢脸的是，向来对自己的速度十分自傲的他，竟然没能退避成功。

银牙越想越觉得羞愤，一爪子就迎着柳然拍了过去。

"看招！"

寒芒闪烁的利爪横空扫出，周围的空气震荡不已。

第二十一章 柳然对战银牙

"轰隆！"

银牙的爪子和柳然的拳头碰撞在了一起，发出了刺耳的碰撞声。

"杀！"

碰撞声中，一人一兽同时向后退开，但立刻就又朝着对方扑了过去。

激烈战斗中，柳然激发起了更强烈的战意，全身气力鼓荡，肌肉筋骨尽数膨胀起来，散发着一层淡淡的紫色的火焰光华。

那是天符之力！

"嗡……"

只见柳然的双臂突然剧烈颤动，一枚枚符纹忽然浮现，幻化出神秘的符光流转。

见状，银牙眼中闪过几分震惊。

他清楚地感觉到柳然身上传来的毁灭气息，甚至他的灵魂都感觉到一股压迫感。

"吼！"银牙张大嘴巴，朝着柳然奔袭而去。

面对着银牙的攻击，柳然竟是不闪不避，仿佛要同归于尽一般，毫不花哨的一脚飞踹而起，直奔银牙的咽喉踢去。

银牙不得不换一种攻击方式，用力在地上一蹬，身体向上跃起。

银牙在避开柳然攻击的同时，身形当空一扭，身后的长尾竟是突然如同战斧一般急速扫出，正面扫向了柳然。

"砰"的一声，狼尾破空而至，和柳然匆忙抬起来的手臂轰然碰撞。

然而，柳然的身体只是被震得微微踉跄，而银牙的尾巴却是被震退了出去。

柳然刚刚站稳，脸色便沉了下来。

因为，在他头顶上，此刻出现了一头庞大的蓝色狼影。

那是银牙施展秘术之后，身上出现的冰狼之影，此时终于趁机展开了攻击，对着柳然猛扑下来，大有一击就击败柳然的势头。

看到这一幕，在场不少人一下子屏住了呼吸，因为他们都察觉到了银牙这一击的危险。

不过，他们却看到柳然的身形凌空一翻，施展出一种众人都没见过的身法！

"咦？这身法符技怎么没见过？"

"这似乎是云踪步？"

"不对！这更像是凌云仙步！"

众人议论纷纷。

在场只有云妙伊和风素月隐约猜到，柳然施展的乃是他将"云踪步"和"凌云仙步"两种身法符技融合的新身法，是一种已经达到五级层次的身法符技。

依靠这身法，银牙本以为万无一失的扑杀，再次被柳然惊险地闪躲过去。

"轰隆！"

庞大的冰狼之影轰然落下，将下方的地面砸裂出无数的裂缝。

单是这冲击的力道，一般天劫境灵台期强者也未必能承受得了。

如果刚刚柳然没有躲开，就算没被一口吞掉，也会被砸成重伤。

战斗继续，银牙爪子尾巴还有利齿并用，想尽各种办法攻击，与柳然斗了个天昏地暗。

柳然凭借着灵巧的身法，加上被他改良后威力大增的符技，与银牙周旋起来，一时间竟陷入了僵持的状态。

"轰隆隆……"激烈的碰撞声不断传来，众人看到了对战台上的符阵不断震荡，深知若不是有符阵的保护，周遭一切早就在柳然他们的战斗中粉碎了。

渐渐地，银牙借助秘术突然爆发出来的力量快要枯竭了，他的精神也渐渐陷入疲惫。

他暗呼不妙，再这么下去，恐怕输的人还是他。

恰在这时，他捕捉到柳然的一丝破绽，当即利爪长驱而入。

"来得好！"柳然眼中寒芒一闪，原本看上去似乎也有些疲劳，快支撑不住了的他，竟然又爆发出了更加惊人的力量。

原来他是故意露出破绽，为自己制造合适的机会。

就在银牙以为自己找到机会的时候，他的拳头诡异地斜斜砸出，威势竟再次提升了几分。

银牙见状暗道不好，旋即猛地一咬牙。

"咻！"

他背部一抹冰蓝色的光芒一闪而逝，有股力量突然爆发，他身后那头冰蓝色的狼影竟碎裂开来。

"狼神附体——'碎灵杀'。"

"轰！"银牙全身刹那间被一股冰霜覆盖，他全身都仿佛化成冰一样，口中也发出了一声狼嚎，震得周围的符阵都一阵颤抖。

柳然微微眯起了眼睛：这狼影居然可以攻击灵魂。

第二十二章
战而胜之

无疑，这狼影拥有诸多神秘的能力，这灵魂攻击正是银牙隐藏的底牌。

若是别人，比如云妙伊或者风素月，甚至擅长幻术符技、灵魂修为稍微高一些的凌薇，在对上这一招的时候，估计都要吃大亏。

可惜的是，他面对的人是柳然，以柳然如今识海的巩固程度，还真不是他所能撼动的。

不过，柳然却在电光石火间忽然想到：不如将计就计？

于是，他假装出了正面受到银牙攻击，一下子陷入了晕眩状态的模样。

虽然只有一瞬间，却已经足够银牙趁机偷袭，他一只利爪抓向了柳然的脑袋！

"不好！"

对战台之下，云妙伊、风素月、黑山他们都是大惊失色。

周围其他原本对柳然抱着巨大期望的众人，在看到这一幕的时候也都纷纷紧张起来，没想到竟然会出现这样的变故。

他们的担心却根本没有改变场中的局势。

"噗！"只听一声轻响，柳然的胸口被银牙的爪子抓过，留下了几道深深的伤口！他整个人倒飞而出，一头栽倒在十数米之外，一副痛得面部扭曲，却强忍着不让自己发出哼声来的痛苦模样。

"好机会！"

银牙眯了眯眼睛，强忍着因为施展秘术带来的疲倦，再次对着柳然冲了上去。

眼看他再次一口咬向柳然，黑山在台下高声大喊："小心！"

可惜的是，现在对战台上的柳然根本听不到他的声音了。

旁边的云妙伊和风素月两个人都紧张地握紧了拳头，同时心中又都浮现出了迷惑：不应该啊，以柳然的实力怎么可能这么狼狈？

紧张时刻，柳然终于勉强恢复了清醒，一看到银牙近在眼前，顿时"大惊失色"。

他匆忙之间只能迅速飞射出几枚符卡，结果纷纷被银牙扫飞出去。

最后，在一番手忙脚乱之下，他才勉强避开了这一次危机，不过却整个人都累得气喘吁吁了。

看到这一幕，现场不少人终于对柳然露出了失望之色。

特别是方才还给柳然打赏的人，此时更是纷纷不满地嘟囔起来。

人群之中，三男两女一直在注意着这一场战斗。

为首的一名年轻女子皱起了眉头，一副不屑的模样说道："这就是燕凌菲看中的人？不过如此啊！"

她身边一名年轻男子轻笑一声，道："本来是不该如此，不过我听说他在东洲的时候，为了一时之气，竟然用了某种秘术透支自身，恐怕这就是后遗症，实力开始迅速下滑了吧！"

"原来如此！"女子轻轻点头，不屑地说道，"看来是一个目光短浅之辈。"

另一名年轻男子也是一阵摇头，道："我也这么觉得！麻烦什么的，自己解决不了为什么不找燕家帮忙？燕凌菲有心培养他，自然会出手，可惜，他为了自己逞能，连前程都断送了。"

另外一男一女也都纷纷轻笑起来，不知道是在嘲笑柳然，还是在嘲笑看走眼了的燕凌菲。

这时，对战台之上的银牙忽然停住了攻击的节奏。

他的目光扫向周围那些方才柳然射出，纷纷被他拍飞的符卡、符器，嘴角勾起了诡异的笑容。

他戏谑地看了一眼柳然，道："又在趁机布置符阵？刚刚那个臭丫头就让我摔了一跤，你还想用同样的方法对付我？太天真了！"

声音未落，他手中忽然扫飞出一道道妖气寒芒，将周围散落的各种符器、符卡再次掀飞、轰碎！

看到这里，人群之中那三男两女更是感觉索然无味。

为首的女子摆了摆手，道："没什么好看的了，我们走吧！"

另外几个人纷纷点头，便要转身离去。

就在这时，他们忽然听到周围传来了一声惊呼："咦，怎么回事？为什么有火？"

几个人的脚步一顿，目光又不由得朝对战台上扫了一眼，结果纷纷愣了一下。

原来，此刻柳然他们的对战台上，竟突然出现了一片火光，整个符阵空间都被火焰充斥了一样！

"这怎么可能？"银牙难以置信的声音，在对战台之上响起。

原来，方才他以为自己破坏了柳然的布局，便准备冲过去彻底灭掉柳然。但是，刚刚移动一下，他就感觉眼前一黑。

紧接着，他就发现自己忽然陷入了一片火海之中，炙热、滚烫的感觉一下子席卷而来！

这分明是陷入某种符阵之中去了！可是，他方才明明已经将柳然布置的那些符卡符器都破坏了，怎么可能还有符阵？

火光之中，银牙已经看不到柳然的身影，不过却听到了柳然的声音。

"这世上，有一种符技叫作幻术符技！"

柳然道出了自己完成这个陷阱的关键："另外，还有一些符器和符卡，被破坏的瞬间反而就是引爆它！"

一听到这话，银牙气得差点儿昏过去。

原来，他方才自以为聪明，破坏柳然那些符器符卡的举动，竟然都被柳然算计在内，反而帮助对方激活了符阵！

对战台下，原本正在嘲讽柳然的人，一下子都闭上了嘴巴。

随后，对战台周围又再次爆发出激烈的议论声。

"哇，真是太厉害了！"

"这小子竟然算准了银牙会破坏他的符器！"

"一定是刚才他看到了银牙和那个少女的战斗，才想到了这一点！"

"刚才他在教训另外两头冰狼的时候，竟然还有空关注别人的战斗！"

一时间，许多人激动起来，发出了一声声惊叹。

原本打算离开了的三男两女，此时也都沉默了，没有人再迈开脚步。

半响，才有一名青年轻哼一声，道："区区一个火焰符阵，哪怕他布置成功了又能如何？以银牙的实力，恐怕根本伤不了他分毫！"

可是，他话音刚落，对站台之上竟然传出了一声惨叫。

听到这惨叫声，对战台下那名嘲讽柳然的男子整个人都僵住了。

察觉到身旁的人看着他的目光都有些怪异，他心中一股羞愤的感觉涌上来，感觉简直是忽然被人狠狠地扇了一巴掌一样！

"不可能！"对战台下，剩余的两头冰狼一族的狼听到了银牙的惨叫声，一时间脸上也露出了难以置信之色。

其中一头狼斩钉截铁地说道："虽然火焰对付我冰狼一族的确是可行，但以银牙的修为，这区区一个高级火焰符阵怎么可能伤得了他？"

另一头狼也是连连点头，道："没错！人族奸诈，而且这个人族少年还会幻术符技，这惨叫声搞不好就是他弄出来的幻象而已！"

一听他们这么说，在场不少人也感觉事情有些不太合理。

可是，他们的声音才刚刚落下，对战台上又响起了银牙的声音。

银牙在怒吼，质问柳然："可恶，这火焰符阵为什么威力这么强？"

他方才试图强行冲破符阵，结果竟然受伤了，让他又惊又怒。

"你可能对我们人族的符修还不了解。"

火焰之中，柳然略带几分懒散的声音缓缓传出："符阵可不是级别越高越厉害，有一种叫作复合符阵的东西，有时候一些低级的符阵复合之后的效果，比顶级符阵还难缠！"

听到了这一番解释，许多人说不出话来了。对符阵有所了解的人自然都知道，复合符阵使用得当当然很厉害。可问题是，复合符阵岂是随随便便什么人都能布置出来的，基本上这一技艺也只有大师级和少数高级炼符师才能够掌握。

而且，柳然这还是在战斗之中布置出来，难度就更大了。

台上这个少年，难不成是一个大师级炼符师？

一想到这里，众人看向对战台的目光就更不一样了。

可惜的是，现在这对战台上烈焰熊熊，而且还有愈燃愈烈的趋势，大家想看柳然也看不到。

在场，也唯有对柳然较为了解的云妙伊、风素月两个人，此刻心情比较平静一些。

那名一直在她们身旁的老者，忽然颤颤微微地问风素月她们道："两位姑娘，难不成那少年真的是……"

风素月脸上露出了灿烂的笑容，道："大叔，这事情我可不能告诉你！"

本来方才他们一不小心，就将柳然的名字喊了出去，让大家猜测到柳然的身份了。若是现在再公布柳然是大师级炼符师，大家看到这么年轻的炼符师，估计都确定擂台上这个少年就是柳然了！

老者闻言无语。

事实上，风素月就算不说，大家也基本都已经猜到了。

云妙伊则是在旁边嘀咕："早知道，方才我也用火焰系的符阵，说不定战斗也不需要以平手结尾了！"

听到这话，那老者就更是无语了。

他忽然有些英雄迟暮的感觉，轻声长叹："果然'是江山代有才人出，一代新人换旧人'啊！"

不说台下众人反应各异，对战台上的银牙此时却是无比郁闷。

此时他身上的冰狼之影已经不再悬浮于身后，而是笼罩住了他的全身，凭靠这样护体之法才能让他在这古怪的复合火焰符阵之中，暂时保住了自己的安全。

但是，他知道自己根本无法支撑多久了！

这秘术本就对他的消耗极大，如今这情景更是加速了他的消耗。

若是在秘术解除之前，他无法解决柳然，那么他非但要输掉这场赌斗，而且会因为秘术而受到反噬！

更让他郁闷的是,他现在根本无法找到柳然。

最终,他只能一阵大吼:"有本事出来和我决一死战!躲躲藏藏的算什么男人?"

可惜的是,他这样的嘲讽之语在柳然看来就是笑话。

柳然哈哈大笑的声音在火海之中响起,道:"真是有趣的言论,我明明是一个符修,却要放弃自己所擅长的东西,去和你正面碰撞才算男人?那我是不是能说,你有种别用你的爪子,用符阵和我对决才是有本事?"

"你!"银牙勃然大怒,却又无从反驳。

对战台下,不少人听到柳然这番话不禁大声叫好。

他们和异族接触的时候,也常会遇到这种事情,对方觉得他们使用符阵就不算真本事,反而要求自己和他们用拳脚对决,真是岂有此理!

银牙左思右想想不到其他办法,只能在这火海之中到处攻击发泄,试图用蛮力将这个该死的符阵破除。

可惜的是,最终在他彻底脱力之前,他都没有破掉符阵,更没有找到柳然。

若不是在对战台上,他或许还可以利用装死来欺骗对手,可惜在这对战台上却不行。

只要他不认输,或者没有死亡,对战台的战斗模式就一直存在,那么柳然自然知道他安然无恙。

最终,银牙终于力竭,不甘心地喊出了"认输"这两个字。

瞬间,藏身于火海之中某个角落的柳然,收到了自己这场对战已经获胜了的信息,脸上浮现出了笑容。

他一挥手,解除了对战台上的火焰符阵,自己从角落里一个小符阵之中走出来,安然无恙。

再看对战台的中央,银牙全身银亮的毛发一片焦黑,看上去狼狈极了,似乎只剩下半条命了,哪里还有方才那不可一世的模样?

"好!"

对战台下,众多人族还有一些本身也对银牙没有好感的异族强者,纷纷大声为柳然叫好,掌声连天。

当然,也有一些人对于柳然这一次取胜的方式有些不屑,认为是取巧,所以连连摇头。

不过柳然根本不理会这些。

他径直走到银牙的面前,嘴角勾着笑容,说道:"看样子,这一次是我赢了,那我可就取走我的战利品了!"

话毕,他转身就朝着黑狼他们走去。

"你……等……"银牙张口还想喊住柳然,可是他现在连说话的能力都没有。

柳然没有搭理他,径直走到了那一堆赌注的面前,将黑山所要的那枚灵果,还有那些货币筹码先收了起来。

然后,他就准备开始对这些冰狼一族的家伙签订奴仆契约。

不过,就在这时候——

"且慢!"对战台下,一道声音忽然传来。

"嗯?"柳然的动作一顿。

他扭头看向那声音传来的方向,就看到一个银发青年从人群中走了出来。

天劫境强者!柳然看到那银发青年的瞬间,便发现了对方的修为,眸光之中也多了几分郑重。对方如果是人族,他倒是不必如此正视。

不过,柳然一眼看出了这个人乃是一个异族的强者,而且本体似乎也是冰狼一族!

只不过,对方在渡过灵劫之后,能化成人形,变成一个英俊的青年而已。

果然,对战台下一些人已经认出了这个银发青年,一时间议论纷纷。

"这不是冰狼一族的第一天才银月吗?"

"哇,他竟然也来到了黑市里!"

"听说银牙还是他的堂弟,难不成他也打算出手?"

"嘿,这下子可有好戏看了!"

听着这一声声的议论,看着对方登上了对战台,对战台下的风素月、云妙伊和黑山他们三个都不免有些紧张。

特别是黑山,他对于这个冰狼一族的第一天才似乎是非常忌惮,也很担心对方会伤害到柳然。

所以,黑山第一时间跳上了对战台,庞大的身躯挡在了柳然的面前,一副要保护他的样子!

风素月和刚刚恢复了一些的云妙伊同样如此,一跃来到了对战台上,站在了柳然的身边。

柳然自己反倒是一点儿都不紧张。他嘴角微微一勾,从黑山的身后走出来,神色平淡地开口问那银发青年道:"怎么?阁下也想和我赌斗一把?"

地上趴着的银牙满怀希冀地看向了银发青年。

在他看来,自己这位堂兄的实力远超于自己,若是愿意出手,今天他丢掉的面子都可以拿回来!

然而,那银发青年看了柳然一眼,却轻轻摇头,道:"你我终有一战,但不是今天。"

柳然微微眯起眼睛，问道："那你是什么意思？"

银发青年指了指柳然面前的黑狼他们几个，平静地说道："我想从阁下手中将他们几个赎回。"

"哦？"柳然饶有兴致地扫视着对方，"赎回倒也不是不可以，就不知道你能不能拿出什么东西来打动我了。"

事实上，他如今该教训的人也教训了，该拿回来的东西也拿回来了，目的已经达到。如果真要带着这四只冰狼，倒也不是不可以，只不过多少会有点儿麻烦，还不如把他们卖掉，换取对自己有用的东西。

在场众人都看向了银发青年银月，很想看看这位冰狼一族的天骄会取出什么样的东西来作为赎金。

若是银月取出来的东西，能够打动柳然，那倒也还算是体面地解决了同族之人闯出的祸端。

若是银月取出来的东西柳然看不上，那他现在就是打肿脸充胖子，冰狼一族这一次算是丢人丢到家了！

银月倒也干脆，几乎没什么犹豫就将一个黑色瓶子取出来，挥手扔向了柳然。

众人盯着那个瓶子，却发现根本无法探察到里面是什么东西，一个个脸上都浮现出了好奇之色。

就凭一个瓶子就想赎回四个人？难不成这瓶子里是什么稀世珍宝？

柳然一抬手，接住那黑色的瓶子，却一下子感觉到其中一股暗劲袭来。

这股暗劲非常凌厉，不说云妙伊她们，就是黑山去接，恐怕也得吃个暗亏。

不过，这一股暗劲对于如今柳然的肉身而言，却根本无法撼动他分毫。

于是，他只是云淡风轻地将黑瓶子接了下来，随手掂量了一番，再开始仔细查看这到底是什么东西。

对面的银月神色平静，似乎对于自己的试探被柳然轻易化解也并不意外。

柳然检查了一番手中的瓶子之后，脸上那一丝懒散之色终于收敛起来，神色之中多了几分凝重。

大家看到他这一番表现，对于柳然手中的东西就更加好奇了。

可惜的是，柳然并没有为大家解释的意思，他只是一挥手，将那瓶子收了起来，然后对银月说道："成交，这几个家伙就交给你了！"

他通过暗符界通行符，沟通这对战台的符阵，解除了对黑狼他们的束缚，将他们送到了银月的面前。

银发青年银月深深看了柳然一眼，一直神色冷淡的脸上忽然勾起了一抹笑容，道："有点儿意思，希望在王者之战上看到你时，你还能如此神采飞扬！"

王者之战，其实就是精英符修大战的国战，只不过这是在异族的说法。

银月的话说完就一挥手，手下的人迅速上台来，将狼狈的银牙、黑狼他们带走。

一行人扬长而去。

柳然见状却不由得摇头，并不在意对方的话。

旁边的黑山倒是长长松了口气，随即又对柳然投去了敬佩的目光。

在他看来，银月就是一座高不可攀的高山，现在柳然却逼退了对方，简直太威风了！

风素月却对此并没有什么感觉，或许是因为对这个所谓的银月并不了解，或许是因为在她看来柳然这一番表现再正常不过。

她更加好奇的是柳然刚才得到的那个黑瓶子里到底是什么东西。

正在她想询问的时候，对战台下忽然又有人跳了上来，来到了他们的面前。

这上台来的人，正是方才在下方一直在注视这一场赌斗的三男两女五个年轻人。

这几个人上台之后，就一副观赏奇珍异兽的模样，上下扫视着柳然。

这样的目光无疑让柳然他们十分不舒服。

柳然也不由得皱起了眉头，问道："几位，有什么事情吗？"

"哦，那倒是没有。"五个人之中，为首的一名年轻女子轻笑一声，"我只是好奇，想过来仔细看看燕凌菲看重的人，究竟长什么模样而已。"

柳然心中一动：这家伙不仅认识燕凌菲，还知道我？

只是，没等他接话，对方身边一名男子却嗤笑一声，道："我看也没有什么特别，刚刚来到炎京城就和冰狼一族结下梁子，燕凌菲要是知道了，恐怕要气死了吧！"

听到这话，柳然便心中了然。

这些人看来是敌非友，是特地来找他麻烦的。

想到这里，柳然忽然咧嘴笑了。

他现在似乎有点儿喜欢别人来找他麻烦了。

随即，他缓缓一挥手，在那嘲笑他的人的面前，便有一道虚幻的光幕突然浮现，让周围所有人都蒙了。

那个人更是有些不知所措，完全没有想到自己随口说出一句话，柳然就向他发起了赌斗邀请！

第二十三章 液态星金

谁也没想到柳然这么干脆，一言不合就申请赌斗！

在回过神来后，那名被柳然点名要赌斗的青年不由得大怒。

他感觉自己的尊严受到了践踏，差点儿忍不住就要不顾一切地接受柳然的挑战。

可是，他身边的人却立马拉住了他。

为首那名女子也冷淡地说道："高晨，别冲动！"

他们都看得出，如果真要是打起来，以他的实力还真不是柳然的对手，同意赌斗只会是找打！

高晨心中虽然有些不甘，但还是冷静下来，只是恶狠狠地瞪了柳然一眼。

见此，柳然不由得面露失望、遗憾之色，轻声自语："可惜了……"

闻言，高晨身边的人更都是纷纷嘴角一抽，心中浮现出了同一个念头：这家伙是想坑高晨啊！

倒是他们五个人之中为首的那名女子忽然轻笑一声，望着柳然道："有趣！看来今年的国战会因为你的到来而更精彩！"

话毕，她也不再逗留，转身就准备走了。

这样的举动让风素月十分不痛快，忍不住用一种失望的语气讥讽道："想不到，这炎京城也有这么没教养的人！"

女子闻言脚步不由得一顿，扭头冷冷地扫视了风素月一眼。

她轻哼了一声，道："本小姐名叫李茵茵，记住这个名字，希望你在战场上还可以这么嚣张！"

话毕，她再次迈开脚步，带着高晨他们离开了。

"李茵茵？"柳然眉头微微一皱。

他倒是记下了这个名字，因为他在这个李茵茵身上感觉到了一股危险的气息，似乎对方有着能威胁到他的实力！

而且，从现在看来，这些人估计后面也会成为他在精英符修大战上的对手，他有必要回头好好去查询一下对方的信息。

想到这里，他又不禁有些怀念柳灵灵，心中暗叹一声：唉，要是灵灵没有沉睡，现在估计就开始帮我查询资料了，没有这小丫头帮忙，还真有些不习惯！

除了李茵茵之外，柳然其实还感觉到这对战台周围有不少人朝着他投来了探寻的目光，他敏感地察觉到了其中或是审视或是玩味的情绪，自然也猜到了这些人估计不久之后也都会与他出现交集。

他嘴角微微一勾：看来有必要糊弄糊弄这些家伙啊！

柳然在目送李茵茵等人离开之后，忽然身子一软，做出一副几乎站立不稳，最终抓住了旁边黑山的手臂才勉强支撑住的模样。

见状，黑山、风素月和云妙伊都吃了一惊。

"柳大哥，你没事吧？"黑山紧张地询问道。

方才他已经被柳然的表现所折服，更为柳然为了他与银月都变成了敌人而感动，所以心中已经将柳然当成了自己的兄长。

此时他看到了柳然这般模样，顿时不由得着急起来。

风素月和云妙伊也都关切地看着柳然。

随即，她们都敏感地感觉到柳然身上的气息迅速衰落，一身的生机忽然下降了三四成，还有一种衰朽的气息忽然在他身上涌现。

两个人脸色都是一变。

她们这才想起，柳然上一次透支自身的后遗症还没有治愈，如今这一战之下，似乎又变得更加严重了！

云妙伊果断地下了决定，对另外两个人低声说道："我们快离开这里！"

风素月也立即点头。她们扶着柳然迅速离开了对战台，离开了赌斗场。

正在装虚弱的柳然在离开赌斗场的时候，透过自己的灵识感知到了人群之中某些人看着他的目光变得有些惊疑不定。

他嘴角勾起一抹不可察觉的笑意：这就对了！

他方才也是逼不得已才出手的，如果真要是不表现出现在这么虚弱的状态，别人对于之前传闻中他在大战中透支自身、伤势惨重的消息，可能会产生怀疑，招来一些不必要的麻烦。

演戏演全套，柳然随后让云妙伊他们带他去自己的摊位上，将卖剩下的东西取走。

云妙伊她们也收取了自己下单收购的东西，然后便匆匆离开这一处黑市据点。

临走时，柳然将那枚灵灵交给了黑山，黑山又是愧疚又是感激又是着急。

他觉得柳然都是为了他，此刻才会变成这么虚弱的状态。

他很担心柳然的情况，但无奈的是，他没办法跟随柳然他们一起离开，哪怕同时离开黑市，他也会被传送到与柳然他们不同的地方，所以急得不知道如何是好。

柳然见状，虚弱地笑了笑，说道："黑山，我没事，你别担心，你要是不放心，到了黑市之外也可以联系我们，你现在应该也在炎京城内吧？"

"对对！"黑山这才想到了在外界也可以联系柳然他们，顿时咧嘴开心地笑了起来。

事实上，这也是因为柳然他们感觉他可以结交，才会让他在外界还能与他们进行联系，否则，暗符界的黑市之中大部分人为了自身安全起见，根本是不会暴露自己的身份的。

黑山也深知这一点，所以心中更加坚定，自己一定要找机会好好报答柳然他们三个人。

随后，他们分别离开了黑市。

炎京城中，龙卫三区一处高级酒楼之中的茅房内。

"嗡！"符光微微一闪，柳然的身影出现在了这里。

他的目光扫视周围的环境，一时间又有些无语："出口居然还是茅房！"

虽然这炎京城的茅房环境极好，甚至比榕城很多人的住处更加干净，但柳然感觉多少还是有些别扭。

柳然也没有立刻从茅房里出去，而是待在这里面，取出了方才那冰狼一族的天才银月给他的那个黑色瓶子。

他脸上浮现出了笑容："这一次进黑市，最大的收获就是这个了！"

他打开了瓶子的盖子，可以看到瓶子之中装着的乃是一种银蓝色的液状物体。

若是有炼符师在此，定会认出此物乃是一种极其珍贵的液态金属，可以千变万化的玄金级珍宝——星金。

星金是一种很特别的金属，与寻常金属不一样的地方是，它基本上都是处于液态，这样的形态也让它具有极高的可属性！

同时，这种变化多端的物质又十分难以控制，因为，使用、控制需要十分强大的灵魂，否则哪怕是大师级别的炼符师也未必能操控星金。

简而言之，此物用得好是神兵利器，用不好就只是鸡肋。

此时，柳然就想试试自己到底能不能操控这东西。

若是可以，此物将成为他应对灵劫的核心，更将成为他未来的重大助力！这也是他方才为何会接受银月交易要求的关键所在。

"嗡！"柳然一缕灵识携带着惊人的灵魂之力，透入黑瓶之中。

那银蓝色的液态物体顿时形状变幻，竟是化作一柄短剑飞了出来，落在了他的手中。

"好！"柳然眼睛大亮，不由得兴奋地叫出声来。

结果，这厕所外面居然立刻传来两声咒骂。

"谁在里面大吼大叫？"

"谁啊？吓我一跳！"

柳然没有去理会他们，当作没听见，目光一直盯着手中这把短剑。

在他的灵魂之力操控之下，这星金哪里还有分毫柔软？竟然变得无比坚硬锋利，哪怕没有进行炼制，也足以与紫玉上品层次的兵刃相媲美！

显然，他的灵魂修为足够去控制星金！

接着，柳然又将它变化成各种形状，都可以轻易控制。

有了这样的东西，他以后要布置什么符阵，所需要的各种符器大多数都可以通过星金变化而成，而不需要再花费时间进行特别炼制。

开心地玩了一会儿之后，柳然控制着这星金包裹住了自己腰间的灵韵宝葫，化作一层银蓝色的外壳。

然后又取出符笔，在外壳上烙印下道道符纹，将它进行加固，哪怕不再用灵魂之力控制它，依旧保持葫芦的形状。

如此一来，他这灵韵宝葫又多了一种功能！

谁能想到，他腰间一个酒葫芦一样的东西，不但藏着他两具分身，而且可以随时变成一把短剑杀敌？

"嘿嘿！这一次在黑市里面能有这样的收获也算是值了！"柳然十分满意地将葫芦挂回了腰间。

这镀了一层银蓝色外壳之后的灵韵宝葫变得更加好看，与柳然身上这一套蓝白色格调的衣裳也颇为搭配。

柳然越看越是喜欢。

随后，他又有些遗憾地叹了一声："可惜，这量还是太少了，否则还真可以成为我的法宝！"

星金的特性还有很多，特别是如果融合其他材料进行炼制之后，发挥出来的效用将会更好！

可惜的是，柳然现在手上的分量也就足够凝聚成一把短剑，对他来说作用比较有限。

"得想办法再多弄一些！"柳然伸手摸了摸下巴，思索道。

就在这时——

"砰砰砰！"一阵沉重的敲门声骤然传来，让柳然不由得微微一惊。

紧接着，他就听到有人在门外小心翼翼地问道："打扰了，里面这位客人，请问你还好吗？"

第二十三章 液态星金

柳然一愣，随即有些哭笑不得。

他这才想起自己现在还占着一个茅房的单间，而且他方才还在这里面又是欢呼，又是怪笑，估计外面的人都以为他疯了！

随后，柳然打开门上的符锁，推门走了出去。

他果然看到外面两三个人站在那里，一副正犹豫着要不要强行控制符阵打开这个单间的模样。

看到柳然走出来了，他们才算是松了口气。

柳然尴尬地笑了笑，对他们说道："不好意思，刚刚我在里面登录了元灵符界玩了一会儿，一时忘记了时间。"

门口的人这才明白为什么方才他在里面又是欢呼又是怪笑了，原来是"玩过头"了！好在这也没给柳然带来什么麻烦，很快他就顺利地脱身了。

只是，柳然意想不到的是，他刚刚心情愉悦地走出这酒楼的茅房没多远，忽然感觉到眼前一黑，整个人几乎要一头栽倒。

"啪！"他一伸手，扶住了旁边的墙壁，脸色一下子变得难看起来。

"我竟然中毒了？"柳然用灵识探察自身，一下子发现了问题。

而且，还是很严重的问题——他中的是一种古怪的毒物，这毒物竟然是灵魂毒素，能作用于他的识海！

此时，在他的识海之中，一片诡异的黑雾正在迅速扩散，侵蚀着识海中的一切！

若不是他的识海浩瀚稳固，灵魂修为颇高，此刻恐怕连意识都不清醒了。

"难怪那个银月如此大方，竟然连星金都拿出来当赎金，原来是暗算我！"柳然眼中不由得浮现出了一抹怒火。

无疑，他之所以会中毒，就是因为方才把玩了一下星金，毒素正是附着在上面，然后通过他的灵识进入他的识海的！

饶是以他的灵魂修为，现在也感觉有些晕眩，而且这种感觉还在加剧。

柳然很愤怒，但又不得不压制住自己的怒火。

他知道自己现在也没办法报仇，当务之急，他必须先找个地方解决体内毒素。

否则，任由这毒素肆虐，他好不容易构建起来的识海说不定会毁于一旦，如果严重的话，甚至有可能会危及他的生命！

恰好他此时所在的这家酒楼也提供住宿，柳然就近住了下来，然后开始想办法驱除识海中的毒雾。

与此同时，炎京城之中另一个分区内某个地方。

"嗡！"随着一抹符光闪过，一个满头银发的青年，带着一群冰狼一族的强者出现在了这里。

他们正是刚刚离开暗符界黑市据点的银月一行人。

此时，银牙吞食了一些灵药之后，状态已经基本好了。

他有些不满地看着银月，道："银月大哥，你明明可以帮我干掉那个家伙报仇，为什么不出手？而且送给了他那么珍贵的东西！"

银月淡然瞥了他一眼，道："放心吧，我的宝贝可不是那么好拿的！"

银牙一愣："你的意思是？"

银月冷笑一声："没有意外的话，那小子现在至少已经丢了半条命，甚至有可能已经死了。"

闻言，周围所有方才还垂头丧气的冰狼一族，一下子瞪大了眼睛，紧接着一个个都目露兴奋之色。

银牙最先反应过来。

他想到了不久之前银月得到了某样珍宝，结果却大叹可惜。

他当时还问过对方是怎么回事。

银月告诉他那珍宝上竟然沾染了某种诡异的毒素，使用它的天劫境层次的强者，或者是大师级别的炼符师，稍有不慎就会有生命危险！

这件事情他的印象非常深刻，所以，此时回想起来，才发现之前银月交给柳然的那个黑色瓶子，似乎就是他之前见过一次的那个装着染了毒的珍宝的瓶子！

想到这里，银牙一下子更加激动，紧张地看着银月，问道："银月大哥，难道你刚刚给他的就是上次你给我看的东西？"

"不错！"银月点头说道。

听到这话，银牙顿时眉飞色舞，大笑起来："哈哈，那太好了！我就说银月大哥一定会为我们报仇的！"

银月则是扫视了他们一眼，淡然地说道："杀人并不是只能一味拼蛮力！我已经不止和你说过一次，可是你从没有放在心上。"

银牙讪讪一笑，心里却不以为然。

他还是觉得，拳拳到肉的战斗，才是真正用自己的实力去消灭敌人。

他甚至还有些遗憾，柳然就这么被毒死了的话，他以后没有亲手报仇的机会了。

对此，银月只是连连摇头，也不再说什么。

然而，就在他们一行开开心心地返回冰狼一族在炎京城的驻地，准备开始大肆庆祝的时候，竟然恰好又遇到了黑山。

仇人见面，双方的脸色都变得难看起来。

在炎京城，除了皇城京畿之外，五大分区其实各有势力割据，对应原本炎玄王朝之内六洲三岛的分布格局。

比如柳然他们来自东洲的人就分属龙卫三区管辖。

冰狼一族、火凤一族、雷熊一族，被称为炎玄王朝三大附属种族，各自的领地就是海外一处岛屿。

其中火凤一族最为强盛，手下还有不少其他的异族归附。所以，火凤一族在炎京城之中的驻地就是独占龙卫四区。

而雷熊一族和冰狼一族势力稍弱一些，则是同在龙卫五区，所以他们平日里的摩擦也不少。正是因此，才会有之前在黑市之中所发生的事情。

此时，冰狼一族这边以银月为首，有十多个人。

而黑山那边也并非势单力薄，他刚才恰好遇到雷熊一族的其他人，现在身边也有七个人，特别是站在黑山身边，一个比他还高出一个头的巨大人熊，气势十分狂暴。

"雷山！"银月目露寒光，扫视着这一头巨熊。

但他眼眸深处，闪过的却是一丝深深的忌惮。

在雷熊一族之中，雷电是他们最为崇拜的图腾，而每一代的雷熊一族里面，也唯有一个人可以用"雷"这个字当名字，表示强大与尊贵。

这个雷山，正是黑山他们这一代雷熊一族之中，实力最为强大的存在！

之前，银月也曾多次与雷山产生冲突，双方各有胜负，实力相差不多。

"哼！"那头巨大的雷熊雷山，此时看着银月也不由得冷哼一声。

见状，银月还没说什么，银牙反而率先表示不满意了。

但他也不敢针对雷山，而是盯上了黑山，忽然讥笑道："黑山，如果我是你，现在就不该在这里炫耀，可怜那个人族把你当朋友，而你却……"

众人的注意力一下子都被银牙吸引过来。

黑山的眼中更是浮现出了疑惑之色，沉声问道："你这话是什么意思？"

银牙故意装出一副很惊讶的模样，道："你竟然还不知道？你那个人族的朋友就要死了！哈哈哈……"

话音一落，周围其他冰狼也纷纷跟着一起狂笑起来。

"什么？"

黑山一下子瞪大了眼睛，激动地叫嚷起来："你在胡说八道！这不可能！"

银牙却连连摇头，讥笑道："啧啧，看来他们也并没有把你当朋友啊，这种事情居然也不告诉你，黑山，不得不说你真是可悲啊！"

"你！可恶！"黑山一下子急红了眼。

他庞大的熊躯随着他剧烈的喘息而鼓动起来，全身的力量也疯狂运转，似乎已经要暴走，准备和银牙拼命一样！

银牙没有动，因为他身上的伤势还没完全好。

不过,旁边的银月却冷哼了一声,一下子释放出了自己气息,压得黑山噔噔倒退。

见状,雷山眼中不由得浮现出了几分怒火,大步走上前来,为黑山挡下了银月的压制。

雷山紧盯着银月,冷声说道:"银月,你竟然敢欺负我雷山的兄弟,看来是想打一架啊!"

银月微微眯起了眼睛,眼中寒芒一闪,道:"如果你不想要命的话,我倒是不介意随时成全你!"

"轰!"双方的气息剧烈碰撞,引得周围的空气都是一阵轰鸣,劲风肆虐。

现场的气氛一下子紧张起来,双方人马进入了对峙的状态,仿佛随时有可能爆发激战。

这也是龙卫五区与其他分区不同的地方,在这里都是异族的人,其他地方基本禁止私斗,这里却一言不合随时可以动手。

当然,产生的破坏他们必须负全责,事后将它复原。

不过,黑山却根本没心思参加这场对峙,方才银牙的话让他心里发堵,总觉得柳然他们应该是出了什么事情。

于是,他趁着此时尝试去联系柳然,却发现柳然完全没有回应。

他只能又转而去联系风素月和云妙伊,结果得到的信息却让他脸色剧变。

因为,云妙伊和风素月告诉他,她们现在也找不到柳然,完全联系不上!

银牙一直在关注着黑山,此刻看到他那焦急的样子,忍不住哈哈大笑起来:"怎么样?黑山,我没骗你吧?那个人族的小子死了!哈哈哈……"

黑山听到这话的时候更是狂怒。

他虽然还不知道具体情况,但是他猜到这事情肯定和银牙他们脱不了干系,愤怒地大吼一声,朝银牙那边扑了过去!

银月见状自然立刻准备出手,可是,他刚准备动的时候,全身却猛地一震。

紧接着,他瞳孔剧烈收缩,满脸的难以置信之色。

"这不可能!"在他嘴角有一丝鲜血溢了出来!

第二十三章 液态星金

第二十四章
震慑众人

银月身上突然的变化，让在场所有人一下子呆住了。

众人都是满头雾水，根本不明白银月本来好好的，怎么就突然吐血了。

原本还得意扬扬的银牙更是一下子蒙了，目光呆滞地看着银月。

他想到了自己方才那么张狂，可能会引来别人打脸，甚至做好准备被雷山攻击，还想好了逃生、应对的计策。可是，他却没想到打他脸的人，竟然是他最敬重的银月大哥！当然，他现在也没时间尴尬或者难看，他现在最在意的是银月到底怎么了？

所以，他紧张地看着银月，紧张地说道："银月大哥，你……"

没等他把嘴里的话说完，忽然听到旁边的雷山发出了一阵刺耳的笑声："哈哈哈，笑死我了！"

原本还在震惊状态的银月，在听到这样的笑声时，脸色一下子阴沉下来。

雷山戏谑地看着银月，十分鄙夷地说道："银月啊银月，你总是一副运筹帷幄、自以为是的模样，今天终于摔惨了吧！"

银月霍然抬起头来，冷厉的目光扫向雷山，那眼神就仿佛要吃人一样。

可惜的是，他这样的表情丝毫吓不住雷山，反而让雷山笑得更加肆意。

雷山继续说道："啧啧啧，你现在这样子还真是难看！虽然我不知道具体是发生了什么事情，但是，我猜你刚才肯定是暗算了什么人，比如黑山的那个人类朋友，不过显然你失败了！"

黑山闻言一下子紧张起来，目光紧紧地盯着银月。

当看到银月脸上的寒意更甚，他一下子明白雷山的猜测是正确的！

瞬间，黑山悬着的心一下子放了下来，几乎忍不住想发出欢呼声。

不过，他还是强忍着，继续听雷山说话。

雷山接着说道："而且，你失败了的代价似乎不小啊，我看你似乎灵魂气息都混乱了，这是灵魂受创啊！看来黑山那个人族的朋友手段很厉害啊，我倒是忽然有点儿兴趣，想去和他结识一番了！"

说着，他扭头看向了黑山，问道："黑山，你不介意把你的朋友介绍给大哥认识一下吧？"

黑山一个激灵，立刻说道："不介意，当然不介意！"

他心中忽然激动万分，也骄傲万分！

这比方才他将那一枚族里急需的灵果，上交给雷山得到奖励的时候更加心情澎湃！

他还从没有做过什么事情，能得到雷熊一族第一天才雷山的认可。

雷山看着激动的黑山，咧嘴笑了笑，又说道："那好，我们走吧，先完成族里的事情，然后我亲自去见一见你的朋友！"

话毕，他拍了拍黑山的肩膀，然后转身带着雷熊一族的人走开。

黑山跟着雷山走开，可是目光却仍然忍不住朝着后方的银月等人看了一眼。

当他看过来的时候，正好看到银月的脸色阴沉，仿佛能滴出水来。

随着他们的脚步越走越远，银月的脸色就越来越难看，终于，他实在是忍不住了，仰头就是一口鲜血喷了出来。

这是硬生生被气得吐血了！

看到这一幕，黑山恍然有所感悟：有时候，比起落井下石，无视反而是对敌人最大的讽刺！

事实上，他们也已经没有任何理由留在这里。

以银月的性格，若是继续刺激对方，说不定他会豁出一切和他们拼命，那样反而说不定他们也会付出一些代价。

而现在他们转身离开，这种理都不想搭理对方的姿态，反而让银月受到了更加巨大的创击，又无话可说。

"银月大哥……"银牙只感觉一种莫大的屈辱感袭上心头，几乎要哭出声来。

他眼中凶光骤现，似乎是想冲过去拦住这群给他们带来屈辱的雷熊，拼死捍卫他们的尊严。

可是，银月却拉住了他。

银月深深吸了一口气，说道："我们走！"

他现在一点儿都不想拼命，哪怕他最终斩杀了雷山又能如何？

在这炎京城中，所发生的一切随时都会被笼罩着这座城池的符阵记录下来，回头别人在笑话他的时候，只会多一个笑点：恼羞成怒，妄图杀人灭口！

而现在银月最想知道的是，柳然究竟做了什么？

为什么他利用秘术在那液体星金之上留下的一丝灵魂印记消失了，而且能隔空给他沉重的一言？

方才让他灵魂受到了创伤的那股危险的炙热气息，又到底是什么东西？

带着满心的疑惑，银月与银牙他们一起离开了这一处街头。

同时，他们开始迅速打听那个叫柳然的少年现在所在的位置。

事实上，柳然此时依旧是在他离开黑市之后所出现的酒楼之内。

干净的客房之内，柳然盘膝而坐，意识却完全沉浸在他的识海之中。

方才，他所做的事情很简单，那就是催动天符之力，将他识海之中那诡异的毒素焚化！

他的解决办法就是这么简单！

事实上，那毒素十分可怕，几乎没有给他任何思考的余地。

所以，他只能采用这种简单的方法，结果却发现天符之力一点儿都没让他失望，不但分化了那些毒素，而且，让他发现了那一丝银月留在那液态星金上的灵魂印记。

于是，之前他曾经用来对付赤刃的五级灵魂秘术——"魂力飞刀"，给了银月一记反击！

如今他的灵魂修为可比当初在迷雾虫山上对付赤刃时强大得多，而且运用这秘术的时候更是动用了天符之力，于是，才有了银月方才的悲剧。

"想暗算我的人，就得做好被我暗算的准备！"柳然解决了自身危机之后，嘴角不由得勾起了一抹笑容。

这件事情并不会就此结束。

他知道方才自己那一击不会伤及银月的根本，但是，他并不在意。

因为，他对银月的回报也才刚刚开始而已！

而就在柳然准备结束修炼，要睁开双眼的瞬间，忽然，他发现了让他意想不到的东西。

在他浩瀚的识海之中，那些毒素被焚化之后竟然并未消失，而是变成了一种他从未见过的神秘能量。

更让他吃惊的是，这种神秘能量受到了莫名的牵引，竟然缓缓飘向了他识海之中沉睡着的柳灵灵！

柳然识海中一望无际的白色云海上空，巍峨的白玉京之内，一切事物如今随着柳然的灵魂修为提升，变得越发真实，宛如实质一般。

而沉睡中的柳灵灵，现在就被柳然安置在了这其中一个房间里。

柳然瞪大了眼睛，看着那静静躺在一张玉床之上的柳灵灵，神色十分吃惊。

此时，柳灵灵身上正笼罩着一片氤氲的紫光，那一身火焰一样的霓裳，本来随着她的灵体与天符脱离之后已经暗淡无光，此刻却仿佛复活了一样，正在熊熊燃烧着，流光溢彩！

这一切的变化，就是来自方才那股被焚化的毒素所化成的能量！

方才柳然看到那些能量靠近柳灵灵，第一时间想到的其实是阻止。

可是，他随后又发现，这样变化的根源，竟然是柳灵灵身上散发出了某种力量，在主动牵引那些毒素能量。

而且，想到那股能量已经被他焚化过之后，并不存在什么伤害能力，柳然也就没有去阻止，静观其变。

谁知道沉睡之中的柳灵灵身上的霓裳，竟然可以自主吸收外界的能量！

最让柳然惊喜的是，随着这股能量被吸收，柳灵灵的气息竟然变得平稳、强大了不少。

"难不成这种能量有助于灵灵恢复？"柳然的眸光兴奋地闪烁着，脑海之中更是快速浮现出各种猜想。

他一直还在发愁不知道怎么帮助柳灵灵，没想到这一次被人暗算却有了这样的意外发现！

如果那毒素被焚化之后，真有帮助柳灵灵恢复的能力，那么他岂不是只要再多找点儿毒素来焚化，就可以提前让柳灵灵醒过来？

只是，柳然随后又有些发愁，因为他方才几乎没有多少时间可以研究，那种古怪的毒素他现在甚至连名字都不知道，就是想多弄一些也无计可施。

思索了半天之后，柳然霍然抬起头来，眼中掠过一丝坚决："看样子，只能从那个什么冰狼一族的天骄银月身上下手了！"

为了柳灵灵，他不得不开始调整心中原本定好的计划，至少在弄到足够多的毒素能量之前，他还不能解决银月。

柳然一边思索着，一边将意识退出识海。

然后，他才发现自己身上的传信符卡震动连连，便立刻取出来查阅信息。

这其中的信息大多数都是来自风素月和云妙伊，另外，刚刚在黑市中认识的黑山也给他发来了不少信息。

而他们传信的内容也十分一致，都是很焦急、担心，在询问他现在的安危。

柳然连忙给他们简单回复了一下，这才让他们稍微安下心来。

不过，云妙伊和风素月还是不放心，询问柳然现在的位置，一定要见到柳然，确认他的确是没事才能彻底安心。

柳然心中流过一阵暖流。

不过，他现在也无法确认自己到底是在什么地方，只知道这一家酒楼名叫牡丹楼。但通过元灵符界查询，炎京城中可是有十几家牡丹楼！

无奈之下，柳然只能起身，从房间中走出来，准备找找这里的侍者询问一下，这里究竟是在炎京城中的什么位置。

一边走着，他还在一边嘀咕着："如果这传信符卡的功能再提升一下，随时随地可以通过元灵符界确定自己的位置，然后将自己所在的位置传输给别人，那就不用这么麻烦了。"

让他意想不到的是，他这脑海之中闪现出来的灵光，随意嘟囔出来，居然恰好落在了从旁边经过的年轻人的耳中。

"咦？"

对方脚步一顿，脸上也露出了兴奋的神色，惊呼道："兄弟，你这个想法不错啊！"

柳然微微一愣，目光扫向了对方，就看到一个年纪与他相仿，一副胖墩墩模样的少年正激动地看着他。

从这少年的衣着看来，对方倒是锦衣玉袍，一副家世不错的模样。

不过，柳然很确定自己并不认识对方，所以也没打算搭理对方，转身又想离开。

谁想对方居然抓住了他的手，不让他离开。

"阁下有何贵干？"柳然不解地看向对方。

结果，这小胖子居然指着自己，问柳然道："你竟然不认识我？"

柳然嘴角微微一抽，反问道："难道我应该认识你吗？"

小胖子挠了挠头，随即恍然大悟，道："我知道了，你应该是刚刚来到这炎京城的吧？难道是为了参加国战？"

柳然眉头一掀，道："这你也能看得出来？"

小胖子嘿嘿一笑，道："若非如此，你应该不会不认识我！"

柳然这下子算是稍微有些看明白了。

眼下这个小胖子可能是这炎京城中某个名人，但可惜的是他并不认识，对方也通过这一点推断出他是刚到这炎京城不久。

再加上一些简单的猜测，能猜到他是来参加国战的也就不奇怪了。

明白了这一点时，柳然向对方拱了拱手，道："幸会幸会！不过我还有事，就先走一步了！有缘再见！"

然后，他再一次转身就要离开。

然而，那小胖子却一下子又抓住了他，再次说道："别那么急着走啊，兄弟！"

柳然终于有些不耐烦了，问道："阁下，有事就直说，我真有急事。"

"你有什么急事可以和我说啊！"小胖子说道，"实不相瞒，我在这炎京城多少还算是有点儿势力，一般的事情我可以帮你搞定！"

柳然眼中浮现出了几分玩味，开玩笑般地说道："这么厉害？那么，你能不能帮我把冰狼一族的银月抓过来？"

他本来以为对方听到这话会面露尴尬之色，没想到小胖子居然面不改色，一副很轻松的样子说道:"我还以为是什么重大的事情,就这点儿小事,没问题!我现在就安排别人去帮你办了!"

听到这话,柳然有些惊讶。

在这炎京城中,能不把冰狼一族放在眼里的人,要么是实力强硬过人,要么就是根本不知道冰狼一族的厉害!

柳然不知道此人属于哪一种,但他终于对此人产生了一些兴趣。

他没有让对方立刻动手,只是问对方道:"阁下这么热心帮我究竟是为了什么?还有,阁下究竟是什么人?"

片刻之后,牡丹楼,一处高级雅间之内。

柳然与那刚刚认识的小胖子来到了这里,坐了下来,然后叫了一桌丰盛的酒菜。

当然,在来这里之前,柳然已经知道了这个地方具体的位置信息,并且将相关的信息传信给了云妙伊和风素月他们。

风素月她们表示要赶到这里来,柳然才有心思与这小胖子坐下来吃喝聊天。

这牡丹楼倒也有意思,整个雅间之内到处都是和牡丹有关的布置,就连桌椅都是牡丹雕花。

柳然仔细观察更是发现这桌子上的牡丹图案之中,暗藏着精密的符阵。这些符阵大概的功能就是加热、冰镇等,完全就是为了菜式而服务。

"正式自我介绍一下,我是陆轩,多宝阁的少当家。"小胖子陆轩坐在柳然的对面,面带微笑地对柳然说道。

"柳然,很高兴认识你!"柳然笑着说道。

见此,陆轩忽然苦笑起来,说道:"我现在更相信你是刚刚来到炎京城了,你居然连我们多宝阁都不知道。"

柳然眨了眨眼睛,却一点儿都不尴尬。

自己的确是外地人,也是刚刚来到炎京城,对很多事情也的确是不了解,可是他一点都不觉得自己低人一等,所以没什么好尴尬的。

柳然反而单刀直入,询问对方:"你刚刚拦住我到底有什么事情?现在总可以说了吧?"

对此,陆轩又是一阵苦笑。

他陆轩以前都是被人捧在手中,别人巴不得多和他说点儿话,柳然却自始至终都是一副不耐烦,想赶紧走的样子!

这种落差让他感到无奈,同时又让他觉得很新奇。

陆轩轻轻摇头,旋即正色对柳然说道:"实不相瞒,我其实是对于柳兄弟方才提到的那个通过元灵符界进行位置传输的想法很感兴趣,想仔细问问柳兄弟有没有什么构想？或者有没有兴趣与我进行合作？"

他满怀期待地看着柳然。

"就这个？"柳然却对他所说的这一番话，感觉到有些愕然。

谁知陆轩见他如此居然更加郑重，说道："柳兄弟，你可别小看了你刚才的这个想法，若是运用得当，完全可以为人族的生活带来巨大的改变！"

"这个我倒是不怀疑，只是我有一件事情不太明白。"柳然看着陆轩说道。

"什么事情不明白？"陆轩问道。

"你既然听到了我的话，而且都已经有了自己的构想，怎么那么执着于要和我合作？"柳然说道，"按照你的实力，想必找人来帮你实现你的想法应该也不难吧？"

他虽然依然不知道这小胖子的来历，但从对方的举止言行，还有衣着来看，他在这炎京城中都算得上是比较厉害的人物。

这样的人，恐怕想找大师级别的炼符师出手帮忙，都是轻而易举的事情！

有钱，他大可自己赚！

可是，这小胖子却一直缠着他，这一点让柳然有些无法理解。

让柳然意想不到的是，在听了他这一番话后，陆轩居然仿佛受到了莫大的侮辱。

他一副很受伤的模样，对柳然说道："如果我不知道你之前不认识我，我现在肯定要生气！"

柳然一怔："这是什么意思？"

陆轩骄傲地说道："我陆轩是谁？我可是多宝阁的少主！我当会做这种窃夺他人想法谋取私利的事情？说出去我还怎么在这炎京城之中立足？"

柳然还真没想到对方居然是为了自己的信誉和原则，才会做出这样的举动。

不过，他倒是对这个小胖子多了几分好感。

恰在这时，酒楼的侍者开始将他们点的酒菜逐一端了上来，摆满了他们面前的牡丹桌，一时间，香气萦绕鼻尖，让柳然也不禁食指大动。

柳然端起杯子，对陆轩说道："是我的不对，我敬你一杯，算是向你赔礼道歉！"

"不知者不怪，干！"陆轩咧嘴笑了，与他碰了一下杯子，然后两个人都将杯中的酒水一饮而尽。

一杯酒下肚之后，陆轩变得更加活跃。

他对柳然说道："柳兄弟，我简单介绍一下我们多宝阁吧！我们多宝阁是这炎京城中最老牌的珍宝商行，论宝物，我们或许品种不如炼符师公会全，但是珍宝却一点儿都不比炼符师公会少！"

"哦？"柳然脸上顿时更多了几分兴致。

随后，在陆轩的解释下，柳然才知道这多宝阁有多么神通广大。

这个珍宝商行经营各种成品符器、符卡、符丹，同时也经营各种珍稀异宝，炼符师公会有的，多宝阁基本都能找到，炼符师公会没有的，多宝阁也有！

在炎京城之中，无数炼符师以能将自己的作品送入多宝阁销售为荣，更有不少大师级炼符师成为多宝阁的供奉。

而多宝阁的阁主，也就是陆轩的爷爷本人，就是炎京城炼符师公会的顶尖高层之一，任职副会长，本身还是一位宗师级别的炼符师！

听陆轩说了一大堆之后，柳然不由得竖起了大拇指，道："厉害，厉害！"

陆轩则是嘿嘿一笑，道："柳兄弟，我们多宝阁这些年经营的很多东西都在炎京城中数一数二，唯有这悬浮飞车，我们却一直只是几大商行之中垫底的存在！不过，你今天的一句话，却让我忽然找到了一个方向！"

他忽然兴奋地站了起来，手舞足蹈地说道："如果我们的悬浮飞车可以随时准确知道自己所在的位置，甚至可以通过元灵符界的指引，实现自动确定目的地与前进路线，那将是一个伟大的改变！"

柳然点了点头，道："如果真能实现，的确很让人期待！"

悬浮飞车驾驶，一般都需要熟悉路线的车夫驾驶，但哪怕如此，依旧常有迷路的尴尬情况出现。

如果到了陌生的地方，这种情况更是让人十分头痛。

而现在陆轩所描述出来的场景，却让柳然忽然感觉到这种情况似乎可以解决了！

陆轩则是紧紧地盯着柳然，道："实现是肯定可以的，而这一切的到来就是因为你方才的一句话！"

柳然闻言心中不由得一震，这才明白自己方才随意的一句话将会带来这么大的改变！

陆轩则是继续盯着柳然，满怀期待道："怎么样，兄弟，有没有兴趣和我一起做大事情？"

第二十五章 登门求医

牡丹楼这一场酒宴持续没多久就结束了。

不是因为柳然他们二人吃得不愉快，而是因为两个人达成合作意向后，一聊起来就是各种奇思妙想碰撞出来。

结果陆轩就迫不及待地要赶紧去安排这件事情了。

柳然需要做的事情比较简单，那就是提供更多可参考的点子，而陆轩则是着力安排人手将其逐步实现出来。

至于利益分配，柳然原本只想要三成，陆轩却硬是要与他五五分账。

他的理由很简单："如果没有你的想法，就不可能有我们这项任务，更何况它本身对于我们多宝阁而言最大的意义可不是赚钱！"

最终，柳然退让了一步，说："那就四六分成吧！"

陆轩还想坚持自己的想法，可是最终没有说服柳然。

他无奈接受，苦笑着说道："我还是第一次这么主动要把利润让给别人，而你居然还不要！"

关于两个人的合作，不管是陆轩还是柳然都希望暂时保密，他们之间也只是通过元灵符界签订了一份合作协议。

签订合作协议之后，陆轩就离开了，而柳然还是继续留在牡丹楼这一处雅间之中。

毕竟，他还要等着和风素月他们会合，而且他们刚刚点的酒菜可不少，基本没怎么吃，他也不想浪费。

结果就在他吃得兴起的时候，风素月和云妙伊来了。

她们一进门就看到柳然在大吃大喝，顿时感觉气不打一处来。

"砰！"风素月走上前去，一巴掌拍在桌子上。

她叉着细腰，明眸圆瞪，一副气呼呼的模样对柳然说道："小然子，你太不像话了！我们两个找你找得那么辛苦，结果你居然在这里大吃大喝！"

云妙伊的性格娴静，倒是没有开口说什么。但从她冷漠的脸色可以看出，她对柳然这样的举动十分不满意。

她们两位大小姐为柳然担心了半天，看到的居然是这种画面，简直是气死她们了！

柳然手里正抓着一只鸡腿啃着，闻言也不由得尴尬一笑，然后将手中的鸡腿递了过来，小心翼翼地说道："那个，还挺好吃的，要不你们也来吃点儿？"

他本来也就意思一下，没想到风素月居然当真了，走上前来，将他手里的鸡腿抓了过去，也不管是他啃过没有，塞进嘴里就啃了起来。

"咦？好像还真挺好吃啊！"一边吃着，风素月还一边赞叹了一声。

云妙伊："……"

她终于明白，为什么自己和这个"疯丫头"一直合不来了。

真是不像话，竟然被一只鸡腿给收买了！

没有了风素月与她统一战线，云妙伊最终也只能不再计较这件事情，无奈地坐下来与柳然他们一起享用这桌子上的美食。

三个人一边吃着，柳然一边给她们简单讲了一下方才的事情。

当听到这一顿饭居然是多宝阁的少主陆轩请的，两个人一下子就不淡定了。

"竟然是他？"

"想不到堂堂的多宝阁少主居然会跑到这种地方吃饭！"

风素月和云妙伊都有些吃惊。

柳然讶异地看着她们两个人，道："你们用得着这么惊讶吗？那小子真有那么厉害？"

在他看来，或许陆轩有点儿背景，但估计并没有厉害得那么夸张，毕竟柳然在对方身边可是连一个随从都没有看到。

对于柳然这种显得十分无知的问题，风素月和云妙伊也是一阵无语。

风素月扶着额头，一副被柳然打败的模样，道："那可是多宝阁！传闻是天帝风剑尘一统人族疆域时就已经存在，炎玄王朝之中最古老也是最强大的势力之一！"

云妙伊则是问柳然道："经过了上一次的事情，你现在的身家应该也不少了吧？一两亿？"

柳然倒也不隐瞒，点了点头："差不多。"

云妙伊说道："据我所知，这位少阁主每年的零花钱，就差不多是这个数！"

听到这里，柳然一下子不淡定了，道："不是吧？我拼死拼活才发了这么一笔横财，结果居然只是人家的零花钱？"

"虽然我不想打击你，但事实就是如此！"风素月一脸怜悯地看着柳然。

柳然忽然怪叫一声："亏了！早知道那家伙身家那么丰厚，我刚才还和他客气什么？"

第二十五章 登门求医

风素月和云妙伊二人不禁有些好奇："你做了什么？"

柳然把自己方才让出了一成收益的事情说了一下，结果风素月听完大骂他败家。

云妙伊也不由得轻叹一声，道："你倒是大方，以多宝阁的能力，真要是把你们所说的东西实现，那一成利润至少是好几千万金币！"

"亏大了！"柳然满脸的无奈。

当然，柳然却一点儿都没有后悔，再给他重来一次，他还是会那么做。

有些原则，不是可以用金钱来衡量价值的。

片刻之后，柳然三个人终于解决了这一顿丰盛的午餐。

云妙伊对柳然说道："今天我们就去拜访那位宗师吧！"

风素月也立即点头说道："没错，早日开始治疗的话，或许你在国战之前还有希望复原。"

柳然感受到她们两个人的关心，心中却多了几分愧疚。

事实上，他根本一点儿事都没有，只不过演戏要演全套，现在他都已经装成这模样了，自然也得和风素月她们去意思意思。

所以，柳然点了点头，道："好！"

而后，他们一同离开了牡丹楼，登上了云妙伊让人准备的悬浮飞车，赶往她所说的那位宗师的住处。

而就在柳然他们出发去求医的时候，陆轩已经回到了多宝阁，并且将一些相关的安排布置了下去。

计划开始一步步展开之后，他的心情十分愉悦。

旋即，他像是想起了什么事情，忽然将一位多宝阁的管事叫了过来。

"见过少爷，不知道少爷有何吩咐？"那名管事来到了陆轩的面前，恭敬行礼。

陆轩咧嘴一笑，道："你去帮我做一件事情，把冰狼一族的银月给我抓来！"

管事一下子愣住了："冰狼一族得罪了少爷吗？"

陆轩淡然说道："没有，不过就是看他们不顺眼而已，你照办就是了！"

"是！"管事应了一声，旋即躬身退出了房间。

整洁的街道上，一辆精致的悬浮飞车缓缓地行驶着。前进的方向正是这炎京城之中的炼符师公会。

车厢之中，柳然、云妙伊、风素月三个人面对面坐着。

柳然在把玩着身旁一张茶几上的茶具，一副十分随意的模样。

风素月和云妙伊两个人看到他这模样，一时间都感觉很气愤。

风素月最先忍不住吐槽道："你现在还有心情喝茶？难道你就一点儿也不紧张？"

柳然微微一愣，不解道："我为什么要紧张？"

云妙伊无语道："我们现在可是要去求见一位宗师，人家地位崇高，很有可能根本不见我们，难道你就没有考虑这些问题？"

柳然挠了挠头，道："如果他不见我们，到时候再想办法，现在烦恼这些又有什么用？"

可是他虽这么说，风素月和云妙伊还是觉得很烦恼，觉得柳然没心没肺，都不关心自己的身体。

柳然则是很无语，觉得她们烦恼太多。

当然，其实这也多少和他清楚自己身上并没有什么问题，不需要什么救治，甚至巴不得对方将他们拒之门外有关系。

毕竟，万一要是被那位宗师看出，他其实身上并没有问题，传扬出去，之前他所做的一切就都白费了。

柳然其实也考虑过，要不要将真相告诉风素月和云妙伊。

但是，他头痛的是，他之前选择隐瞒，现在云妙伊和风素月为他安排了这么多事情，他中途再说自己身体并没有问题，搞不好云妙伊和风素月都要发飙了！

就是因为这样的纠结原因，柳然才一直犹豫不定。

而他犹豫着犹豫着，就发现他们已经来到炼符师公会的门口了。

见此，柳然也知道自己只能先进去看看再说了。

随后，三个人便一起下了悬浮飞车，步入炼符师公会。

这炎京城的炼符师公会比起东川城而言，规模倒是相差无几。

但从一些细节就可以看出，这炎京城的炼符师公会各种布置更为精致、玄妙，某些建筑材料都是十分稀罕的珍材。

而且，这炼符师公会在这炎京城一共有五处分会，龙卫一区的分会规模最大，乃是整个炎玄王朝最高等级的分会，其他四个分区则是等级和东川城这样的府城相当。但不同的是，炎京城的每一处炼符师公会之内，都有宗师级别的炼符师坐镇，大师级别的炼符师数量更是数倍于东川城！

特别是最重要的龙卫一区的炼符师公会分部之中，足有三位宗师、三十位大师！

再加上另外四大分部，各有一位宗师和十来位大师，这整个炎京城算下来就是一共七位宗师、七十多位大师！

当然，这些人也是挂名于此而已，并不是每一位都常驻炎京城，一般情况下能找到一半人就算不错了。

柳然他们此时拜访的，就是龙卫三区的炼符师公会分部。

一进入这炼符师公会之中，柳然的第一感觉就是：这地方似乎没有东川城的炼符师公会那么热闹！

事实上也的确是如此。

东川城之中，大多数人采购各种符卡符器之类的，还是更倾向于去炼符师公会，因为东西齐全，哪怕本城无法炼制的，也可以通过炼符师公会内部的渠道从其他公会调取。

而在这炎京城就不同了，这里各大家族谁家里不养着一些大师级炼符师供奉？他们开设的各类商店更是早就将市场占据。

而且，这炎京城的元灵符界更为完善，通过元灵符界交易变得更加迅捷。

不管是在炼符师公会购物，还是在其他商店购物，几乎都不用出门，元灵符界上交易就会自动送上门去，非常便捷。

柳然他们三个人找到了一位管事，亮出了三个人的炼符师徽章，就被侍者带着前往公会内院的区域。

炼符师公会的大厅对外开放，但内院区域就只有公会的炼符师才能自由出入了。

片刻之后，柳然他们来到了一处精致的别院面前。

刚刚来到这里，柳然他们就看到门口两名年轻男子守着。

一看到柳然几个人，其中一名男子眉头一皱，问道："你们是谁？有什么事情吗？"

带着柳然他们过来的侍者说道："吴公子，方公子，这三位是来自东川城的炼符师，他们想求见一下孙宗师。"

随后，她又转身给柳然他们介绍说道："三位，这两位是吴峰、方乐两位公子，他们都是孙宗师的弟子。"

"两位有礼了。"柳然三个人都与对方见礼，算是打了声招呼。

可是，吴峰和方乐两个人却似乎并不怎么领情，反而神色有些冷淡。

吴峰则斥责那位侍者，说道："你们怎么回事？不是和你们说了师父最近开始闭关，不要让任何人来打扰吗？"

那名侍者被他吓得俏脸煞白，心中却感觉十分委屈。

因为她根本不知道这件事情，而且管事刚才也什么都没和她说啊。

不过，深知这两个人地位不凡的她，根本不敢开口反驳，反而连连道歉赔不是。

那方乐却适时开口了，说道："吴师弟你何必如此？或许他们管事只是一时疏忽忘了通知下去而已，不要吓到人家小姑娘。"

那名侍者顿时对方乐投去了感激的目光。

方乐随后又将目光转向了柳然三个人，略带歉意地说道："三位，不好意思，你们来得真不巧，我们老师昨日忽然有所感悟，现在已经闭关，暂时不接见任何客人，让你们白跑一趟了。"

柳然不由得一愣，没想到竟然会是这样的结果。

不过，这样的结果倒也正如他所愿，反倒让他暗自松了口气。

风素月和云妙伊两个人可就不乐意了。

风素月脾气比较急，说道："怎么这样？我们之前不是都已经约好了吗？"

她看向了云妙伊。

云妙伊也是柳眉微蹙，对吴峰、方乐两个人说道："两位，不知道孙宗师有没有说闭关到什么时候？"

方乐无奈地耸了耸肩，道："这个我们就无法确认了，老师闭关比较仓促，并没有告知我们什么时候出关。"

闻言，云妙伊和风素月的脸色都难看起来。

饶是涵养很好的云妙伊，此时也不禁有些生气了。

来这里之前，她通过家族的关系，与这位孙宗师已经联系好了，然后满怀期待地来到这里，想帮柳然解决问题。

本来，她做好了孙宗师可能也对柳然的状况束手无策的心理准备，谁知道遇到的竟然是这样的结果，对方根本连见都不见他们！

之前的联系被对方无视了！

哪怕对方是地位崇高的宗师，也不应该如此无礼吧？

不过，哪怕心中很气愤，云妙伊还是强忍着，甚至拉住了想发飙的风素月。

然后，她十分客气地对吴峰、方乐两个人行了一礼，说道："两位，我们确实有非常紧急的事情，而且之前也的确已经和孙宗师约好见面，还请两位通融一下，代为通知一声吧！万分感谢！"

柳然见此，心中又多了几分惭愧的情绪。

他张口就想劝阻云妙伊，可是他话还没出口，就听那吴峰嗤笑一声，道："我们都说了，老师在闭关，叫你们等老师出关之后再来，你怎么就听不懂？你以为你们是谁？你们的事情能比一位宗师闭关重要？打断了我们老师的感悟，你们赔得起吗？"此言一出，就是柳然的脸色都变得难看起来。

"你！"风素月更是快气炸了，恨不得冲上去抽那吴峰两巴掌。

方乐似乎也感觉吴峰说话太过分了，沉声呵斥道："师弟，不得无礼！"

然后，他又对柳然他们说道："三位，真的是不好意思，老师在闭关之前的确通知我们不要让人打扰他，我们也没办法。不如，等老师出关之后，我们第一时间通知你们过来可好？"

听到这话，柳然却神色冷漠。

这方乐倒是伪装得不错，可惜的是，他还是看出了一些端倪。

对方在说出这番话的时候，眼中分明闪过一丝隐晦的笑意。

显然，方乐此刻也不过是在惺惺作态，与那吴峰两个人一个唱红脸、一个唱白脸而已。

如此一来，如果柳然他们闹起来，反而会显得非常失礼了。

只是，柳然不明白的是，他和这两个人素未谋面，对方怎么会如此针对他们？

柳然拉住了还想争取一下的云妙伊和已经生气的风素月，深深地看了方乐两个人一眼，缓缓说道："就不劳烦两位了，既然孙宗师现在没空，那么我们只能去请其他宗师相助了！"

方乐微微一怔，总觉得柳然像是发现了什么。

不过，事到如今，他也只能装作毫不知情，说道："这样也好，那么，三位请慢走，我等还要为老师护法，就不送了！"

"告辞！"柳然对他们一拱手，转身便拉着风素月和云妙伊两个人一起离开了。

那名侍者在旁边看得一愣一愣的，眼看柳然他们离开，她自然也没有必要再待在这里，同样施了一礼之后就离开了。

等他们都走了之后不久，方乐才忽然对院子里喊了一声："凌雪，他们已经走了，你出来吧！"

声音一落，院子里走出一个娉婷少女，正是燕凌菲的妹妹燕凌雪！

在燕凌雪的身边，还跟着她的随身管家钱松。

燕凌雪走到院子外面，嘴角带着笑容，对吴峰和方乐说道："多谢两位师兄出手相助！"

方乐有些无奈地瞥了她一眼，道："凌雪，这一次我们哥俩为了你可是彻底得罪了人家东川城的天才，回头老师要是责问起来，你可要帮我们！"

燕凌雪拍着胸脯说道："放心吧，方师兄，老师那边真要是怪罪起来，所有责任我来承担！"

结果这话一出，吴峰有些不乐意了。

吴峰不满地对方乐说道："师兄，你怎么能这样？不就是几个乡巴佬吗？师父还真能因为他们而责问我们？更何况，咱们也没做错啊，师父的确是在闭关，我们为师父考虑，这难道有什么不对吗？师父真要是怪罪起来，我一力承担！"

方乐无奈地看了吴峰一眼，却也没有再多说什么。

既然吴峰这么想打肿脸充胖子，他就成全对方好了。

吴峰则是自以为做了一件很有面子的事情，得意扬扬地看着燕凌雪。

燕凌雪只是笑了笑，却并没有去理会吴峰，说道："两位师兄，我还有点儿事情，就先告辞了，改日再请两位师兄吃饭！"

吴峰闻言笑了起来，喜滋滋地说道："好，凌雪师妹，那我可就等着了！"

方乐也说道："凌雪，有事情你就先去忙吧！"

燕凌雪与他们道别，带着钱松往炼符师公会之外走。

离开那小院不久之后，作为管家的钱松就忍不住说道："小姐，咱们这么做真的好吗？他们怎么说也都是大小姐的朋友，万一大小姐发现……"

燕凌雪没等他话说完，就不满地开口打断说道："钱叔，你什么时候胆子变得这么小了？这件事情，你不说我不说，吴师兄和方师兄自然也不可能说出去，姐姐怎么可能知道？"

钱松闻言，虽然依旧有些担心，但他也没有再说什么。

燕凌雪则是转移了话题，说道："你快让那些盯着他们的人看看他们到底去了什么地方，我倒是想看看他们现在到底是什么表情！"

钱松也只能点了点头，然后开始联络负责盯梢的燕家手下。

片刻之后，他们就得知柳然他们去了牡丹楼，所以也很快就赶到了这里。

就在燕凌雪兴致勃勃地想去看看柳然他们被人赶走之后是如何愤怒的时候，却完全不知道在他们离开炼符师公会不久，一个娇小玲珑的身影就从角落中走出来。

她看着燕凌雪离开的方向，嘴角勾起了一抹俏皮的笑容："嘻嘻，想不到这一次来炼符师公会，恰好让我看到这么有趣的事情！"

此时，在她手中竟然还握着一个镜子一样的符器，上面正幻化着一幅幅画面，是方才在孙宗师的院子门口所发生的一幕。

少女思索一下，最终下了决定："这么有趣的事情我可不能独享！"

然后，她就将这影像传输到了元灵符界之中。

片刻之后，一个名为"东川城第一天才柳然炼符师公会求医，为何惨遭拒绝"的影像引起了不少人的注意。

第二十七章 银月被擒

牡丹楼之中，之前柳然和陆轩会面的雅间之内。

柳然带着云妙伊、风素月来到了这里。

"砰！"风素月一进来就狠狠地拍了一下桌子，怒骂道："真是气死本小姐了！"

带着他们来到这雅间之中的牡丹楼侍女被她吓了一跳，还以为自己做错了什么，有些惶恐地看着风素月。

柳然无奈地对她摆了摆手，说道："你先下去吧，我们先看看要吃什么，等会儿再叫你。"

"是！"侍女恭敬地欠身，随后退出了雅间，顺手将房门也关了起来。

柳然则是看向了房间中还在生气的两个少女，说道："好了，你们也别气了，因为那样的人而把自己气坏了，不值得。"

风素月见他语气平静，一边劝她们，一边还顺手打开这雅间之中的符阵，调出了一个虚幻的光幕，一副已经开始挑选菜式的样子，顿时也有些无奈。

她郁闷地说道："您老倒是涵养好，一点儿也不生气，反而把我们给急坏了！"

柳然笑了笑，道："我已经看开了，更何况生气也改变不了任何事情，只能找机会再好好回报一下他们了！"

听到这话，一直在旁边生闷气没开口的云妙伊反而忽然一惊。

云妙伊立即劝阻道："柳然，你可别冲动！那两个人虽然实力和炼符术造诣现在不如你，可是，他们背后可是一位宗师，因为这件事情而树立这样一个敌人并不理智！"

原本还气呼呼的风素月也连忙说道："没错，柳然，你可别冲动行事！"

柳然觉得貌似宗师也并不是多么了不起啊，暗符灵界之中可是有不少人都是宗师，而且他父亲柳冲霄很可能本身就是一位宗师！

不过，他也知道云妙伊和风素月是出于关心他，所以没有说出这样的话来。

他只是笑了笑，说道："你们放心吧，我倒是不会正面去做一些什么，不过，他们应该也会参加精英符修大战吧，到时候在比赛时被我打倒，他们的老师也不会多说什么吧？"

听到这话，云妙伊才松了口气。

风素月却是兴奋起来，挥舞着拳头，说道："没错，等比赛我们再好好教训教训他们，尤其是那个吴峰！我要让他知道花儿为什么这样红！"

看到她们两个人总算不再生气了，柳然说道："咱们还是先叫点儿吃的吧。"

"嗯，赶紧吃完再去龙卫二区的炼符师公会看看！"云妙伊点头说道。

要拜访另一位宗师，并不是随时去就可以的，必须要提前约好时间，否则人家根本没空搭理就尴尬了。

所以，柳然他们才会在离开了炼符师公会之后，先来到这里准备就餐，顺便休息一下再动身。

而就在柳然他们收拾好心情，开始享用这牡丹楼的美食时，却不知道他们隔壁房间有人等得很焦急。

这个人正是刚刚尾随柳然他们而来的燕凌雪。

燕凌雪本来是打算过来看好戏的，就想看看柳然他们抓狂愤怒，却又无计可施的模样。

可是，来到这里之后，她待在柳然他们隔壁的房间，却发现除了最开始风素月拍的那一下桌子之外，隔壁的雅间里一直很安静。

第一时间，她想到的自然不是她的计划失败了，而是觉得柳然他们很有心机。

"竟然还知道开启符阵，隔绝房间里的声音！看来也知道不能让自己的丑态让别人知道啊！"燕凌雪得意地一笑。

可是，看不到又听不到，让她又感觉少了一些成就感。

于是，她左思右想，决定冒着被柳然他们发现背后是她在捣乱的危险，让钱松假装是进错房间，开一下柳然他们的雅间房门看看情况。

钱松听到她这样的要求自然是非常无语，可是作为仆人，他又不敢违背这位小姐的命令。

最终，他只能无奈走出房间，硬着头皮，准备去打开柳然他们的雅间房门。

可是，他们才刚刚出了自己的雅间，就看到外面来了一群人，匆匆地从他们面前经过。

一看到这一群人，两个人都惊呆了，随后立刻退回到房间中。

第一个原因，这群人身上散发出来的气息太危险了，他们似乎还押着一个什么人。

第二个原因，他们认出这些人的身份都不简单！

退回房间中之后，燕凌雪都还有些惊疑不定，问钱松道："钱叔，刚刚那些人似乎是多宝阁的人？"

钱松咽了咽唾沫，重重地点头，说道："没错，我认出为首的人就是多宝阁的宋管事！"

"咕噜！"

燕凌雪咽了口唾沫，又有些惊疑不定道："多宝阁不是一直都与人为善吗？一个管事带着一群凶神恶煞的手下到这里来，到底是想干什么？"

在这炎京城中，能够让她感觉到如此惶恐的人还真不多，多宝阁却算是其中一个。

因为燕凌雪曾经在陆轩的手中栽过跟头，而且吃了很大的亏！

以前她曾以为这多宝阁也就与他们燕家势力相差不多，但从那次之后她就得知了，多宝阁竟然与军方还有关联！

能够在国家军队之中说上话的势力，在整个炎玄王朝都屈指可数！

他们燕家如今虽然势力也不小，但还没能做到这一步。

所以从那之后，燕凌雪对多宝阁的人就十分敬畏。

钱松在旁边沉默不语，脑海中却在快速思考着，方才那个被宋管事押着的人究竟是什么人。

蓦然，他瞪大了眼睛，脸上露出了惊骇之色。

他失声惊呼道："竟然是银月！"

"什么银月？"燕凌雪疑惑地问道。

钱松艰难地说道："刚……刚刚，他们押着的那个人，是冰狼一族的天才银月！"

"什么？"

燕凌雪一听他这么说，也想起了方才被押送着的那个人，可不就是之前她看到过资料的银月。

当初，她父亲还告诉她，这个人将会成为她姐姐在精英符修大战之中的劲敌！

可现在，他竟然宛如死狗一样，被多宝阁的人抓住，而且押送到了这里来！

这是何其震撼的一件事情！

燕凌雪久久都无法平静下来。

对比起她方才利用方乐、吴峰两个人，将柳然他们挡在了门外的小手段，多宝阁这才是真正的大手笔！

一言不合就将天狼一族的天才生擒而来！

这种事情，她之前根本无法想象，此时却亲眼所见。

在震撼之后，燕凌雪对于多宝阁为何会生擒银月，并且押送到这里来非常好奇。

就是这样的好奇心，驱使她惊醒过来，然后再次走出房间，想看看那些多宝阁的人究竟打算将银月押送到什么地方去。

结果，她再次被吓呆了。

因为，她骇然看到了多宝阁那位宋管事竟然带着手下，将昏迷状态中的银月押送进了她隔壁的房间。

那个正是如今柳然他们所在的房间。

管家钱松在旁边也看到了这一幕，同样难以置信。

他们的第一个念头就是：难不成是进错了房间？

可是，他们却分明又看到那位宋管事进入雅间时候，还吩咐两名手下在外面守着。而且，他们也听到了宋管事进入雅间之后，语气恭敬地说道："老朽见过柳公子，见过两位小姐，打扰你们用餐了，还请见谅。"

虽然后续的对话内容随着隔壁雅间的房门关闭，燕凌雪他们无法听到，但从这句话他们就可以听出：这宋管事分明就是来找柳然他们的！

燕凌雪的呼吸忽然有些急促，心中涌现出了一个大胆的猜测：难不成，他们将银月弄到这里来，就是为了见柳然？

这一瞬间，她觉得心跳都快停止了。

她感觉自己发现了一个惊天的大秘密，同时，也感觉自己似乎惹上了某种可怕的麻烦！

柳然竟然和多宝阁的人有关系，这是她始料未及的。

若是早知道，她今天根本不可能怂恿方乐和吴峰搞出刚才那一出让柳然他们难堪的好戏。

若是柳然真和多宝阁的什么大人物有交情，回头又发现了今天的事情是她燕凌雪在背后操控……

燕凌雪几乎不敢想象下去了，只知道到时候恐怕自己的下场，不会比刚才看到被生擒押送过来的银月好！

不过，她实在是无法接受这样的事实，摇了摇头，道："不，不会的！说不定那家伙和多宝阁根本不是有什么交情，而是得罪了多宝阁，现在多宝阁的人要来把他也抓拿回去！"

想到了这里，她的心情总算是安定了一些。

只是，看到那雅间的房门一直没有打开，她就根本不敢放下心来，就这么焦急地站在她订的这雅间门口，密切关注着隔壁的状况。

方才她还想过要强闯柳然他们的房间，看看柳然他们狼狈的样子，现在她倒是不敢了。

就连她自己都没发觉，随着多宝阁的人出现，一股惶恐的情绪正在不断侵袭着她的心神。好在宋管事最终还是从柳然他们的雅间里走了出来。

第二十六章 ✦ 银月被擒

203

不过，燕凌雪却发现这位宋管事走的时候，并没有看到他们带来的银月。

换言之，银月应该是被留在柳然他们那个雅间之中了！

也恰是这个时候，钱松似乎刚刚得到了什么重大的消息，脸色骤然一变。

然后他焦急地对燕凌雪说道："小姐，我刚刚收到消息，一个疑似柳然的人在黑市之中与冰狼一族的人发生了冲突，还被柳然落了大面子，最后是银月亲自出面才了结了这件事情。"

"什么？"燕凌雪大吃一惊，声音差点儿惊动了外面正在送客的柳然。

她慌忙躲进雅间中，将房门关得紧紧的。

然后，她才询问钱松消息的细节。

钱松仔细说完之后，又推测道："现在看来，恐怕银月和柳然的冲突还有后续的发展，所以才会演变成这个样子，就连多宝阁都参与进来了！"

"他们竟然真的是特地将银月给那个家伙送来的！"燕凌雪彻底蒙了。

她实在是不明白，柳然身上究竟有什么魔力，竟然搭上了多宝阁这个燕家都要敬畏三分的大靠山。

最可怕的是多宝阁竟然还为他不惜得罪冰狼一族，把银月都抓了起来！

透过这件事情，她如何能看不出柳然与多宝阁绝对是关系非同一般。

想到这里，燕凌雪心中的惶恐就越加强烈。

她对于柳然的感觉更是从讨厌转变为畏惧，对于今天自己耍的小聪明更是后悔莫及！唯一让她庆幸的是，柳然目前还不知道他见不到孙宗师的事情与她有关。

"只要我做好保密工作，一定没事的！"燕凌雪低声安慰自己。

可是，旁边的管家钱松却轻叹了一声，道："小姐，恐怕有点儿晚了，因为我刚刚在元灵符界之中看到了一段影像，不知道什么人居然恰好看到柳然被方乐和吴峰拒之门外，还被粗言奚落的景象，居然记录成了影像，放到元灵符界之中去了！"

"什么？"燕凌雪尖叫一声，一下子跳了起来。

她立刻取出一块通行符卡，然后迅速进入元灵符界，果然很快就看到了钱松所说的影像。

这一段影像如今已经引起了炎京城之中不少人的关注，更是引起了一番热闹的议论。

更让燕凌雪绝望的是，这影像的最后，竟然将她从孙宗师的院子里出来，与方乐他们道谢的一幕也记录下来！

换言之，如果柳然看到这一段影像，今天的事情根本就瞒不住了。

"怎么会这样？我不要！"燕凌雪这一刻惶恐到了极点，彻底失去了主意。

她惊慌地看向钱松，求助道："钱叔，我该怎么办？你救救我啊！"

钱松稍微镇定了一些，耐心地说道："小姐，你也别急。当务之急，我们要想办法联系这个发布影像的人，争取让他删除这段影像。"

"对，我立刻开始联系他！"燕凌雪仿佛抓住了救命稻草，就要亲自去联系影像的发布者。

钱松却拦住了她，说道："小姐，这件事情交给我，你现在必须立刻回到家里，在事情闹大之前先主动找大小姐认错！"

"这……姐姐要是知道了，会打死我的！"燕凌雪惊慌地说道。

钱松说道："小姐，这件事逃避不了了！如果事情更进一步闹大，你的下场只会更惨，现在赶紧回去，或许大小姐还会对你从轻处理啊！"

"我马上回去！"

燕凌雪听完钱松对利害关系的分析，一下子也想通了。她站起身来，离开了雅间，用最快的速度赶回燕家去。

钱松则是留在了雅间之中，看着燕凌雪离开的背影，无奈地叹息了一声："但愿小姐经过这件事情之后，可以吸取教训，变得成熟一点儿吧！"

事实上，这件事情在他看来并没有燕凌雪所想象的那么严重，毕竟柳然可是燕凌菲的朋友，和燕凌菲的妹妹斤斤计较的可能性并不大。

不过，他却觉得有必要给燕凌雪一次教训，否则她继续这么胡作非为下去，迟早有一天会真正招惹上大麻烦，到时候再后悔可就晚了。

在燕凌雪离开之后，钱松也开始发动他所能发动的各种渠道的力量，开始想方设法控制这件事情的影响。

他不知道的是，柳然其实已经察觉到了他们，而且刚刚就躲在一个角落里，亲眼看着燕凌雪离开，自然也推敲出了一些东西。

回到雅间之中，柳然却并没有对风素月她们说破。

毕竟，以风素月的性格，如果知道了，肯定会冲出去和燕凌雪吵闹，回头事情弄大了，反倒是显得他没风度了，居然和一个小孩子斤斤计较。

更何况，他自己其实也并不想去见那位什么孙大师，在某种程度上，现在燕凌雪反倒帮了他的忙。

柳然一回来，风素月就急忙指着地上躺着的银月，问道："小然子，你打算怎么处理这个家伙？"

云妙伊也在旁边看着柳然，脸色有些古怪。

显然，她也是第一次看到居然有人送一个大活人，不，准确地说是送一头大活狼当礼物的！而且，这送的还是一位异族的天骄！

与兴致勃勃的风素月不同的是，多宝阁这样的大手笔让云妙伊惊愕、无语的同时，也多少有些担忧。

毕竟，这可是冰狼一族年轻一辈的佼佼者，在他们族群之中的地位何等尊崇？多宝阁或许毫不畏惧，可是他们三个人可惹不起冰狼一族！

万一对方知道银月落在他们的手上而追杀过来，他们几个恐怕会有大麻烦，甚至搞不好小命都有危险！

柳然看了看银月，思索了一下，说道："虽然这种情况不是我的本意，事已至此，就暂时先让他在云海秘境里面静一静吧！我有些事情要问他，顺便好好回报回报他之前对我的暗算！"

然后，他就打开了云海秘境，将银月扔了进去，顺手镇压在了云海秘境第二层之中某个角落，并且吩咐红衣那些章鱼后代们看好他。

看着他处置完银月之后，风素月才问道："你有什么事情想问他？"

柳然说道："还记得他当初用来赎回银牙他们的那个黑瓶子吗？那里面是星金，但星金之中却夹杂着某种特殊毒素，那种毒素对我有用。"

"你也无法鉴定出是什么毒素吗？"云妙伊疑惑道。

柳然摇了摇头，道："没办法，通过暗符界鉴定也没鉴定出来，估计是某种未知的东西。而且，奇特的是，它并不是后来才被融入星金里去的，而是本身就和星金结合在一起的。"

"原来如此！"风素月明白过来，"你是想从这银月的口中得知，那毒素或者那星金的来历。"

"对啊！昨天我和陆轩聊着的时候，开玩笑地说要让他帮我把银月抓来，没想到他居然当真了！"柳然无奈地笑了笑。

"也不知道，他这样的举动究竟是因为看重你，还是想给你找麻烦？"云妙伊若有所思地说道。

听她这么一说，风素月也想到了冰狼一族的势力，更想到了如今这银月在他们的手中简直就是烫手山芋。

柳然却无所谓地笑了笑，道："不管如何，反正我暂时是不会放了银月的！"

对于柳然这么无畏的态度，云妙伊有些无奈，说道："你可得考虑清楚了，冰狼一族可不是好惹的！"

柳然还没说话，风素月却已经嘿嘿笑了起来，说道："怕什么？真要是有什么问题，推给多宝阁就是了，反正咱们也只是暂时帮多宝阁保管一个俘虏而已，他们想找麻烦就找多宝阁去！"

柳然对风素月竖起了大拇指，夸赞道："没错！"

云妙伊无语了。

不过，她也没有在这件事情上继续纠结下去。

三个人结束了饭局，便准备要离开这牡丹楼，前往龙卫二区的炼符师公会，拜访另一位宗师。

就在这时，云妙伊忽然收到了一条传信。

仔细一看，是她们云家在这炎京城的管事给她传来的，内容是询问她和燕家怎么闹了矛盾。

云妙伊很疑惑他怎么忽然这么问。

结果一问之下，才知道原来他们早上在炼符师公会遭遇的事情，竟然被人记录成影像，传播到了元灵符界之中，现在已经引起了不小的轰动！

风素月和柳然听她这么一说，立即进入了元灵符界之中查看相关信息。

这一看，他们的脸色也一下子变了。

现在炎京城一带元灵符界之中已经沸腾，一系列关于他们的议论正在疯狂传播！

"惊天内幕！东洲天骄孙宗师门前受辱，狼狈退场！"

"东洲第一天才惨遭驱逐，背后竟是燕家使坏？"

"东洲天才柳然疑似命不久矣，提前抵达炎京城求医不得反受欺辱！"

诸如此类的内容，完全变成了炎京城中无数人围观、热议的话题。

发展到现在，除了今天发生的事情之外，还有不少人将之前东洲之中议论柳然目光短浅，为了一时逞能而强行透支自身的信息纷纷翻了出来，作为笑料谈论。

一些好事之人正在将事情越描越黑，越说越离谱。

柳然见此不由得轻叹一声，也有些意想不到，事情竟然会闹得如此严重。

这炎京城元灵符界之中无聊的人，比起东洲来多了不知道多少，也更加活跃，一个个恨不得把事情闹得越大越好，方便他们看戏。

"可恶！"风素月看了几条，便勃然大怒。

她猛地一拍桌子，咬牙切齿地说道："原来是燕家那个可恶的二小姐搞的鬼！我现在就去收拾她！"

话毕，她站起身来就朝门外冲了出去！

第二十七章 银月被擒

第二十七章
风波骤起

"别冲动!"柳然第一时间拦住了风素月。

风素月气愤地望着他,说道:"人家都把我们欺负成这样子了,我还怎么保持冷静?"

旁边的云妙伊虽然没说什么,但是冷淡的脸色表明此时她的心情也非常不好。

柳然也是这时候才意识到自己对她们疏忽了。

这件事不但对他产生了影响,对风素月和云妙伊两个人产生的影响也不小。

她们两个人在东川城什么时候不是被无数人追捧的?

她们也有她们的骄傲,如今却沦为别人的笑柄,心情自然不好受。

特别是,现在估计在风素月和云妙伊看来,这件事情是燕凌雪有意在传播推动的,她们心中的怒意就更强烈了。

当然,方才清楚看到燕凌雪仓皇离开的柳然却知道,这多半是一场意外。

柳然深深地吸了口气,说道:"看在我的面子上,你们能不能暂时先忍一忍?"

"为什么?"云妙伊不解地问道。

柳然无奈地说道:"燕凌雪的姐姐于我有恩,我必须给她一个面子。而且,我相信她也会给我们一个交代。"

云妙伊和风素月都沉默下来。

思虑了一番之后,她们最终都点头,同意了柳然的决定。

本来他们还打算去龙卫二区拜访另一位宗师,可是现在发生了这样的事情,他们倒是觉得不太方便前往了。

否则,说不定他们还会再次被人拒之门外,那么这外界的传闻恐怕就更加不可收拾了。

思索了一番,柳然一咬牙,对风素月和云妙伊说道:"你们两个和我一起到云海秘境里去吧,我有些话想和你们说。"

话毕,他就打开了云海秘境。

云妙伊和风素月脸上都浮现出了疑惑之色,不过却也没有多问,随着柳然一起进入了云海秘境。

柳然此举却是因为他终于决定将自己是打算藏拙，才故意装作伤了本源的事情，告诉风素月和云妙伊。

虽然这件事情知道的人越多，暴露的可能性就越大，但他现在也顾不得那么多了。

云妙伊和风素月都是真心实意地待他，为了帮他解决问题都在殚精竭虑。

柳然觉得若是自己再拖下去，她们在为他做了更多之后，才发现居然被柳然"耍"了，肯定会很难过。

现在和她们解释清楚还为时不晚。

只是，让柳然意想不到的是，在他带着风素月和云妙伊进入云海秘境的时候，却意外发现水晶宫之中竟然多了一个人。

这个人竟然能够在他毫无察觉的情况下，无声无息地进入云海秘境！

这一点让柳然十分震惊。

不过，当他看到对方的模样时，一下子释然了。同时，他心中还有另一块一直悬着的大石也随之落了下来。

这是一名身着紫色衣裙的美丽少女。

她就在云晶宫的花园之内翘首而立，玲珑娇俏的身影宛如花间的美丽精灵，只让人看一眼就难以忘怀。

不说柳然，就是风素月和云妙伊在看到这名少女的时候，都不由得微微一怔。

旋即，两个人都不禁面露欣喜，快速朝着那紫衣少女冲了过去。

"薇薇妹妹！"

"太好了，你终于没事了！"

她们一左一右拉住了她的手，脸上有的尽是激动、欢喜之色。

这名紫衣少女正是之前陷入昏迷，与风素月她们已经许久没见的凌薇。

也只有凌薇这个与这云海秘境前主人有着血脉关系的人，才能在柳然毫无察觉的情况下进入这里。

"妙伊姐姐，素月姐姐，好久不见！"

凌薇感觉到了风素月和云妙伊两个人的欢喜情绪，俏脸上也不禁浮现出了笑容，笑得将眼睛都眯成了月牙。

她和云妙伊还有风素月的姐妹感情一直都很好。

哪怕以前风素月和云妙伊关系很差，甚至看彼此不顺眼的时候，也一直如同对待亲妹妹一样共同对待凌薇。

不过，凌薇在来此之前曾经很担心：风素月和云妙伊知道她并不是人族之后，会不会就不再和她亲近了。

第二十七章　风波骤起

现在看来，她的担心倒是多余的了。

事实上，之前在迷雾虫山，凌薇为了帮助柳然脱困，强行调用某种血脉力量之后陷入昏迷，从此消息全无，让风素月和云妙伊两个人一直也都很担心。

如今终于见到凌薇安然无恙地出现，让她们终于放下了心头一块大石。

云妙伊还在仔细询问凌薇的状况，想确认她是不是完全没事了。

风素月则是柳眉一挑，忽然转身怒视柳然，道："好你个柳然，竟然把薇薇妹妹私藏在这里！说，你到底是何居心？"

云妙伊经她这么一说，顿时也产生了误会。

她们都以为柳然带她们进云海秘境来，就是想告诉她们他把凌薇藏在了这云海秘境里面！

"我真没有……"柳然顿时郁闷了。

凌薇见状却不由得"扑哧"一笑，一边笑一边说道："哈哈……你们就别错怪他了，我是刚刚才自己进入这云海秘境里来的，他都不知道这件事情。"

听到这话，风素月顿时无语，说道："薇薇，你就是要帮他遮掩也找个好一点儿的借口吧，他作为这云海秘境的主人，你进来他怎么可能不知道？"

凌薇这才想起风素月和云妙伊还不知道自己的身世。

她拉着她们两个人的手，说道："关于这件事情，我们去那边坐下来，我再和你们好好说说吧！"然后，她就拉着云妙伊和风素月朝云晶宫内的某个房间走去。

临走之前，她还瞪了柳然一眼，警告道："你不要跟着过来，我们要说悄悄话！"

柳然嘴角微微一抽，心中纳闷：到底谁才是这云海秘境的主人？

另外，他无奈地发现自己刚才想告诉云妙伊她们的事情，似乎暂时也说不了了。

看着三位少女欢快走开的倩影，柳然最终无奈摇了摇头，低声自语道："看来，我还是去和银月好好聊聊，看看能不能套出那特殊星金毒素的事情吧！"

声音未落，他便调动云海秘境的力量，将他传送到了云海秘境第二层的黑云海之中。

云海秘境第二层，黑云海之中，一块黑色的礁石上。一袭蓝白色装束，英姿飒爽的柳然出现在了这里。

被他扔进云海秘境中来的银月此刻还是处于昏迷状态，就躺在这块礁石上。此外，这礁石上原本还有两个人，正是龟玄和红衣。

他们两个人之前一直守在凌薇的身边，也算是为了前任主人尽忠。如今凌薇好了，他们自然也就回到这云海秘境中来了。

而回到这里之后，得知柳然将一只天劫境的冰狼镇压在这里，两个人立刻跑到这里来守着。

此时，看到柳然出现，他们恭敬地行了一礼："少爷！"

"嗯！"柳然应了一声，目光则是落在了礁石上躺着的银月身上。

看着昏迷中的银月，柳然认真地思索起来。

他之前虽然和云妙伊她们说得很轻松，但他自己心里很清楚，银月注定是没办法留在他手中太久的，冰狼一族肯定会想办法来将他救回去。

那么，到底该怎么办，才能在冰狼一族找上门来之前得到自己想要的信息？

强行威逼肯定是没用的，以银月的性格，这样的方法只会起反作用。

柳然再三思索之后，决定还是借助符阵的力量，准确地说是用迷幻符阵，让银月在不知不觉之中，自己就将秘密透露出来。

不过，连银月都能欺骗的迷幻符阵可不是那么简单就能布置出来的。

当即，柳然开始通过暗符界通行符，查询各种相关的迷幻符阵，一一筛选。

这些迷幻符阵都是暗符界里别人贩售的高级货色，一般高级炼符师研究一两个都困难。

而柳然的炼符术造诣却已经达到了大师级，虽然只是初入大师级，但基本上通过看它们相关的介绍，他就基本了解了这些符阵的运作原理。

偶尔，有几个他看不懂，才将其购买下来，以便进行深入研究。

当然，他之前将符技拆解成基础符阵，然后将其逐一分析重组的方法，用于研究符阵一样有效。

所以，他哪怕深入研究某些符阵，效率也非常高。

再加上他如今灵魂修为极高，阅览各种信息的速度几乎是正常人的百倍，所以不过小半天之后，他已经阅览了大量的幻术。

随后，柳然开始在这黑云海之中走动起来，手中一件件符器、符卡被他布置在了银月附近的黑色云海中。

他所布置的并不是他刚才所查阅的任何一个符阵，而是他根据自己的想法，准备构建出来一个全新的迷幻符阵。

他所用的布阵之物，有些是他空间符戒里已有的，有些则是他现场随手炼制出来的。

一道道符纹也随着他手中的符笔不断落下，一开始都十分暗淡，但后来彼此交织起来，却仿佛突然从沉睡中被唤醒，符光闪耀。

附近云海之中，不少巨大的黑色章鱼纷纷冒出头来，就在它们好奇地看着柳然的时候，只见在这黑茫茫的海天之间，那一道道符纹仿佛化作漫天飞舞的萤火虫一样在舞动着，无比美丽！

柳然就这么彻底沉浸在了符阵的布置之中，甚至忘了时间的流逝。

他不知道的是，外界此时发生了不少的事情。更不知道，现在有人为了找他已经快发疯了。

正如他所预料的，冰狼一族的人正在疯狂地寻找银月。

龙卫三区最繁华的中心街区上。

几名冰狼一族的长老带头，银牙等人紧随其后，先后来到了龙卫三区的多宝阁分部，然后就想冲撞进去。

然而——

"轰！"

一股磅礴的力量凭空浮现，将他们一行十几人震飞！

他们狼狈地飞出了好几米，有些人甚至撞上来往的悬浮飞车，又被悬浮飞车上的防御符阵弹飞，一个个无比狼狈。

冰狼一族的众人都大吃一惊，抬起头才看到这多宝阁周围竟是浮现出了一层层符阵，道道符光在流转闪耀。

诡异的是，附近明明有很多人，方才还有其他人也和他们一样进入多宝阁，可是被符阵击退的却只有他们，其他人都安然无恙！

所以，在看到他们十几个人集体倒飞出去，狼狈落地的时候，周围很多人的目光都被吸引过来。

顿时，冰狼一族为首那几名已经化成人形的长老脸上一阵青白变幻，羞怒交加。

倒是银牙他们这些还没化形的狼，忽然都很庆幸自己没有化形，表情倒是让人看得不太清楚。

"欺人太甚！"

一名冰狼一族的长老怒吼一声，站起身来。

之前他们还在怀疑，银月到底是不是多宝阁掳走的，毕竟双方可是并没有太大的恩怨。

可是，现在他们遭受这样的待遇，就可以确认这件事情就是多宝阁做的！否则，多宝阁岂会提前做好这符阵，就等着他们一头撞上去？

所以，这名长老指着多宝阁放声大骂："多宝阁的人给我滚出来，你们竟然敢如此羞辱我等，这是想与我们冰狼一族开战吗？"

这名长老的声音就仿佛惊雷一般，在这宽敞的街道上炸响，顿时将周围许多人都吓了一跳。

多宝阁和冰狼一族要开战？

听到这样的声音，大家脑海之中第一个念头就是：这肯定是开玩笑吧？

可是，当他们看向多宝阁门口这群狼，就发现除了那名爆吼的长老之外，其他冰狼一族的长老，还有后面银牙他们这些小辈们一个个也都面色阴冷，眸中闪烁杀意，紧盯着多宝阁的大门。

看到这一幕，大家都纷纷瞪大了眼睛。

这情形看上去，怎么好像是玩真的？

瞬间，周围的人群沸腾了！

"哇！大事件啊！"

"赶紧通知其他人，中心街区有好戏看了！"

"老婆，快过来多宝阁这边看狼发狂了！"

"冰狼一族对决多宝阁？哈哈，我要传到元灵符界里去！"

一道道激动的议论声此起彼伏，让这街道陷入了喧闹之中。

如此情形也让冰狼一族的人的脸色更加难看。

他们堂堂一个大族，竟然变成了无数人围观欣赏的对象？人族的这些人简直都太放肆了，竟然如此羞辱他们！

也是因此，他们对多宝阁的怨念就更深了几分，恨不得立刻将这多宝阁整个拆了！

随着消息迅速传播开来，中心街区多宝阁门口聚集的人越来越多。

最终，就在众人紧张的注视下，多宝阁之中十几道人影大步走了出来。

为首之人，正是柳然刚认识不久的多宝阁少主陆轩。

他大步走出了符阵之外，神色淡然，目光随意地扫视着前方这些冰狼，问道："我听说有人想和我们多宝阁开战？不知道是真是假？"

"没错！"银牙最先按捺不住，准备愤怒地冲过去跟陆轩开打。

"吼！"

一声低吼从银牙口中传出，他全身气息暴动，庞大的狼躯做好战斗准备。

然而，一名冰狼一族的长老却伸手抓住了他，不让他继续向前。

"盘长老，你怎么……"银牙看向这名化成中年人的长老，眼中满是不解之色。

那盘长老语气沉重地说道："别冲动，我们是来救人的！"

听他这么一说，银牙虽然还是有些不明白，但也稍微冷静了一下。

结果，一冷静下来他就发现，对面多宝阁的人之中，除了带头的胖少年之外，竟然没有一个是他可以看透修为的！

再仔细一看，他又发觉陆轩身后这些人一个个神色冷峻，浑身都透着肃杀之气，那分明是经过了大量的生死厮杀之后才能培养出来的气息！

再结合外界对于这多宝阁的一些传闻，一个大胆的推测就呼之欲出了。

"这是一群铁血军人！"银牙还有周围众多冰狼一族的后辈纷纷心中发颤。

人族的军队,那是绝对的精锐中的精锐,哪怕是他们这些狂傲的冰狼一族后辈,也不敢在军人面前放肆,一个个都将尾巴缩了起来。

至于冰狼一族的长老们,此时心中也是无奈叹息。

他们倒是都知道多宝阁与军方有关联,但却没想到多宝阁这位少主居然一言不合就带着一帮军队里的精英出来。

虽然他们看陆轩身后这群军人的修为最高的,也不过是两个天劫境灵台期大成,但真要是战斗起来,对方凭借合击符阵,恐怕就是天劫境天元期的强者都能拼杀!

这就是人族军人的厉害之处!

除此之外,他们一旦真和军队的人发生了冲突,回头将要面对的可就不仅仅只是多宝阁,而是炎玄王朝的军队了,这样的后果可不是他们所能承受的。

一想到这里,这几名气势汹汹的冰狼一族长老哪里还敢提什么开战,一个个立即就偃旗息鼓了,在旁边一声不吭。

见此,陆轩忍不住哈哈大笑,道:"几位方才不是想和我多宝阁开战吗,怎么现在都沉默了?"

那名方才叫嚣的冰狼一族的长老嘴角微微一抽,却根本不敢反驳。

他身后另一名冰狼一族的长老轻咳一声,走上前来,说道:"少阁主,方才我们贪月长老多有冒犯,老朽在这里代他向多宝阁赔个不是,还请海涵!"

听到这话,在场不少人都暗叹:这是冰狼一族之中一个聪明人啊,一句话就将冲突从原本两个势力之间转移到了那位贪月长老个人身上。

陆轩打了个哈欠,一副懒洋洋的语气,说道:"既然你都这么说了,那本少爷就勉为其难,原谅他一次好了!"

随即,他摆了摆手,又对身后的人说道:"几位师兄,没什么事情了,咱们回去继续喝酒吧。"

话毕,他转身就想走了。

见状,冰狼一族的人着急起来。

那位出来赔罪道歉的长老更是连忙喊了一声,道:"少阁主请等等。"

"嗯?"陆轩脚步一顿,扭头淡然看着他,"你还有什么指教吗?"

"指教倒是不敢,"那名长老极力保持语气平静道,"我只是有件事情想请教一下少阁主。"

"什么事情?快说!"陆轩有些不耐烦地说道。

那名长老沉声说道:"我们冰狼一族的一个后辈银月被贵阁的人抓走了,我们只是想请教一下,此事是否属实?"

周围的观众一听到这话,又纷纷惊呼起来。

这炎京城之中的消息是何其灵通，在场的人族几乎超过一半都知道，银月乃是冰狼一族十分看重的天才，有不少人甚至在猜测他这一次会冲到国战的第几名，谁想现在居然被多宝阁的人给抓了。

难怪人家这么愤怒地杀上门来了！

大家惊呼过后就纷纷看向了陆轩，想看看他究竟怎么回答。

让大家意想不到的是，陆轩在听到那位冰狼一族的长老的话之后，竟然根本不是众人所猜测的遮掩或者否认。而是大大方方地说："没错啊，的确有这件事，怎么了？"

"天哪！居然承认了！"

"不愧是少阁主啊！"

"太霸气了！"

周围好不容易刚刚安静下来的人群再次喧闹起来。

实在是一直以来，大家总觉得这些异族依附于人族之后，居然还是一副嚣张狂妄的模样，偏偏碍于人族的情面，很多人都敢怒不敢言。

所以此刻他们看来，陆轩简直是迎面扇了冰狼一族一巴掌，让人感觉十分解气。

你们冰狼一族不是狂傲吗？我们就以彼之道还施彼身，让你们也感觉感觉人族的狂傲。

或许，也只有像陆轩这样靠山又大，又天不怕地不怕的人才敢在冰狼一族面前如此狂妄桀骜！

当然，不管是陆轩的态度，还是周围人族的反应，都让那名长老暗自恼怒。

但是，他却不得不强忍着怒意，再次说道："少阁主，不知道银月究竟是什么地方得罪了贵阁？为何贵阁非要把他抓起来？"

闻言，周围热议中的众人再次安静下来。

大家都竖起耳朵，瞪大了眼睛，就等着陆轩的回答。

小胖子陆轩圆圆的脸上浮现出了戏谑之色，说道："原因很简单，那就是他得罪了我的朋友，我当然要帮朋友出头。"

"他到底得罪了少阁主的哪位朋友？"那名长老再次追问。

陆轩也不隐瞒，口中吐出了一个名字："柳然。"

第二十八章
燕凌菲出关

"柳然？"

听到这个名字的时候，现场许多人纷纷一愣。

随即，又有不少人脸色变得有些古怪起来。

"怎么又是这个柳然？"人群之中不少人在嘀咕。

银牙他们几个的神色也变得非常奇怪，又有惊奇，又有气愤。

看到大家这样的反应，陆轩还有冰狼一族的长老们也纷纷面露疑惑之色。

"你们认识这个柳然？"贪月长老询问银牙几人，其他长老也都将目光扫了过来。

银牙将之前在黑市之中所发生的事情，一五一十告诉在场的长老们。

同一时间，陆轩也在询问身边的宋管事。

结果他这才知道，原来自己今天在忙着和几名家族的炼符师研究开发"定位符阵"的时候，自己刚刚认识的柳兄弟竟然在炼符师公会被人欺负了！

而且，这件事情还传播到了元灵符界，搞得如今炎京城之中尽人皆知。

顿时，陆轩的脸色有些阴沉下来，冷声说道："燕家二小姐竟然这么嚣张？好得很啊！"

显然，他是打算出手管一管这件事情了！

旁边的宋管事张了张嘴，很想告诉陆轩冷静一些，燕家虽然实力不如他们多宝阁，但最好还是不要招惹。

可是，最终他并没有说什么话，因为根据他对陆轩的了解，陆轩在气头上的时候，有人劝阻反而会起反效果。

他有些不明白的是，那个柳然明明才和自家少阁主认识了一天，少阁主怎么就那么看重对方？而在这个时候，冰狼一族的长老们也已经了解了事情的始末。

他们这才明白，原来是银月先和别人要阴招，想暗算别人不成，反而激怒了别人，让人家请出了多宝阁的人将他擒拿。

这事情说出去，其实也是他们这一方理亏在先，这倒是让这些长老们一时间都感觉有些进退不得。

不过，不管如何，他们必须救出银月。所以，最终几个人还是纷纷准备开口了。

只是他们想不到的是，没等他们说什么，陆轩忽然一挥手，打断了他们。

陆轩说道："不好意思，我还有点儿事情要忙，就不送几位了。"

话毕，他又对身后的那些来自军队的汉子们说道："哥儿几个，有没有兴趣陪我去燕家讨一杯酒喝？"

那些汉子们一个个都咧嘴笑了，欣然表示同意。

于是，陆轩就这么扔下那些冰狼一族的人，带着自己的人转身朝着燕家的方向走去。

冰狼一族的人愣在原地，再次傻眼。

无疑，他们又一次被人无视了。

而且这一次无视他们的，不仅仅是多宝阁的人，还有周围众多人族。

陆轩刚刚就自称是柳然朋友，现在大家一听说他竟然准备去燕家，一副要去找麻烦的样子，哪里还有心情在这里看这群落魄的冰狼？

当然，也有一些好事者悄悄将冰狼一族傻眼的情景记录下来，传播到元灵符界之中，倒也引起了不少无法来现场观看的人的围观、热议。

等陆轩他们走开了一段距离，甚至已经登上了悬浮飞车之后，冰狼一族的众人才纷纷回过神来。

银牙焦急地问道："几位长老，现在我们该怎么办啊？"

怎么办？在场的冰狼一族的长老们也都十分头痛。

他们现在很尴尬地处于理亏的一方，以前哪怕如此，他们也习惯于以各种威逼胁迫达成自己的目的，如今这样的方法明显无法用在多宝阁身上。

让他们去赔礼道歉，赎回银月？他们现在又放不下这个面子。

最终，众人纷纷将目光看向方才与陆轩对话的那位长老，在场也只有他比较冷静淡定了，历来在族内也有智星之名。

那名叫贪月的长老问道："贪星，你说怎么办？"

贪星深深吸了口气，说道："目前看来，银月应该暂时没有危险，我们不如也去燕家那边看看，先静观其变，再做打算！"

其他人暂时也没什么好主意，只能纷纷点头。

于是，冰狼一族的人也紧随着陆轩，一起前往燕家。

燕家族地，庞大的宅院之内。

一处闭关密室门口，燕凌雪神色焦急地站在这里，坐立不安。密室的大门一直紧闭着，门口还有一名老者守着，根本不允许任何人靠近。

燕凌雪已经不知道第几次开口，对那个门口的老者恳求道："秋叔，求求你了，你就帮我通知一下姐姐吧，我真的有急事，再晚就来不及了！"

守在门口的老者，正是燕凌菲的管家李秋，秋叔。

听到燕凌雪的请求，秋叔十分坚决地摇头，说道："二小姐，你就不要为难老头了，大小姐现在正在修炼的紧要关头，真的不能被打扰。"

"可是，可是……"燕凌雪急得团团转。

若不是她打不过李秋，她早就强行闯过去了。

眼看着在这里拖下去也不是办法，元灵符界之中的事情还有愈演愈烈的趋势，燕凌雪心中越发焦急。

她甚至已经开始考虑，是不是叫几个家族的护卫缠住李秋，然后自己强行闯入密室里去了。

就在这时候，一名侍女忽然跑了过来，对燕凌雪说道："二小姐，多宝阁的少阁主来访，现在正在客厅，老爷让我来请你过去和他见一面。"

燕凌雪在听到这话的时候，脸色剧变。

"什么？他已经来了？"燕凌雪脸色发白，惊慌地说道。

那个侍女和李秋两个人都不由得一愣，完全没想到燕凌雪竟然会是这样的反应。

李秋皱起了眉头，根据自己对这位二小姐的了解，再结合燕凌雪一直想见燕凌菲这件事情，心中顿时浮现出了一个推测，说道："二小姐，你该不会是闯祸了吧？"

闻言，燕凌雪的脸色更是发白。不过，她并没有回答李秋的话，而是一咬牙，说道："秋叔，你如果再不让我进去找姐姐，我可就强行打过去了！"

闻言，李秋心中更是笃定自己的猜想。

不过，就在他张口正想说什么时，忽然，他身后的密室大门上符光一闪，随即便轰然打开了！

一名身着红色衣裙的美丽女子，飘然从密室之中飞掠出来。

燕凌菲出关了！

"姐姐！你终于出来了！"燕凌雪一看到燕凌菲，激动得快跳起来了。

然后，她冲到燕凌菲的面前，一把就抱住了她。

她第一次发现，自己对燕凌菲这个姐姐是如此依赖。

燕凌菲对于燕凌雪如此激动的反应也有些意外，不过，很快她就明白这个妹妹估计是闯了大祸，否则不会如此激动。

燕凌菲推开燕凌雪，沉着脸说道："说吧，你到底闯了什么祸？"

闻言，燕凌雪的身躯微微一僵，随后嘟起了小嘴，脸上迅速浮现出了委屈之色，一副被冤枉的模样。

可惜的是，燕凌菲根本不为所动。

她的神色反而更加冷漠，道："你不说是吧？不说就自己想办法解决吧！"

话毕，她转身做出要重新进入密室的模样。

"别……别！我说，我说！"燕凌雪连忙拉住了她。

可是，就在燕凌雪想解释一下，顺便为自己推卸一下责任的时候，忽然一道声音传来："凌雪，你给我出来！"

燕凌雪顿时打了个哆嗦，惊慌地扭头看向那声音的方向，就看到燕凌天怒气冲冲地走了进来。

燕凌雪吓得躲到了燕凌菲的身后。

燕凌天看到燕凌菲出关了，先是一愣，旋即又更加愤怒，爆吼道："凌雪，你竟然还打断了大姐闭关，你是想把大家都气死吗？"

燕凌菲听到这话，心中的疑惑就更多了几分。

她不解地问道："到底发生了什么事情？还有，凌天，你不是在东川城吗？什么时候回来的？"

燕凌天刚想回话，却忽然发现燕凌菲脸色一变，神情变得严肃起来。

"大姐，你怎么了？"燕凌天疑惑地问道。

躲在燕凌菲身后的燕凌雪也感觉出她身上的气息都激荡起来，同样疑惑开口道："大姐，你身上的气息怎么这么乱？"

旁边的李秋似乎是知道什么，神色一变，急声问道："小姐，难道是……"

燕凌菲点了点头，道："没错，我的灵劫来了！"

"灵劫！"燕凌天和燕凌雪两个人心头纷纷一震。

若是寻常人说要渡灵劫，他们根本不用如此失态，但燕凌菲的灵劫却非同小可。

原因是，燕凌菲修炼的方法与目前主流的方法并不一样，一旦渡过灵劫，她的实力将会有巨大的提升，远超同阶强者。

但凡事有利也有弊，燕凌菲的修行之法也有一个弊端，那就是她的灵劫将会非常可怕。

一般人渡不过灵劫最多就是一直保持化劲期巅峰的修为，难以寸进。而燕凌菲若是在渡灵劫的时候稍有不慎，可能就会有性命之危！

所以听到燕凌菲要渡灵劫，燕凌雪和燕凌天第一时间都紧张起来。

燕凌天也暂时没空理会燕凌雪的事情了，立即问燕凌菲道："大姐，你都准备好了吗？"

燕凌菲淡然地说道："放心吧，我都准备好了！"

话毕，她就飘然飞了起来，身形急速地直奔城外飞掠而去！

燕凌雪和燕凌天见状欣喜不已。

因为从燕凌菲如今不依靠任何飞行符器就可以飞行的状况，他们就可以看出她的确是踏入了天劫境，虽然还没有渡过灵劫，但已经拥有了一些天劫境的能力！

远远地，燕凌菲抛来一句话："凌雪的事情等我渡完灵劫再来处理！"

燕凌雪的神色微微一僵。燕凌天则是连忙回过神来，暂时也没空理会燕凌雪了，迅速追向了燕凌菲。他要去保护燕凌菲，让她渡劫时不被人干扰破坏，同时也要去看看燕凌菲到底怎么渡劫。

毕竟他也是化劲期巅峰，很快就到他渡灵劫了，这种观摩感悟对他很有帮助。

燕凌雪在原地犹豫了一下，最终也一咬牙跟了上去。

至于李秋，他早在燕凌菲动身的时候就已经紧跟而上。

"轰！"燕凌菲的身影在燕家宅院之中迅速穿过，她身体周围澎湃的天地灵气在不断涌动着，冲向四面八方，瞬间惊动了许多人。

"这股波动是怎么回事？"

"似乎是有人灵劫即将降临，引起了天地灵气混乱。"

"不可能吧？这股灵气波动这么惊人，到底是谁要渡劫？"

一时间，整个燕家之中众多强者纷纷心生疑惑。

原本在客厅中坐着，正等着一个说法的陆轩等人，也被这波动惊动了，好奇地飞掠出来查看情况，结果他们就看到一抹红色的身影急速朝着城外的方向飞去。

"那个似乎是燕家的大小姐燕凌菲？"

陆轩有些惊异地说道："看她这个样子，似乎是正准备渡灵劫？"

他倒是完全没想到自己会来得这么巧。更让他疑惑的是，燕凌菲似乎是要参加精英符修大战的，怎么会在这个时候渡灵劫？

若是达到了天劫境，她可就无法参加精英符修大战了。

旁边，原本正在招呼他们的燕家家主脸上浮现出了焦急之色。

他连声对陆轩他们说道："几位，你们也看到了，小女如今准备渡灵劫，燕某实在是无暇招呼诸位，不如几位先在客厅中喝杯茶水，稍候片刻？或者改日再来？"

陆轩挥了挥手小胖手，说道："无妨，燕家主且自便，我们也正好出城去观摩观摩燕小姐的英姿！"

话毕，他就带着身后的十来位军中的汉子们，朝燕凌菲离开的方向飞去。

燕家家主燕鸿鸣与他们同行，不过同时却也在迅速开始调动家族的力量，确保燕凌菲渡劫万无一失。

一行人从燕家飞出来的时候，正好遇到了冰狼一族的人。

不过，不管是陆轩还是燕鸿鸣都没有理会他们，径直从他们面前飞过。

又一次被无视的冰狼一族长老们一个个气急败坏，但最终又无可奈何，只能也同样紧跟着陆轩等人直奔城外。

同一时间，燕凌菲出城的一路上也惊动了不少人，她要渡灵劫的消息迅速在炎京城之中传播，引起了不少大势力子弟们的关注。

当众人发现要渡劫的竟然是燕凌菲时，顿时一个个心中也浮现出了和陆轩一样的疑惑：燕凌菲难道是想放弃精英符修大战？

龙卫三区，季家族地之中。

季鸿在自己的院子里的一张靠椅上躺着，周围还开启了几个符阵，一个为他制造冷风，一个为他暖着茶壶。

在他的面前，此时开启了一块虚幻的光幕，他正沉浸于元灵符界之中。而他所阅读的内容，正是柳然他们在炼符师公会之中被赶走的影像。

他已经看了不止一遍，但还是乐此不疲，只觉得越看越是开心。

虽然他被严令禁止不准去招惹柳然，但不代表他会放下对柳然的仇恨。

现在看到柳然被人整治，他自然是很开心。

唯一让他觉得美中不足的，就是燕凌雪竟然那么笨，把自己给暴露了。他倒是一直将燕凌雪当作玩伴，所以此时也不免有些担心燕凌雪会受到责罚。

就在这时，忽然——

"叮！"元灵符界之中弹出了一条信息。

这是此时季鸿所阅读的这个板块的功能，自动推荐最新热门话题。

结果季鸿一看，眼睛便瞪得老大。

原因是，这一条信息之中包含的信息量实在太大！

"柳然竟然和多宝阁的陆轩认识？"

"柳然还与冰狼一族的天才银月也有恩怨冲突？"

"陆轩为了帮柳然出头，竟然让人抓了银月！"

当看到这些信息的时候，季鸿简直难以置信。可是，他再三查证，最终看到有人发布的影像之后，又不得不相信。

"这家伙，竟然影响力这么大！"季鸿一阵心惊肉跳。

他忽然十分庆幸自己没有再去招惹柳然，否则现在说不定被多宝阁抓走的就是他了。

毕竟，人家可是连冰狼一族的天才都敢抓，他季家的势力还不如冰狼一族。

而就在季鸿心惊肉跳，又暗自庆幸的时候，忽然——

"叮！"他面前的虚幻光幕之上，又一条信息弹了出来。

他打开一看，又被吓了一跳。

"燕家大小姐燕凌菲居然要渡灵劫？而且引起全城围观？"季鸿终于忍不住从

椅子上跳了起来。

哪怕是他都能看出，这件事情有些古怪。

燕家大小姐竟然选择在再有两个月就要举行国战的关头上渡灵劫，这是打算放弃国战，还是另有隐情？

一想到这里，季鸿彻底坐不住了，果断出了自己的院子，准备前往城外看看情况。

而在他从自己的院子里出来时，才发现家族之中其他人早已出发。此外，这城中其他家族的人更是纷纷赶往城外。

想想也是，燕家在这炎京城之中不算顶尖势力，但燕凌菲却一直都是风姿绝代的天骄之一。

所以，她的一举一动都被无数人关注着。

一些其他分区对她特别在意的人，也是第一时间出动，赶到了龙卫三区的城郊之外，准备观看燕凌菲渡劫的情况。

一时间，龙卫三区的城郊之外热闹非凡。

对此，柳然自然毫不知情。

他身在云海秘境第二层，此刻依旧在不断地进行符阵布置。他脑海中构思出来的符阵，正在他手下一点点成形。

而这原本漆黑一片的黑色云海，随着他这个符阵一步步完成之后，竟然变得更多了一些神秘，仿佛忽然化作一片星空。

那一道道闪耀的符器、符卡在乌云之间闪烁，就仿佛是漫天星辰在闪耀一般，无比梦幻。

亲眼看着这一切出现的红衣、龟玄，以及红衣的那些后代们，此刻都瞪大了眼睛。

红衣在震惊过后，脸上又浮现出了激动的笑容。

她对龟玄说道："哈哈，老龟，以后我这黑云海也不再是乌漆墨黑了，比你那边可也不差了！"

一直以来，红衣对于这黑色的世界说不上有什么反感，但对比起龟玄镇守的白云海，总觉得多少有些郁闷。

而现在柳然却无意间完成了她这黑云海的改造，让她的心情十分激动。

现在这种神秘而梦幻的感觉，才是她真正想要的家啊！

龟玄瞥了红衣一眼，却只是平静地说道："我更在意的是，少爷现在布置的这个符阵到底有什么效用？"

他们虽然对于人族的符阵也有一些了解，但也仅限于某些基础的符阵了解，眼下这个符阵明显不是原有的东西，是柳然自创的，他们根本看不懂。

就在龟玄的话音落下时，柳然也完成了这个大型符阵的布置。

柳然的声音也随即传入了他们耳中:"关于这一点,很快你们就可以看到了!"

声音一落,他手中一个符印打出,化作最后一道符纹,没入整个符阵中。

瞬间——

"嗡!"整个黑云海都产生了激烈的变化,无数的符光从黑云海各处浮现,竟是化作一个庞大的绚丽光旋涡,笼罩住了那依旧在一块礁石上昏迷着的银月。

下一刻,银月身上的禁锢符阵就被解除了,他缓缓地醒了过来。只是,刚刚醒过来的刹那,他就感觉精神一阵恍惚,自己周围的环境就变了样子。

他再定神一看,就发现自己竟然已经回到了冰狼一族所占据的海外岛屿——啸月岛上,身处自己在这岛上的洞府内的卧室之中。

"我什么时候回来的?我不是被人袭击,然后……"银月皱起了眉头,目光在周围扫视着,眼神之中带着一丝疑惑与警惕。

就在这时,忽然有人进入了他的卧室。

这走进来的正是银牙,一看到他苏醒过来,银牙惊喜万分,道:"大哥,你终于醒过来了!"

银月看着银牙,讶异地问道:"我什么时候回到啸月岛的?"

银牙一愣,随即说道:"我们都回来好几天了,不过,大哥你被抓走之后都在昏迷,长老们后来把你带回来疗伤,你根本不知道!"

银月目光一闪,随即又问道:"把我抓走的到底是什么人?"

"是多宝阁的人!"银牙回答道。

"多宝阁?我与他们无冤无仇,为什么要抓我?"银月皱起了眉头。

"据说是多宝阁的少阁主和那个柳然有关系,帮他出头!"银牙无奈地说道。

"柳然!"银月一听到这个名字,脸色都不由得沉了下来。

就在这时,他像是想到了什么,猛地起身,对银牙说道:"我要去一个地方!你跟我来!"

话音未落,他们两个便一起走出了洞府。

迷幻符阵中,柳然看着符阵之内演化出来的景象,嘴角不由得一勾:看样子很快就能知道那种特殊的星金到底是从哪里来的了!

第二十八章 ❀ 燕凌菲出关

第二十九章 柳然现身

龟玄和红衣两个人站在柳然身边，神色充满震惊。

但他们却根本不敢发出声音，生怕惊醒了迷幻符阵之中的银月。

原来，此刻银月所看到的景象，就是迷幻符阵在他识海之中呈现出来的幻象，只不过柳然又借助符阵将这种幻象呈现在了外界。

这种感觉就像是银月在做梦，但柳然却可以轻易看到他这个梦境之中的景象一样。

这样的幻术手段就是龟玄和红衣两个人也是闻所未闻。

就如同柳然所预料的一样，幻象之中，银月带着银牙出了洞府之后就径直前往他当初发现特殊星金的地方。

那是距离啸月岛不远的一座偏僻小岛，岛上毫无生机，还有一个巨大的深坑，似乎是被一颗庞大的天外陨石砸中过。

不过，那块陨石已经不在，似乎是被人搬走了。

银月他们也是经过千辛万苦才来到了这里，然后进入了海岛之上一个隐秘的狭缝之中。

在这里，银月也终于再次找到了一些星金。

不过，就在他打算取走一些，回头好好研究研究这其中的毒素为什么对柳然没有作用的时候，这个梦便戛然而止了！

银月重新陷入了昏迷，再次被柳然利用符阵禁锢、镇压起来。

柳然心满意足地打出了几个符印，停止了符阵的运转。

在这时候他才发现，凌薇、云妙伊和风素月三个人不知道什么时候也来到了这云海秘境的第二层，而且似乎也看到了方才的幻象。

柳然专注于记住方才银月那"梦中"的各种细节，完全没有注意到这一点。

"你们怎么来了？"柳然问道。

风素月刚想回话，凌薇却抢先了一步，反问柳然："你是怎么做到的？"

柳然听到这突然的问题微微一愣，旋即就明白对方所指的应该是方才他运转的迷幻符阵。

毕竟，凌薇似乎也是专注于幻术一道，对此自然兴致极高。

柳然微微一笑，道："你疑惑的地方是哪里？"

"为什么这个幻象并不是特别逼真，但对象却几乎没有怀疑？"凌薇问道。

柳然说道："因为这并不是我构建出来的幻象，而是银月自己潜意识里构建出来的梦境！"

凌薇皱起了眉头，若有所思。

风素月则是疑惑地问道："这是什么意思？"

柳然解释道："简单来说就是，我这个符阵不会构建固定的某种幻象，而是通过深层次的催眠、心灵引导，让目标开始做梦，而我的符阵只是辅助他将梦境变得更加清晰真实，同时在外界呈现出来而已。"

"催眠？心灵引导？"凌薇呢喃自语，心中却感觉仿佛有另一扇大门忽然被打开了一样。

风素月和云妙伊也大概明白了柳然的意思，却非常惊讶迷幻符阵居然还可以这么用。

催眠、心灵引导，这种方法其实很常见，但基本不被重视。没想到被柳然放大之后，加入迷幻符阵之中，竟然可以产生这样的效果！

这等于是让目标自己构建出一个自己最想看到的幻象，然后沉沦其中！

这样的幻象还有谁能破解？

柳然看出了她们心中所想，却轻叹一声，道："其实并没有那么厉害，这个迷幻符阵也有漏洞。"

"什么漏洞？"云妙伊好奇地问道。

"一个在于一旦目标的灵魂修为比我高，那么就有很大可能根本不会陷入迷幻。"柳然说道，"另一个则是，一旦对方心灵毫无破绽，无欲无求的话，也根本不会受到符阵的影响。"

风素月和云妙伊纷纷点头表示了然。

凌薇则是从沉思中回过神来，没好气地说道："你这是废话，如果对方真达到这种层次，一般的幻术也奈何不了他们！更何况，灵魂修为比你高，还无欲无求的人，这世上又有多少？"

柳然嘿嘿一笑，挠了挠头，道："我这也是鞭策自己，只要我继续努力提升灵魂修为，这样这个符阵就永远都有用途！"

闻言，三女齐齐对他翻了个白眼。

凌薇旋即又问道："这个迷幻符阵是你自创的吧？有什么名字吗？"

柳然点了点头，说道："的确是我自创的，至于名字嘛……我还真没想好。"

凌薇思索了一下，道："不如，就叫花落知多少如何？"

"迷幻符阵，花落知多少？"柳然和云妙伊、风素月他们眼睛都是一亮。

云妙伊赞道："好名字！梦里花落知多少，不就是一个梦幻的符阵？"

"不错！"柳然笑着点了点头，"那就叫这个名字吧！"

收拾完银月，又给自己自创的符阵取了名字之后，柳然心情大好，开始想着什么时候前往银月方才梦境之中的那一处海岛，取回那特殊的星金。

就在这时，他忽然感知到识海之中的暗符界通行符一阵震动。

意识沉入其中查看了一下，柳然才知道原来现在外界很多人在联系他。

阅读完这些传信内容之后，他才知道外界现在发生了多么重大的事情。

"小然子，发生什么事情了？"风素月看到柳然的神色变化，不由得好奇地询问。

柳然的意识退出了识海，笑着说道："没什么，有个朋友要渡灵劫，你们要不要跟我一起去围观一下？"

"这个时候渡灵劫？"云妙伊眉头一皱，"你这个朋友难道不准备参加精英符修大战？"

"或许她有什么其他的安排吧，去看看就知道了。"柳然推测道。

风素月和云妙伊并没有表态，反而都看向了凌薇，似乎等着凌薇做决定。

凌薇思索了一下，随即点头说道："去看看也好，我还没见过别人渡灵劫呢！"

闻言，风素月和云妙伊才纷纷表示同意前往。

见此，柳然倒是有些意外，总感觉这三个人情绪似乎有点儿古怪。

不过，他也没有多想，带着凌薇、风素月、云妙伊、龟玄、红衣五个人一同离开云海秘境，然后直奔城郊之外飞去。

片刻之后，柳然他们赶到了城郊二十里之外，来到了燕凌菲渡劫的地方，就发现这里早已是人山人海。

放眼望去，此时这龙卫三区的郊区之中到处都是人头攒动。

人群之间，还有各种造型各异的悬浮飞车，以及各式各样的飞行符器。

甚至有人占据了某处视野极佳的山头，撑起了一顶大帐篷，三五成群，办起了野外茶会，好整以暇地等着观看灵劫。

柳然他们看到这情形都有些目瞪口呆。

特别是刚刚来到这里的凌薇，感慨道："这炎京城里的人果然不一样……"

"借过一下，借过一下，谢谢！"

柳然带着凌薇他们几个人努力朝着前方挤过去。

可是，他们实在是来得太晚了，这里好的位置早就被人占了，很多人根本不想让他们往前面挤。

再看柳然一个人就带着三名少女同行，一些人心里就更加不痛快了。

于是,有人回头对他们呵斥道:"你们是谁啊？别挤了！来晚了就在后面待着！"

柳然不由得一阵无奈，留在这后面的位置根本连燕凌菲的人影都看不清楚，还看什么渡灵劫？

但他也看出来了，如果他们非要继续往前面挤，估计很多人都准备跟他动手了。

柳然倒是不怕战斗，但是他怕麻烦。

所以，最终他取出传信符卡，准备传信再让小胖子陆轩过来帮帮他。

就在这时，一阵惊呼声忽然传入了柳然他们的耳中。

"哇，快看，是茵茵郡主！"

"真的！没想到茵茵郡主竟然也来了！"

"她肯定要来啊，因为她可是一直将燕凌菲当成自己的对手！"

柳然扭头一看，便看到上空一匹漂亮的白色独角马，拉着一艘布满各种玫瑰花纹、装饰的精致粉金色悬浮飞车，正急速从城中飞出，朝着这边飞过来。

除此之外，在这艘悬浮飞车后面还紧跟着好几辆悬浮飞车，款式各异，但都十分精美，追随其后。

"竟然是她？"风素月有些惊讶。

原来，为首这悬浮飞车还是敞篷设计，可以清楚地看到上面坐着一位十六七岁的少女，不就是之前柳然他们在黑市之中遇到的那名自称为李茵茵的少女？

不一样的是，她此时并没有什么伪装，而且装扮十分华丽端庄，让她显得更加漂亮，浑身上下更是透出了一股尊贵的气息。

柳然一看到李茵茵的悬浮飞车，眼睛却一下子亮了。

他倒是没想到，这李茵茵竟然还是皇室的一位郡主！

他眼珠微微转动了一下，旋即收起手中的传信符卡，而后对身后的几个人说道："大家跟我一起来，我们搭一趟顺风车！"

话毕，他自己就率先纵身一跃，背后一对流光溢彩的羽翼凭空浮现，便带着他飞向了李茵茵的车。

其他人纷纷一愣，不过最终也只能与他一样，能飞行的红衣和龟玄自己飞行，而凌薇她们则是纷纷催动飞行符器，紧跟着柳然飞向了李茵茵。

他们这样的动作却将方才呵斥他们的人搞蒙了。

"这些家伙是什么人？竟然这么大胆！"

"竟然敢把茵茵郡主的车当顺风车，他们是活得不耐烦了吧！"

"咦？不对啊！你们快看，他们真的上车去了！"

人群中，众人从最开始的戏谑、嘲笑，忽然转变成了惊呼连连。

因为他们看到柳然几个人登上了李茵茵的悬浮飞车后，李茵茵并没有赶走他们的意思。

众人愣了好一会儿之后，忽然，人群中有一个人紧张地说道："天哪！我刚刚竟然还骂他！他应该没有认得我的样子吧？"

闻言，又有几个人咽了咽唾沫。

他们刚才也出言嘲讽了柳然他们，若是这个能坐上郡主车的人回头来找他们麻烦，他们绝对吃不了兜着走！

而现在他们貌似也只能祈祷柳然不认得他们，或者大人不记小人过了。

人群之中，却还有一些人目光一直盯着远去的柳然等人，总觉得似乎是在什么地方见过柳然。

忽然，一个少年瞪大了眼睛，惊呼道："我知道了，他是柳然！"

"什么？他就是柳然？"

"难怪这么厉害！"

"天哪！他到底是什么人？和茵茵郡主有什么关系？"

一石激起千重浪，人群之中瞬间哗然一片。

关于柳然的信息，从这个位置朝着城郊外四处传播开来。

一些因为之前炼符师公会事件、多宝阁事件对柳然有所关注的人，一时间全都错愕不已。

谁也没想到，柳然非但和燕家关系匪浅，和多宝阁的少阁主有交情，居然还是一个可以坐上郡主香车的男人。

此外，关于柳然之前更多的事情开始逐一被人挖掘出来，造成更加剧烈的反响。

千言万语汇成一句话，柳然这个从东洲来的神秘少年，终于现身了！

当然，大家议论纷纷的时候，根本不知道柳然他们能登上李茵茵的悬浮飞车，完全不是他们所想象的那样。

他和李茵茵的交情可没有大家想象中那么好。

只因为李茵茵向来自视甚高，也不认为有人敢在炎京城附近伤害到她，所以悬浮飞车的各种防御符阵根本没有开启。

柳然也就是看准了这一点，才厚着脸皮，带着云妙伊他们就坐了上来！

李茵茵的车很宽敞，柳然他们六个人坐上去一点儿都不显拥挤。

李茵茵和帮她驾车的侍女都是第一次面对这种情况，一下子也蒙了。

"打扰了，我们搭个顺风车！"柳然露出一脸纯真的笑容，对李茵茵说道。

说着，他还一副自来熟的模样，顺手就将车内的符阵开启了。

"嗡！"

一层符光迅速将车子包裹起来，让车内形成了一个封闭的空间。

而就在柳然做完这个动作的时候，李茵茵终于反应过来。

李茵茵尖叫起来："啊！谁让你们上来的？你们给我下去！"

幸亏柳然开启了符阵，否则这声音传出去，估计很多人以为郡主遇到刺杀了！

凌薇她们三个小姑娘俏脸都是一红。柳然却神色不变，好像是根本没有听到李茵茵的话一样。

这都好不容易上来了，柳然又岂会下去？

毕竟，这可是炎京城，不是什么车都可以像这辆郡主座驾一样飞得那么高的！

现在人这么多，也只有李茵茵这极少数可以高空飞行的车，才能带他们到最前面的地方。

更何况，他可还记得他父亲让他到这炎京城中来，要多给皇室的人找找麻烦。这位郡主大人就是皇室之人，柳然岂能放过？

所以，柳然非但没有下车的意思，反而鄙夷地对李茵茵说道："堂堂王朝的郡主居然就这么小气，连个顺风车都不让人坐一下吗？"

"你！"李茵茵气得咬牙切齿。

云妙伊她们本以为她会大发雷霆，心里还在暗自埋怨柳然不靠谱。

要是他们被从这车上赶下去，那可就丢人丢大了！

不过，让她们惊讶的是，李茵茵也不知道是出于什么心思，竟然没有发怒，也没有动手将他们赶下车去。

李茵茵只是讥讽柳然，说道："怎么？看来外界传闻你和燕家闹了矛盾是真的？燕凌菲这条小船翻了，你准备找本郡主当靠山？"

柳然撇了撇嘴，道："你想多了，我就是觉得你这车很宽敞，所以才上来的！"

可他越是这么说，李茵茵就越认定自己的猜想是正确的。

李茵茵说道："你就不必掩饰了！燕凌菲估计还不知道她招揽的人居然被她妹妹给赶到了我这边吧？哼，我倒是要看看，等会儿如果她看到你在我身旁，会是什么样的表情！"

想到这里，她忽然觉得很兴奋，甚至忍不住哈哈大笑起来。

柳然和云妙伊他们在旁边看得一阵无语。

柳然更是头痛地揉了揉脑袋，道："算了，你开心就好。"

他忽然觉得有些可怜燕凌菲，如果他有这么一个头脑简单、自以为是，还一直把他当成比较对象的对手，估计会头痛死吧！

不过，现在柳然不得不承认的是，多亏了这位自以为是的郡主大人，才让他们顺利地穿过了密密麻麻的人群，终于来到了最靠近燕凌菲渡劫的位置。

第二十九章 柳然现身

此时，燕凌菲就站在城郊之外一处数百米高的山头上，山峰周围十里范围内被燕家的众多强者严格把守，根本不让人靠近。

而十里之外的范围，现在却已经被无数人围成了一个大圈。

周围靠近这一座山峰的几座山头无疑就是附近观看渡劫的好地方，但此刻已经站满了人。

柳然他们无疑已经来得很晚，但是，有李茵茵在根本无须担心没有位置。

"郡主，快过来！"

"郡主，这边，快来这边！"

几名衣着华贵的年轻公子纷纷激动地对李茵茵招手。

结果，当李茵茵的悬浮飞车靠过去之后，符阵打开，他们一看到李茵茵这车上居然还有一大堆人，一下子就傻眼了。

特别是当看到还有柳然这个英俊潇洒的少年时，那几名年轻公子一个个脸色都难看起来。

其中一个人更是忍不住问道："郡主，不知道这位兄台是……"

李茵茵张口正想说什么，柳然却抢先一步，说道："不好意思，我们只是路过的，你们聊，我们就不打扰你们了！"

话毕，他对凌薇她们使了个眼色，然后快速带着他们各自催动飞行符器，飞向了附近另一座山头。

李茵茵看着他们就这么走了，也有些傻眼，半天都没回过神来。

等她反应过来的时候，柳然他们早已飞远，一时间气得咬牙切齿。

她现在才确定，柳然他们刚才真的只是搭顺风车的！

而在她周围的那些年轻少爷们一个个则是满头雾水，搞不清楚这到底是什么情况。

柳然现在可没心思卷入莫名其妙的争风吃醋，所以才带着云妙伊她们赶紧溜。

结果他们在不远处就遇到了另一个熟悉的人——玄月楼的李青璇。

也不知道是不是玄月楼势力很大，李青璇只带了一个侍女和一个老婆婆随行，居然也占据了附近的一处小山头，无人打扰。

"青璇姑娘，不介意我们过来和你一起观看吧？"柳然上前打招呼道。

李青璇早就发现了他们，看到柳然一行人，她不由得微微失神。

旋即，她便说道："不介意，这是我的荣幸！"

柳然他们在这山头上落了下来。

等他们站稳之后，李青璇的目光逐一在凌薇、云妙伊、风素月三个人身上扫过，对柳然揶揄道："柳公子身边的红颜知己还真是不少呢！"

柳然讪讪一笑，道："青璇姑娘说笑了，她们都是我的朋友。"

随即，他就开始给大家彼此介绍，扯开了这个话题。

而在大家彼此认识过后，燕凌菲的灵劫也即将开始，众人的注意力自然也都被吸引了过去。

柳然的目光朝着燕凌菲那边看去。

十里之遥，对于他们这些符修而言根本不算什么，再加上此地空旷，大家都可以清晰地看到那边山头上，一袭红衣的女子凌空而立。

此时已经是深夜时分，一轮明月高高悬挂在空中，皎洁的月光为大地铺上了一层银霜。

明月之下，燕凌菲红色的衣裙随风飘动，青丝飞舞，宛若仙女入凡尘，倾世绝伦的容颜，缥缈出尘的气质，无一不引人注目。

四野一片寂静。

所有人的目光都集中在燕凌菲的身上。

大家都可以感受到周围的紊乱的天地灵气波动愈演愈烈，不由得都屏住了呼吸。

忽然——

"轰！"

像是灵气的紊乱达到了某个界点，能量运转的秩序终于被打破了一样，磅礴的灵气宛如山洪一般，疯狂地咆哮着冲向燕凌菲！

灵劫开始了！

围观的所有人心中纷纷一震，眼睛更是一眨不眨地盯着场中的情景。

忽然，大家纷纷瞪大了眼睛。

因为，他们惊愕地发现，燕凌菲这灵劫似乎和寻常人不一样。

因为他们看到，在那从四面八方咆哮着冲向燕凌菲的灵气洪流中，此时竟然冒出了一头头骇人的猛兽！

第二十九章 柳然现身

第三十章 上古功法

"嗷呜!"

"吼!"

"轰隆隆!"

各种稀奇古怪的猛兽吼叫声,夹杂着密集的脚步声,突然响彻这一片天地之间,让所有人都不由得为之色变!

大家看着燕凌菲那边,都是满脸的难以置信!

"这到底是怎么回事?"

"为什么会出现这种状况?"

"这些兽影是什么?怎么感觉好像很危险?"

一道道议论的声音不断在人群之中响起,无数人都为之沸腾起来。

实在是眼下这情景太过怪异,与大家认知之中的灵劫截然不同,才会引起如此剧烈的骚动。

灵劫的由来,其实当初天帝风剑尘就为世人解释过,那是天地自然平衡的一种方法。不管是人族也好、异族也罢,修炼时必然要吸收天地灵气,这样长年累月的灵气吸收,其实对于天地间的能量平衡会产生一些影响。

等个人对天地能量平衡的影响到了某个节点,就会打破平衡,引动一种灵气"塌陷",造成短时间大量的能量朝着这个个体倾泻、灌输。

这就是灵劫。

简单来说,就是修炼之人整天从天地之间吸收能量,需要受天地秩序制衡,既然想要吸收能量,就要付出相应的代价。

一般来说,灵劫呈现的方式就是一个庞大的灵气旋涡,其中都是狂暴的灵气能量,不断灌入渡劫者体内。

若是渡劫者借此打破瓶颈,那么修为可以再进一层,踏入更高层次的天劫境。

若是渡劫者无法承受这样的能量灌输,那么就会被灵气冲击重伤,突破失败,并且以后也基本无法再引动灵劫,没有机会踏入天劫境了。

在场众人多数都是常住在炎京城中的,而炎京城中可是会聚了炎玄王朝大多数的能人强者，所以对于渡灵劫这种事情，大家基本也都见过。

可是，众人却从没见过燕凌菲这么奇怪的灵劫。

灵气旋涡之中，竟然会出现兽影，而且这些兽影此时还宛如活物一样，正在对燕凌菲发动攻击！

众人心中为之惊奇、迷惑的同时，也有不少人为燕凌菲捏了把冷汗。

因为，大家都察觉到了这诡异灵劫的危险。

就在这时，柳然忽然听到李青璇身旁那位老婆婆发出了低沉的呼声："这……难不成她所修炼的是上古时代的功法？"

"上古功法？"柳然他们一个个都有些惊奇，看向了那位老婆婆。

不过，老婆婆并没有理会他们，只是目光一直紧盯着燕凌菲那边。

李青璇倒是多少知道一些，轻声解释道："所谓的上古功法，就是上古时代的功法。你们应该也知道，天符历之前的时代被称为上古，那时候所流行的功法与我们现在截然不同，所以被称为上古功法！"

闻言，柳然等人顿时了然。

龟玄随即问道："可是，我听说人族上古时代的功法不是已经无法修炼了吗？"

李青璇却摇了摇头，道："那只是当年误传，或者是有意这么传扬，让大家修炼天帝改良之后的功法！"

红衣不解道："这又是为什么？据我所知，人族上古的功法修炼起来，同等修为下应该更强才对！"

李青璇解释道："上古功法虽然强大，但对于自身资质要求非常高，人族几乎只有极少部分人可以修炼。而且，上古功法危险性也很大，一旦渡劫失败，随时都会灰飞烟灭。"

柳然了然，点了点头，道："原来如此，相比之下，天帝所改良过的功法非但适合更多人修炼，而且哪怕渡劫失败，顶多也就是重伤，甚至伤势痊愈之后继续修行的概率都大很多！"

"没错！"李青璇点头道，"但哪怕如此，如果有本身特别适合修炼上古功法的人，多半还是会修炼上古功法！这个燕家大小姐，恐怕就是这样的人吧！"

就在他们交流之时，燕凌菲那边的局势已经变得十分危险、紧张。

"吼！"第一只宛如鳄鱼一般的兽影冲到燕凌菲面前，张开大口就朝着燕凌菲咬了过去，仿佛要将她一口吞下！

不过，燕凌菲却十分平静，抬手一道红色的符光从她手中爆发而出。

看到她这个动作，附近观看的不少人微微一愣。

李茵茵旁边一名女子更是连连摇头，道："燕凌菲难道不要命了吗？这种时候

第三十章 上古功法

居然只施展区区一种三级攻击符技！"

其他很多人也都十分不解。

然而，就是这一道他们看不起的三级攻击符技，却瞬间穿透那头灵气凝聚而成的巨大鳄鱼！

"轰！"这头巨大的鳄鱼轰然碎裂，化作漫天的灵气！

李茵茵旁边那名女子见状脸上不由得一红，不敢再吭声。

李茵茵则是轻叹一声，道："她这是在节省符力。"

听到这话，她周围的众人这才纷纷明白过来。

人体之内的符力毕竟是有限的，眼下这么多兽影一起涌来，燕凌菲如果一开始就释放各种强力符技，如何能够支撑到最后？

想明白这一点，周围不少刚才还在不解、鄙夷燕凌菲的人，一时间都是面露羞愧之色。

所幸，大家现在的注意力都放在燕凌菲的身上，也没有人去注意他们。

空中，燕凌菲不断地施展着各种符技，身形穿梭于一只只凶恶的猛兽之间，展开激烈的战斗。

而她所施展的各种符技也并不是多么高级，但每一种在她手中所发挥出来的威力却颇为惊人。

她就这么在不浪费太多符力的同时，一次又一次将扑杀而来的灵气兽影斩灭！

"咦？你们发现没有，她每斩杀一只兽类，身上的气势就减弱一分！"风素月忽然对柳然他们说道。

云妙伊点头说道："是啊！刚刚她还有天劫境的威势，现在都跌落到化劲期巅峰了！"

凌薇也说道："照这么下去，恐怕她无法支持到最后啊！"

柳然却笑了，说道："那可未必！"

"哦？"李青璇好奇地看了柳然一眼，"你有什么特别的发现吗？"

周围其他人也都纷纷将目光转向柳然，包括李青璇身边那位第一时间发现燕凌菲所修炼的乃是上古功法的老婆婆也不例外。

柳然的目光从他们身上扫过，反问道："你们难道没有发现，那些被她劈碎的兽影溃散出来的灵气，最终都被她和周围其他的兽影给吸收了吗？"

大家听他这么一说，再仔细观察一下，还真是如此！

不同的是，周围的兽影在吸收灵气之后，变得越来越强，而燕凌菲的气息却变得越来越弱。

再三观察过后，凌薇忽然眼前一亮，道："是交换！她正在用交换的方式，不断将自己体内的符力释放出来，然后吸收入外界的灵气转换成符力！"

闻言，大家的眼睛也都纷纷一亮。

柳然笑着点头道："没错，而且一次又一次交换之后，虽然符力的总量减少，造成她气息似乎变弱了，但她一次一次重新提炼出来的符力却更加精纯！这一点，你们仔细观察她先后施展的某些相同符技就应该可以看得出来！"

大家再次将目光集中在远处的燕凌菲身上，果然发现某些她之前所施展过的符技，如今威力变得更强！

甚至有一些符技的威力，强大了足足一倍有余！

这种明显的威力提升，无疑与她自身符力更加精纯凝实有关系。

所以，换言之，燕凌菲如今的气势虽然一直在下跌，但实力却不减反增，根基也越发巩固！

李青璇身旁那位老婆婆忽然身躯一震，像是想起了什么重要的事情，苍老的面容上露出了惊叹之色："原来如此！她所修炼的乃是上古时代的三灾九炼之法啊！"

"三灾九炼？"众人又一次被她提出的新鲜词语吸引了。

这一次，老婆婆倒是为大家开口解释了。

她缓缓说道："所谓的三灾九炼并不是特指某一种功法，而是一类功法，这一类功法的相同特点就是，所有修炼的人，不管是灵劫、天劫，还是传说中的道劫，每一境界的劫难都必须连渡三次，也就是一共九次劫难！"

"嘶！"众人闻言纷纷倒吸了一口凉气。

风素月咽了口唾沫，道："一般人渡一次劫都觉得很艰难，这上古功法居然需要连渡三次，简直是不让人活了啊！"

凌薇则是一脸恍然，说道："难怪她会在这个时候渡灵劫，她这恐怕只是第一次或者第二次灵劫，渡过之后修为恐怕依然只是化劲期！"

老婆婆点了点头，道："没错，只要她不渡过第三次灵劫，那么她就不算是踏入天劫境，依旧可以参加精英符修大战！但她修炼这上古功法，经过前两次灵劫的淬炼之后，她自身的实力，绝对已经可以和寻常天劫境灵台期小成，乃至灵台期大成层次的强者媲美！"

听到这话，众人再次为之动容。

还没踏入灵台期，却已经拥有近乎灵台期大成的实力！

那岂不是说等她真正踏入灵台期，就已经足以与灵台期巅峰相比拟？

"听得我都想修炼上古功法了！"云妙伊轻叹一声道。

那位老婆婆却连连摇头，道："上古功法修炼太难，要求太高，而且，肯定还有某些人不愿意看到有人修炼成功。"

第三十章　上古功法

"这话是什么意思？"柳然疑惑地问道，"难不成还有人会出来打断她渡劫？"

老婆婆只是神神秘秘地说道："你们继续看下去就知道了。"

柳然几个人见此，也只能再次将目光转向了燕凌菲的那边。

此时，燕凌菲的灵劫也到了关键的时刻，她周围大多数灵气凝聚的兽影已经被她接连斩碎。

在她周围，剩余的兽影也就一共五只，但每一只都比之前的强大数十倍，非常难缠。

燕凌菲早已取出了一件符器长鞭，她极力与这些兽影周旋，身上已经受了好几处伤，险象环生。

"嗖！"一只雄鹰一样的巨大兽影朝她飞扑而来，身形快如闪电，一双利爪朝燕凌菲突袭而去。

燕凌菲立即挥动长鞭，全身一道道符光骤然变亮。

"咻！"长鞭破空，快速地抽向巨大雄鹰。

可是，这就在她动手的瞬间，一只猛虎兽影从她身后袭来，一爪就朝着她的腰部抓了过来！

燕凌菲立即抬起右脚一踢，将那一只体形足有她十倍大小的巨虎踢翻出去。

趁此机会，一只老鼠一样的兽影从她前方出现，张开大口就朝着燕凌菲咬了过来。

同一时间，燕凌菲的右方冒出了一只巨大的豹子，同样对她探出了利爪。

"轰隆！"燕凌菲极力施展身法朝着左方退避，同时左手捏碎一枚玄金级中品防御符卡。可是这一层符光几乎瞬间就被这两头兽影轰碎。

"破！"她大喊一声，右手拉扯手中的长鞭，将被长鞭卷住的巨鹰拉扯下来，用它当作盾牌，终于挡下了那两头兽影的攻击。

可是，她好不容易脱离险境，身后却传来了刺耳的破空声。

"咻！"一根巨大的蛇尾从她背后破空劈落，势若千钧，仿佛要将她整个人生生劈碎一样！

看到这一幕，众人的心都提了起来。

可是，随后大家却都纷纷瞪大了眼睛，愕然看到那从燕凌菲身后袭击的巨蟒莫名其妙地轰然破碎！

"她做了什么？"

无数人心中同时浮现出了这个念头，脸上更是浮现出了迷惑之色。

那兽影肯定不会自己毁灭，一定是燕凌菲做了什么才会如此。这一点从燕凌菲身上的气息又下跌了一大截就可以看出来。

可是，偏偏众人看不到她究竟施展了什么。在场的人，或许也只有柳然感知到了，方才那一瞬间安燕凌菲体内冒出了一股奇妙的符力。

"天符之力！"柳然心中暗道。

也只有同样拥有天符的他，才可以感受到那股无形无色的奇异符力。

就是在燕凌菲爆发出天符之力不久之后，那剩余的几只兽影终于又被她迅速斩杀了两只。

而正当她准备一口气灭杀全部，彻底结束这一场灵劫的时候，忽然——

"轰隆！"空中毫无征兆地浮现出一只巨大的手掌，铺天盖地一般，朝着燕凌菲抓了过去！

柳然眼中精芒一闪：这就是那位老婆婆方才所说的敌人？终于动手了！

那突兀出现的庞大手掌，一下子让在场无数人都为之震撼、惊愕。

"那是什么？居然有人敢动手！"

"看来有人不想让燕家这位大小姐崛起啊！"

"这符技的气势好厉害，似乎是七级攻击符技！"

"嘶！那岂不是天元期级别的强者？这是要置燕凌菲于死地啊！"

人群之中瞬间沸腾起来。

有人惊叹，有人幸灾乐祸，也有人惋惜，各种各样的情绪纷纷浮现。

但不管是什么态度，所有人都瞪大了眼睛，惊呼的同时也一眨不眨地紧盯着燕凌菲的方向。

在他们的注视中，那滚滚黑云所化，笼罩住了方圆数里范围的庞大手掌正悍然朝着燕凌菲抓落而下。

那一座山峰周围，燕家的人守在距离燕凌菲最近的地方。

此时，燕家的人自然第一时间都愤怒起来！

他们倒是想到了有人会阻碍燕凌菲，却没想到对方竟然这么不要脸，竟然连天元期的强者都出动了，就为了对付一个还在渡灵劫的小姑娘！

现在最尴尬的是，燕凌菲在渡劫，他们根本不能靠近，否则会害了燕凌菲，所以只能隔空帮助燕凌菲。

"启动符阵！快！"

燕家家主燕鸿鸣第一时间怒声大吼，对众多燕家子弟下达命令。

瞬间，众多燕家子弟纷纷行动，一个个掐动符印，引动他们在这里布置下来的庞大符阵。

"轰！"一层层符光冲天而起，化作一个方圆五里的庞大光罩，瞬间将燕凌菲笼罩在其中，将那巨大的手掌挡在了外面。

"砰！"那巨大手掌拍落在光罩之上，瞬间就将其拍得震颤连连，几乎就要破碎了一样。

剧烈的碰撞之下，这座大山周围的空气都掀起了层层混乱的气流，让距离十里之外观战的柳然等人也都纷纷感觉到了劲风扑面。

"噗……"负责操控符阵的燕家子弟，好几个人脸色一白，张口喷出了一口鲜血。

对方这一击，不仅让他们遭受了符阵反噬，还受了内伤。

更让他们惊诧的是，对方一击不成，又再一次发动了攻击，又是一只巨大的手掌当空斩落下来！

若是再被对方击中一次，他们这个符阵必然就要崩碎了。

不过，在对方这第二次出手的时候，燕鸿鸣却冷哼一声，身形一闪，就朝着某个方向飞扑了过去。

原来，对方接连两次出手，已经让他推断出了对方所在的位置。

"轰！"他的身影宛如闪电，一闪就到了数里之外，立刻一拳将一个隐匿于暗处的人影逼了出来。

那个人全身上下都流转着灰色的迷雾，整个人根本看不清楚模样，就连气息都十分隐晦，显然是不想让人认出他的身份。

"杀！"燕鸿鸣也不管对方是谁，就动手与对方展开了酣战。

而对方的符技被他这一打断，空中落下来的大手掌也迅速溃散，终于消失了。

燕家的子弟们暗自松了口气。

一名燕家长老却怒声大喊，声若惊雷道："第一组巩固防御符阵，第二组立刻开启第二层符阵！"

刹那间——

"轰！"又是一阵闪烁的符光浮现，这一次却是笼罩住了方圆十里的范围。

如此一来，两层符阵之间，刚好形成一个环状空间，将所有观战者都挡在了外面，同时又将某些别有用心的人困在了里面。

外面围观的众人不禁想为燕家这样的布置叫绝。

可是，没等他们开口，忽然又感觉到一股危险的气息出现。

"嗡！"一道庞大的剑影在燕凌菲的上空横空而来，宛如滚滚的江河倾泻而下，即将覆灭一切一般！

无疑，这又是一种七级攻击符技！

"又是一位天元期强者！"围观的人群中，再次传出了众人震撼的呼声。

虽说在炎京城中，天元期强者不像其他洲府中那么罕见，但轻易也不会露面的。

大多数人都没想到，这一次为了对付燕家，居然出动了两位！

"轰隆！"这一剑下去，笼罩住燕凌菲，方才为她挡下了那巨大手掌的符阵终于破碎，那道剑影却几乎去势不减，继续斩向了还被两只兽影缠着的燕凌菲。

　　"滚！"一声怒喊骤然响起。

　　大山周围，燕家的族人之中，几名燕家长老同时出手，各自施展开攻击符技，隔空轰向了那道剑影。

　　虽然这些燕家的长老都只有天劫境灵台期巅峰级别的修为，所施展的也都只是六级符技，但几个人合力之下，却也硬生生挡下了对方这一道已经被符阵削弱了一些的剑影。

　　随后，几个人也如同燕鸿鸣一般，找出了那个发动攻击的人，联手缠住了对方。

　　趁此机会，燕凌天指挥燕家子弟，立刻用最快的速度准备开启另一个符阵。

　　可是，让他们意想不到的是，没等他们的符阵开启，空中浮现出第三道针对燕凌菲的攻击。

　　这一次，是一道带着火焰的巨大拳影。

　　燕家的人都震惊了，包括家主燕鸿鸣在内，都没想到还会有第三位天元期强者出手！这一刻，几乎所有人的心都提到了嗓子眼。符阵外面观战的人目瞪口呆，心中只有一个声音：这一次，燕凌菲真的躲不掉了。

　　大家也看出来了，燕家的准备并不足以挡住这第三位天元期强者！

　　"太狠了！这些家伙实在是太狠了！"李青璇身边那位老婆婆都忍不住嘀咕起来。她猜测到会有人动手，因为没有人希望燕家更进一步，成为炎京城真正顶尖的大势力之一。

　　但她却没想到动手的人竟然有这么大的阵仗，出动了三位天元期强者！

　　这是完全不给燕凌菲活路！

　　就在这时，老婆婆耳边忽然传来了一声冷哼，让她不由得微微一愣。她目光扫向了声音传来的方向，发现正是柳然发出的声音。

　　而就在她看向柳然的瞬间，忽然发现柳然的身影一闪，紧接着就消失了！

　　不光是老婆婆，就是李青璇、凌薇、风素月、云妙伊、龟玄、红衣她们也纷纷注意到了这一幕。

　　"这……难道他……"

　　几个人脸色纷纷一变，目光都转向前方庞大的符阵内，便发现柳然的身影已经出现在其中！

　　柳然，终于出手了！

第三十一章 名扬天下

柳然的身影在符阵中突兀地出现,一下子引起了其他围观者的注意。

在距离不远的另一处山头上,站着的多宝阁陆轩一行人,更是第一时间看到了柳然。

陆轩的眼睛一下子亮了,说道:"是那个家伙!"

在他身旁,那些来自军中的汉子们一个个面露好奇之色,目光紧盯着符阵中柳然的身影。

"他就是柳然?"为首的人问道。

"没错!"陆轩点了点头。

"那贾某倒是得看看他除了是柳冲霄的儿子之外,到底还有什么能耐,值得陆轩公子都如此看重了!"那名汉子咧嘴笑着说道。

其他人虽然没有说什么,但目光之中却透着同样的探寻之色。

陆轩嘴角一勾,道:"那贾上校你们可就睁大了眼睛好好看着吧!"

同一时间,附近其他人也纷纷注意到了柳然的身影。

看到这个背负羽翼的少年,他们都非常惊奇。

燕家的符阵并没有被破开,这家伙究竟是怎么进入符阵之内的?

燕家的人更是震惊,因为他们更清楚符阵的威力。

"又是敌人?"不少燕家子弟惊怒交加。

燕凌天却一眼认出了柳然,大声喊道:"不对,不是敌人!"

燕凌雪则是惊疑不定地看着柳然,低声道:"是他?他想干什么?"

没等他们做出反应,柳然背后的羽翼一扇,他的身形就再次一闪消失。

下一刹那他就再次出现,人却已经身在数里之外,来到了里面那一层符阵的附近。

看到这一幕,大家瞬间都明白过来。

"他身上的羽翼居然是带遁空效果的飞行符器!"

"难怪他可以毫无阻碍地进入符阵内!"

"能自由穿梭到这样的符阵中,他这羽翼品阶至少是玄金级下品吧?"

"我更好奇的是，他是谁？到底想干什么？"

一声声议论之中，众人的目光都锁定在了这个突然冲入符阵之中的少年身上。

而后，他们纷纷看到柳然竟是冲到了燕凌菲不远处，一抬拳头，狠狠击向那当空而来，宛如一座小山般的巨大拳影。

这一幕，就仿佛蚂蚁试图与大象角力一般。

这家伙疯了！

众人脑海中第一时间都浮现出来这样的念头。

包括那原本还不知所措的燕凌天、燕凌雪等燕家子弟在内，众人都只是傻傻地看着那突兀出现在空中的蓝白色身影。

在他们的脑海之中几乎都已经浮现出柳然被轰碎的画面。

凌薇她们一个个脸色剧变。

还在与兽影拼杀的燕凌菲眼角余光瞥见这一幕，俏脸也不由得微微发白。

然而，下一刻——

"轰隆！"只见一抹紫色的火光一闪而逝，柳然用他的拳头，将那比他的身体都大了数百倍的巨大拳影轰裂，随即粉碎！

而他自己在挡下了这一击之后，身形只不过是向后倒飞出了一段距离，狼狈地在空中快速扇动背后的羽翼，好一会儿才卸掉这股力道，重新稳住了身形。

这一幕，瞬间将所有人都惊呆了。

哪怕是一直对柳然很有信心的陆轩、凌薇他们这些人，此时也是一阵发蒙。

他们想到了柳然敢这么冲上去，应该可以挡下这拳影，却没想到柳然竟然是用这么霸气的方式挡了下来。

现场几乎所有人都陷入了失神状态，包括那原本还在纠缠、激战的两处战场上的人，都是呆呆地看着空中这个衣袍翻飞的英俊少年。

好一会儿之后，才有人忽然发出了一声惊呼："这……这怎么可能？"

随后，众人才纷纷被惊醒了过来，顿时哗然一片。

"老天，我不是在做梦吧？"

"一位天元期强者发动的七级攻击符技，竟然被人用拳头挡了下来！"

"这还是人吗？"

"这个家伙到底是谁？怎么会有如此强悍的肉身？"

惊呼声、叫喊声、惊叹声此起彼伏，场面比起方才接连有三位天元期强者动手更加热闹几分。

众人在震惊之际，对于这个当空接下一位天元期强者攻击的少年身份，也是空前地好奇起来。

第三十一章 名扬天下

很快，柳然的身份被人揭发出来，一时间让周围议论的声音更是激烈到了极点。

"原来这个家伙就是柳然！实力居然这么强悍，难怪陆轩会和他做朋友！"

"之前元灵符界之中的传言我还以为是哗众取宠，现在看来居然是真的！"

"东洲来的第一天才？现在其他洲府的天才都这么厉害吗？"

"我听说这个柳然似乎之前战斗时伤及本源，现在看上去怎么不像啊？"

这些声音不断在各处观战的人群之中响起，愈演愈烈，甚至很多人都为此而暂时忽略了燕鸿鸣他们这些天元期强者的战斗。

多宝阁占据的那一处山头上，陆轩身旁的那名姓贾的军中汉子长叹一声，道："陆公子果然是慧眼识英雄，贾某服了！"

其他军士也都纷纷面露叹服之色。

他们本都是自恃实力不凡之辈，可是，他们看到了柳然的时候，才发现自己根本不算什么。

更让他们无奈的是，貌似柳然还比他们小两岁！

陆轩一副"我很厉害"的模样，嘿嘿笑道："这下子你们知道本公子的厉害了吧？哈哈！"

那位贾上校不禁有些无语。

事实上，他刚刚就发现陆轩原本也是张大了嘴巴，一副吃惊的模样。

但听到他们的话之后，陆轩才立刻改变了神色。

很显然，陆轩也并没有预料到自己结交的这个朋友居然如此厉害。

不过，在这种场合之下，贾上校显然也不想落了陆轩的面子，所以也没有点破。

相比起陆轩此刻的快意，在距离不远的另一处山头上，冰狼一族的人此刻却都一个个脸色铁青。

他们方才发现柳然出现之后，还在计划着是不是冒险动手，将柳然生擒，威逼对方交出银月。

可是，现在他们却发现，幸亏他们刚才没有动手，否则被生擒的还不知道是谁。

毕竟，他们在这里的人之中可没有天元期级别的强者。

"这怎么可能？这家伙怎么会这么强？"银牙失魂落魄地自语着。

他的直觉告诉他，柳然不可能这么强大，肯定是耍了什么花招。

因为，他根本无法接受，之前在黑市之中还只是和他斗得旗鼓相当的柳然，居然摇身一变就堪比天元期的存在。

别说他，就是冰狼一族的长老们也无法接受这样的事实。

以前他们都很看好银月，现在却都暗自在心中大骂银月太蠢，怎么招惹上了这样的妖孽人族？

唯有与银月有血缘关系的贪月长老，此刻非常焦急地开口说道："现在我们该怎么办？"

这是众人现在都想问的问题，因为他们发现自己这些人貌似真没办法对付柳然，难不成就此灰溜溜地退回去？

最后，众人纷纷看向了贪星长老。

贪星长老轻咳了一声，道："大家也别担心得太早，他现在看上去虽然威风，可是，他接下去要面对的可是一个天元期强者的怒火，还不知道他能不能支撑得下来！"

众人闻言，心中纷纷一动。

正如贪星长老所说的，柳然挡下了对方的攻击，等于坏了对方的好事，对方岂能放过他？

所以，他们的目光也立即再次看向了符阵之内，果然看到那名藏于暗处的天元期强者再一次含怒出手了！

这一次，对方的目标锁定在了柳然的身上。

"轰隆！"

夜空之中，再次凭空浮现出了一个巨大的拳影。

看到这一幕，人群之中的议论声戛然而止。

因为，他们明显感觉出，这一次那藏于暗中施展攻击的人明显带着怒火，这拳头之上腾腾的火焰明显火势更强。

火焰拳影当空落下的时候简直就仿佛是一颗天降陨石一样，威力竟是比之方才还要强大几分。

这样的一击之下，柳然又是否能够挡得住？

万众瞩目之下，柳然的神色也多了几分凝重。

他一抬手，战刀烈焱龙雀就出现在了他的手中，开始在他的符力灌输之下，绽放出耀眼的火焰符光。

众人看到这一幕也不禁纷纷一愣：他竟然想用火焰符技对抗火焰符技？

瞬间，大家又都很怀疑柳然是不是疯了。

据他们所知，柳然如今的修为依旧只是化劲期巅峰，之所以如此强大，只不过是依靠强横得惊人的肉身。

方才能用拳头正面接下一位天元期强者的攻击而安然无恙，也侧面说明了这个问题。

而现在他居然作死地放弃强横的肉身，反而准备用符技和一位天元期强者硬碰！

化劲期所能施展的大多数都是四级攻击符技和极少数的五级攻击符技，用这样的符技与一个天元期强者含怒施展的七级攻击符技硬碰，这不是疯了是什么？

当然，也有人怀疑，柳然是不是在刚才的碰撞中已经受了不轻的伤，所以此刻才选择这样的方式。

可是，想到方才柳然就已经创造出了惊人的奇迹，众人惊疑之际，又不得不耐心地继续看下去，以免再次被柳然打脸。

事实上，柳然现在的情绪非常激动、兴奋。

从方才与对方的碰撞之中，他的确是受了伤，但在他天符宝体可怕的恢复力之下，这样的伤势如今几乎都痊愈了。

而在受伤之时，他也得到了他意想不到的收获。

他从对方方才第一次的攻击之中，隐约有了一丝感悟——对于火焰类攻击符技的一丝感悟！

所以，紧握着烈焱龙雀的瞬间，他运转起了他自创的符技——烈焰惊魂斩，并且将这一丝感悟融入其中。

"嗡！"

只听战刀传出了一声欢快的颤鸣，柳然整个人的气势都攀升了几分。

说时迟那时快，这一切不过是刹那间发生，外人甚至无法感知到变化，柳然便已然挥动战刀，迎着那依旧庞大如山的巨大拳影劈斩而下。

"轰！"

所有人忽然看到柳然这一刀斩落下来，竟然有一头紫色火焰幻化而成的巨大火鸟破空而出。

那紫色火鸟迎风而涨，眨眼竟然变得足有上千米长，狠狠地撞向了那破空而至的巨大拳影，瞬间产生了一波爆炸。

"轰隆隆……"

刺耳的爆炸轰鸣声，狂暴的火焰能量，在瞬息之间朝着四方肆虐开来，引起方圆十数里范围内剧烈的震荡。

隔着足足十里距离远远围观的众人，这一刹那都纷纷感觉到了危险的气息。

下一刻——

咔嚓！

燕家布置出来的外层符阵，在这股能量的冲击之下，崩裂出了好几道裂缝。

"不好！"

恰好在那些裂缝附近的人一个个脸色剧变，或是慌忙快速退避，或是催动各种防御手段，场面好不热闹。

而那些免遭劫难的人则是目光依旧紧盯着那剧烈爆炸的空中，等那边火光散开，他们便震惊地发现，柳然依旧屹立于空中。

虽然，此时的柳然看上去颇为狼狈，气喘吁吁，身上的衣服也有多处被焚烧得焦黑，但是，那位天元期强者的是第二次攻击却的的确确又被柳然挡了下来！

而且，这一次柳然用的是一种众人不认识的符技。

"这怎么可能？"

冰狼一族一方，这次就连最沉稳的贪星长老都震惊了。

柳然这一击，非但粉碎了那名藏于暗处的天元期强者的袭击，更粉碎了冰狼一族心中的最后一丝侥幸。这下子，他们彻底陷入了进退两难的境地。

同一时间，玄月楼所占据的山头上，李青璇和她随行的老婆婆、丫鬟三个人也已经彻底被柳然惊呆了。

"这家伙居然在战斗之中，又把他自创的符技提升了威力，现在都堪比六级攻击符技了！"凌薇吃惊地说道。

她忽然转身问风素月和云妙伊，问道："你们不是说他本源受损，如今实力大降吗？这怎么看上去不像啊！"

"我们也不知道啊！"云妙伊和风素月先是有些茫然，但很快就都回过神来，顿时都愤怒起来，异口同声道，"这家伙竟然敢骗我们！"

这声音将李青璇惊醒了过来。

看着空中那个万众瞩目的少年，旋即她又看向了咬牙切齿的风素月和云妙伊，她脸上露出了几分俏皮的笑容。

她暗自幸灾乐祸：经过这一战，柳然这个名字恐怕要彻底震动炎京城了！不过，貌似他要面对的麻烦也不小啊，他该怎么办才好呢？

柳然自然不知道他已经无意中让某些人很不开心。

此时，他还兀自为自己创造出了一种六级符技而兴奋着。

一般人在化劲期层次的修为，施展五级符技就已经十分勉强，六级符技根本没有足够的力量施展。

可是这一招是柳然自创，动用天符之力，再配合他如今强横的天符宝体的情况下，他可以勉强施展出来。

不过，这强横的一击之下，他付出的代价也是惨重的。

此刻，他全身的符力都被抽空，就连天符之力也消耗一空，几乎就连控制背后羽翼扇动的力量都没有了。

若是对方现在再给他来上一拳，恐怕他就得立刻躲进云海秘境，否则小命就不保了。

想到了这一点，柳然总算是冷静了一些，一边开始悄悄恢复符力，一边做好随时进入云海秘境之中避难的准备。

不过，让他愕然的是，他做好了十全的准备，却等了半天也没见对方再次出手。

非但如此，他还发现另外两处战场上，燕鸿鸣的对手，还有燕家长老们联手对抗的对手忽然都逃走了。

柳然心中一动，转身看向了身后的方向，才发现燕凌菲的灵劫不知不觉已经结束了。

"原来如此！"柳然恍然大悟，同时也暗自松了口气。

显然，发现燕凌菲渡劫成功了，对方现在继续留下来也没有什么意义。

况且，如果燕凌菲和柳然联合出手，搞不好对方还要付出惨痛的代价，所以他们才选择离开。

柳然也乐得轻松，快速服下了一枚符丹，催动体内符力迅速恢复，旋即一扇羽翼，飘然飞向了燕凌菲那边。

当然，他没有掉以轻心，一直暗中警惕着，若是有什么意外状况出现，他会第一时间躲进云海秘境之中。

符阵之外的观众们看到柳然歪歪斜斜地在空中飞着，却没有任何人发笑。

因为，柳然方才已经用实力慑服了所有人。

换作其他任何一个化劲期强者，别说现在还能和他一样催动符器飞行，就是能不能活下来都很难说。

"唉，我算是服了！看来这一次国战咱们炎京城的人真不见得就能夺得榜首。"

"我看接下来一段时间内，炎京城的焦点估计都是这个柳然了。"

"我现在非常怀疑，这个柳然是不是某种逆天的圣体？"

"嘿嘿，我更加在意的是，那些没来观看灵劫的人，得知了这么精彩的信息，会不会气哭啊？"

"哈哈，听你这么一说，我决定赶紧将刚才记录下来的影像都传播到元灵符界，大伙儿记得帮忙顶一顶啊！"

热闹的议论声中，谁也没注意到冰狼一族的人悄悄离开了。

他们深知，自己这些人去和柳然交涉根本不切实际，不会有什么结果。

反正，他们通过秘术可以探察出银月现在还活着，那么对方应该是不打算杀了银月才对！

现在他们与其为此而丢人现眼，不如赶紧趁大家没注意离开，回去再想想办法。

另一边，燕凌菲渡过了这一次灵劫，体内的气息却彻底内敛，现在连凌空悬浮的能力也暂时失去了。

她已经落回到了下方的山头上,此时正盘膝而坐,似乎在调理自身的气息。

众多燕家子弟此刻也纷纷守在她周围,特别是燕凌雪和燕凌天兄妹,更是寸步不离,生怕再出现任何意外。

当看到柳然飞过来的时候,燕家的子弟们一时间也不知道该不该拦住他。

"不得放肆!"

这时候,燕家家主燕鸿鸣飞了过来,为这些燕家子弟们解围。

他笑着看向柳然,说道:"柳公子乃是我们燕家的贵客!这一次还要多谢柳公子出手相助。"

柳然微笑着摆了摆手,道:"燕家主客气了,我和令爱也算是生死之交,她于我有救命之恩,今日有难柳某岂能袖手旁观?"

两个人客套了几句之后,便一同来到了山顶中央的燕凌菲面前。

燕凌雪一看到柳然和燕鸿鸣一起过来,脸色顿时一变,连忙躲到燕凌天的身后。

燕鸿鸣先感知了一下燕凌菲的状况,确认她一切正常,暗自松了口气。

旋即,他才发现了燕凌雪的动作,又想到了来此之前陆轩一副上门兴师问罪的模样,脸色一下子沉了下来。

"凌雪,你出来!"他沉声说道,"给我老实交代,你到底做了什么事?"

燕凌雪身躯一颤,脸色也是一片煞白,但最终还是从燕凌天身后走了出来。

她都快急哭了,极力解释道:"爹,我……我真不是故意的,我只是……只是……"

燕凌天则是迅速传音给燕鸿鸣,将事情始末简单说了一遍,听得燕鸿鸣不由得勃然大怒。

一想到因为燕凌雪的肆意妄为,差点儿使柳然与燕家产生嫌隙,若是方才柳然不出手,后果简直不堪设想,燕鸿鸣就无比愤怒。

"你这个不肖女!"他怒喝一声,举起手就想狠狠地扇燕凌雪一巴掌。

燕凌雪吓得花容失色,却根本不敢躲闪,泪水瞬间夺眶而出,哭得梨花带雨。

老实说,柳然原本还真多少有点儿不满,但看到这一幕,也懒得继续计较下去了。

所以,他拦下了燕鸿鸣,主动说明自己对此并不在意。

燕鸿鸣连连致歉,并表明回头一定好好教训燕凌雪,又让燕凌雪亲自给柳然道歉,这件事情才就此揭过。

不过,让柳然意想不到的是,他在这里与燕家一笑泯恩仇时,李青璇带着云妙伊他们一起飞了过来。

陆轩居然也一起来凑热闹,而且似乎是已经猜到了某些事情,正一脸坏笑地看着柳然。

柳然看到风素月和云妙伊都一副等着他解释的模样,顿时就倍感头痛。

就在这时,燕凌菲结束了修炼。

她站起身来,微笑着来到了柳然的面前,郑重地说道:"柳然,这次委屈你了,为了我,要伪装成受伤的样子。"

还想兴师问罪的云妙伊和风素月纷纷一愣。

柳然则是一下子就反应过来。

他知道燕凌菲方才调息的同时,肯定也已经通过元灵符界调查了一些信息,她这是准备帮他解围。

所以,柳然连忙说道:"我倒是不委屈,就是这一次为了当你这个秘密底牌,不小心把一些朋友给得罪了。"

燕凌菲看向风素月她们,欠身行了一礼,道:"几位妹妹,实在是抱歉,是我让柳然伪装成本源透支、实力大减的,就是想让他今天伺机而动。如果为此让他和你们产生了什么误会,还请你们多多原谅!"

听她这么一说,云妙伊和风素月哪里还好意思继续兴师问罪,顺着这个台阶,也都大方表示原谅柳然了。

柳然的脸上浮现出了笑容,心里也长长地松了口气:看样子,给燕凌菲一个面子,不和燕凌雪计较是一个明智的选择啊!

一场风波就此落幕,但产生的影响却迅速席卷整个炎玄王朝!

这一夜,一名叫作柳然的少年,名扬天下!

 探星灵秘境,寻龙皇宝藏,智斗异族魔修,深海激战,柳然能否乘风破浪,逆流而上?更多精彩,敬请关注《符神传说》第六册!

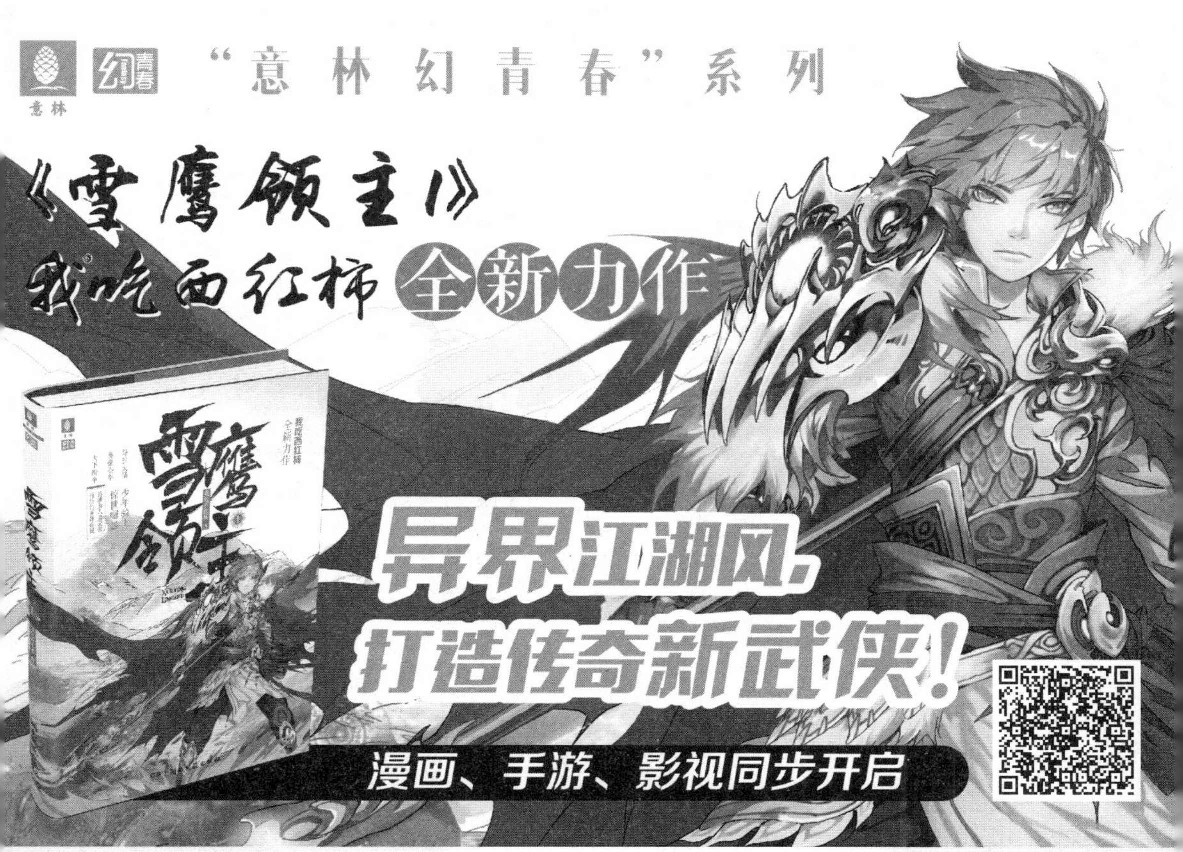
意林
幻青春
"意林幻青春"系列
《雪鹰领主Ⅰ》
我吃西红柿 全新力作
异界江湖风，
打造传奇新武侠！
漫画、手游、影视同步开启

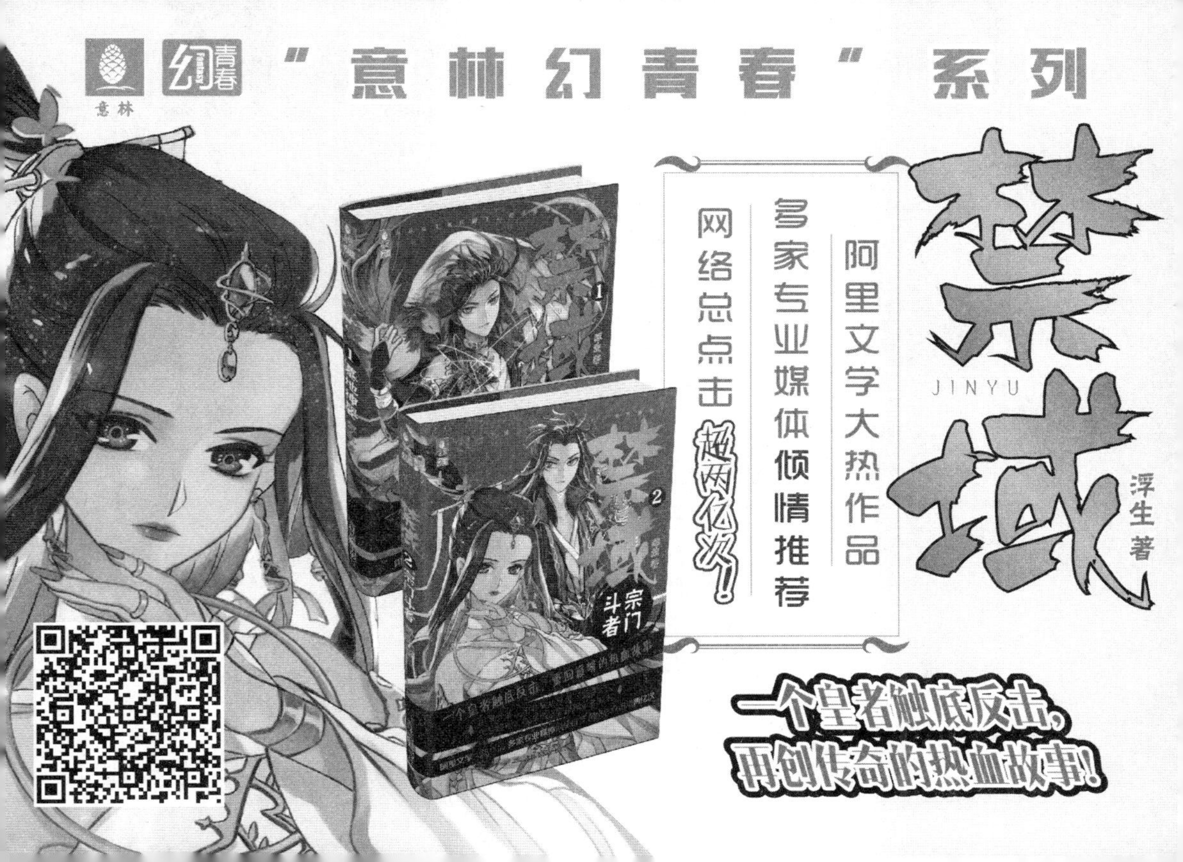
意林
幻青春
"意林幻青春"系列
禁域
JINYU
浮生 著
阿里文学大热作品
多家专业媒体倾情推荐
网络总点击超两亿次！
一个皇者触底反击，
再创传奇的热血故事！

意林精品图书推荐

《雪鹰领主1》
简介：我吃西红柿全新力作！少年骑士惊世崛起，铸就为人类荣誉而战的英雄传说！
定价：29.80元

《禁域①墓地神婴》
简介：皇者重现世间，只为触底反击，再创传奇！踏破乾坤纵横时空，禁域绝密即将揭晓！
定价：28.80元

《禁域②宗门斗者》
简介：扶桑谷内迷雾重重，时间长河、神秘女子……时空彼端，究竟有着怎样的秘密？
定价：28.80元

《风之守望者》（①、②）
简介：一个关于青春和魔法的故事，一些关于崩坏与爆笑的校园日常，一次爱的救赎。
定价：24.80元/册

《我不成仙 一 断尘绝念》
简介：不想成仙却毅然修仙，她见愁只想有朝一日对那人说："纵你成仙，亦不可逃！"
定价：28.80元

《我不成仙 二 杀红小界》
简介：血衣作战袍，刻骨为利刃。她的通天坦途，便是他的穷途末路！
定价：28.80元

《我不成仙 三 流星赶月》
简介：敏锐与直觉，无一欠缺，缜密与果决，兼而有之。力敌群雄者，舍她其谁！
定价：28.80元

《我不成仙 四 鏖战空海》
简介：为成大道，葬痴情、斩尘缘者有之，可若寻仙问道是这般模样，她宁愿永不成仙！
定价：28.80元

《符神传说①斩焰少年行》
简介：接通元灵符界，交易、对战、派单……现实与虚拟之间，体味什么叫酣畅淋漓！
定价：28.80元

《符神传说②东川起风云》
简介：逆转鬼煞岭、入蛮荒探迷城，跨越空间界限，开启度奇幻热血征程！
定价：28.80元

《符神传说③刀芒惊天下》
简介：巧赴黑狱筑识海，烈焱龙雀惊天下。勇探天符浩土，领略异闻传奇！
定价：28.80元

《符神传说④地下悬赏令》
简介：识妖族斗南洲，符驱四方见奇谋。游历异界空间，探索奥妙人生！
定价：28.80元

《倾世萌狐1》
简介：避难遇到了王爷家，竟然有无回忆？冷酷王爷"情斗"憨萌灵狐，甜宠升级，深情不改！
定价：29.80元

《倾世萌狐2》
简介：心悦君兮，矢志不渝！当一切线索都指向了天界，他们真的要"天人永隔"？
定价：29.80元

《我的画风不太对①》
简介：当外星玩家遇到地球萌妹，爆笑爱情悬疑大戏惊喜上演！
定价：29.80元

《我的画风不太对②》
简介：一不小心成了外星玩家的目标对象！千回百转的拼图游戏，谁是最终赢家？
定价：29.80元

《仙萌奇缘①》
简介：迷糊弟子"约架"冷傲少主，无厘头笑话本奇袭玄天剑宗，非正统仙侠大戏反转上演！
定价：29.80元

《仙萌奇缘②》
简介：大战一触即发，"仙门叛徒"云悠与"魔族卧底"白溯携手，为天下苍生而战！
定价：29.80元

《灵犀1》
简介：龙族、赏金猎人、千年火龟……山海异兽玄奇登场，谱写一个暖心温情的历险传奇
定价：29.80元

《浮玉仙魔》
简介：跨越六界的情仇离合，仙家养成，爆笑开演！看一代魔尊，如何搅翻浮玉仙山！
定价：29.80元

意林精品图书推荐

告白的书 系列

《那个神秘的宣愉小姐》
简介：心理分析小说，一次亲情伤痛造成的人格分裂，一场守护爱情的计划……
定价：32.80元

《对方正在输入中》
简介：你是否能从他涨红的脸颊看到他比阿尔卑斯山还要大的内心，让他的病只为你发作。
定价：29.80元

《你是年少的欢喜，喜欢的少年是你》
简介：古风作家吾玉打造都市清风之作，告诉你，如何学着去爱一个人。
定价：29.80元

《余生请对我好一点》
简介：时光回望，今日的纠葛，竟好似还了往日的债。
定价：32.80元

《比心》
简介：暗恋被冷酷拒绝，离开却突然收到女孩的短信，只有一行字，却让他笑了……
定价：32.80元

《从此晚安我自己》
简介：95后作家何家豪青春成人礼童话，将16个故事，说给长成大人的你！
定价：29.80元

《我不愿让你一个人走过青春的荒芜》
简介：写给你深情的告白书，15篇故事，有作者的亲身经历，也有勾勒的世间温暖。
定价：29.80元

《你是久爱，亦是心欢》
简介：青春与梦想，爱和守护的故事，孤冷少女与霸道阔少相爱相杀深情开演。
定价：32.80元

新武侠 系列

《胭脂将》
简介：魔幻江湖的纷乱，胭脂女将的传奇！
定价：32.80元

《一两江湖之望星记》
简介：古风作家一两打造全新江湖，一醉江湖三十春，尽在《望星记》！
定价：29.80元

《一两江湖之琵琶误》
简介：家仇国恨，爱上不该爱的敌国先锋，如何面对这生死纠缠的爱情？
定价：29.80元

《月光蒲苇①·夜阑时》
简介：阴谋、友情、爱情，上古四神的恩怨，今生能否化解？
定价：32.80元

心灵成长 系列

《世界的另一个你》
简介：18岁少女的奇幻冒险，唯美魔幻的童话世界，寻找世界的另一个你！
定价：32.80元

《绯色黎明》
简介：人类并不孤单，在黑暗种族的环伺下，被掩盖的真相等着你去探寻。
定价：32.80元

《这一杯，我敬的是年少无知》
简介：悬疑作家何慕精心打造的都市心理悬疑成长小说集。
定价：32.80元

《我的人生无须证明给你看》
简介：是选择梦想，还是安于现状？马叛用这些故事告诉你答案。
定价：32.80元

套装精选

多味之恋
简介：七彩青春，多味之恋，寻找身边错过的小美好。
定价：29.80元/册

十八而志
简介：18岁之前的远大志向，决定了十八岁之后的梦想人生。
定价：29.80元/册

深夜暖心
简介：青春絮语，灯下最好的陪伴，马叛、张芸欣、冷亦蓝深夜暖心之作。
定价：29.80元/册

初心讲义
简介：初心故事讲给你听，拥有一个又一个的小温暖。
定价：29.80元/册